L'Ordre de l'Alpha

Renee Rose

Lee Savino

Traduction par
Marine Haven

Midnight
ROMANCE

Publié aux États-Unis d'Amérique

Renee Rose Romance et Silverwood Press et Midnight Romance LLC et Midnight Romance LLC

Ce livre électronique est une œuvre de fiction. Bien que certaines références puissent être faites à des évènements historiques réels ou à des lieux existants, les noms, personnages, lieux et évènements sont le fruit de l'imagination des auteures ou sont utilisés de manière fictive, et toute ressemblance avec des personnes réelles, vivantes ou décédées, des établissements commerciaux, des évènements ou des lieux est purement fortuite.

Ce livre contient des descriptions de nombreuses pratiques sexuelles et BDSM, mais il s'agit d'une œuvre de fiction et elle ne devrait en aucun cas être utilisée comme un guide. Les auteures et l'éditeur ne sauraient être tenus pour responsables en cas de perte, dommage, blessure ou décès résultant de l'utilisation des informations contenues dans ce livre. En d'autres termes, ne faites pas ça chez vous, les amis !

 Réalisé avec Vellum

Livre gratuit - La Vierge et le Vampire

Abonnez-vous à la newsletter de Renee e Lee

Abonnez-vous à la newsletter de Midnight Romance pour recevoir livre gratuit, des scènes bonus gratuites et pour être avertie de ses nouvelles parutions ! https://dl.book funnel.com/5p8orhhczq

Livre gratuit de Renee Rose

Abonnez-vous à la newsletter de Renee

Abonnez-vous à la newsletter de Renee pour recevoir livre gratuit, des scènes bonus gratuites et pour être averti·e de ses nouvelles parutions !

https://BookHip.com/QQAPBW

Chapitre un

*C**hanning*

Je rampe à travers les sapins en direction de la maison. Il s'agit d'une maisonnette à un étage, construite à l'écart de la route et entourée d'arbres. La propriété est située au fond d'une impasse, et le jardin jouxte la forêt nationale de Coconino. Énormément de nature et d'espace pour courir. Mon loup approuve.

Mon frère a également approuvé la propriété lorsqu'il l'a achetée il y a quatorze ans et s'y est installé avec sa nouvelle compagne, alors enceinte. Quand la vie était belle et l'avenir radieux.

Puis il est mort, et tout a changé.

Presque tout. La maison est toujours la même. Elle a été bien entretenue. La peinture est écaillée et le toit a besoin d'être remplacé, mais sinon, elle est figée dans le temps.

Les odeurs sont les mêmes. Le genévrier, l'érable negundo, le sapin.

Lorsque le vent se lève, je sens une autre odeur. Une odeur que je tente de ne pas remarquer. Elle s'insinue dans

1

mes sens, une odeur délicieuse qui allonge mes crocs et me met l'eau à la bouche.

Du lilas et de la lavande.

Ma kryptonite.

Mon loup souhaite traverser la quinzaine de mètres qui nous sépare de la maison pour trouver la source du parfum et s'en délecter.

Mais je me retourne et dépasse la maison en trottant silencieusement. Je grimpe sur la colline, là où un pin ponderosa s'élève vers le ciel. Je me souviens encore du jour où nous sommes montés sur la colline. J'ai admiré la vue du mont Elden, mais mon frère n'avait d'yeux que pour sa maison. Pour cette épouse humaine et son jeune fils qui jouait sur la terrasse.

Promets-moi, m'a-t-il demandé il y a tant d'années. Il était instructeur au camp militaire Navajo, mais une personne qui savait ce qu'il était lui avait proposé de l'engager. Quelqu'un qui avait besoin de gens comme lui sur le terrain. Seulement pour une mission à court terme.

Je me frotte contre l'écorce du pin à la recherche de traces de l'odeur de mon frère.

Et je le sens : un puissant musc de loup mâle. L'odeur ressemble à celle de mon frère, mais il est mort. Donc, il doit s'agir de celle de Geo, son fils.

Mon neveu a couru dans ces bois.

Ça veut dire qu'il a muté. Nous n'étions pas sûrs qu'il le fasse. Lorsqu'un métamorphe se reproduit avec un humain, ses enfants perdent parfois la capacité de muter. Mais les hormones de la puberté ont dû activer les gènes de loup métamorphe de Geo.

Ce qui signifie que je ne peux plus garder mes distances. Julia ne saura pas comment guider son fils à travers ce changement.

Geo a besoin de moi.

En regardant plus attentivement, je remarque des griffures sur l'arbre. Comme si Geo était tourmenté par sa nouvelle forme. Frustré et seul.

Merde.

Deke m'attend déjà sur le lieu de la mission. Si je suis en retard, il fera la tronche. Plus que d'habitude. Je reviendrai demain matin, dès que cette mission sera accomplie.

Je descends rapidement la colline et contourne la maison en laissant une grande distance entre elle et moi. Une lumière s'allume à l'étage, dans la chambre, et une silhouette féminine apparaît un instant à la fenêtre. Je meurs d'envie de changer mes plans et de revenir vers la maison. De m'assurer que la porte est verrouillée. De m'assurer qu'elle est en sécurité.

Mais à la place, je me retourne et fuis la tentation.

Je fuis la seule femme que j'aie jamais désirée.

La seule femme que je ne peux pas avoir.

* * *

Je m'approche de la rangée d'entrepôts abandonnés à minuit. Pile à l'heure.

Deke attend dans une vieille camionnette à la carrosserie d'un noir mat. Le genre de camionnette utilisée par les ouvriers... ou les kidnappeurs. Nous l'avons récupérée à l'issue d'une mission de libération d'otages, si je me souviens bien.

Je gare ma moto et tape contre la portière latérale du véhicule. « Hé, mec, tu as des bonbons gratuits ? »

Deke ouvre la vitre, mais il ne répond pas. Il se contente de froncer les sourcils. Même quand il est de bonne humeur, il a une « tête de tueur », comme a coutume de dire Lana, la nouvelle compagne de Teddy.

« On dirait un tueur en série », lui dis-je. Il se renfrogne encore plus. « Quoi ? C'est un compliment.

— Pourquoi tu as autant de retard ? demande-t-il en grommelant. Tu es parti de Taos avant moi.

— J'ai fait un petit arrêt. » Je fais danser mes sourcils jusqu'à ce qu'il détourne le regard d'un air dégoûté. Je le laisse penser que je draguais des filles dans un bar pour justifier le moindre reste d'odeur de lavande et de lilas. Il est hors de question que je lui dise où je me trouvais réellement.

« C'est là ? » Du menton, je désigne l'entrepôt le plus éloigné, qui jouxte la forêt. La nuit, toute cette rue commerciale est désertée, mais un éclairage est allumé au-dessus de la porte de cet entrepôt. De temps à autre, une silhouette sombre sort des bois et se glisse à l'intérieur.

Deke tapote le volant. « Ouais, d'après le GPS.

— Laisse-moi y aller d'abord, faire un peu de reconnaissance. J'ai un contact. » Je montre mon portable, que j'utilise en ce moment même pour envoyer des messages aux organisateurs du club de combat.

« Et si les cibles te voient ?

— Ils ne sont pas des cibles. Ce sont des gamins.

— Des adolescents, grogne Deke en parcourant l'obscurité du regard. Pourquoi je suis de corvée de baby-sitting ?

— Bah, ça te fait un bon entraînement. Tu sais que Sadie voudra plein d'enfants. »

Quand il entend le prénom de sa compagne, son expression s'adoucit, comme je m'y attendais.

Pour me distraire du besoin qui me comprime la poitrine et pour éviter que Deke ne s'intéresse à mes émotions, j'écarte les bras, formant un cadre de mes mains. « Imagine. Toi, Sadie, sept gamins...

— Sept ? » Il hausse ses sourcils sombres, comme s'il imaginait la scène que je décris.

« Ouais, qui se roulent par terre en mordillant tes bottes. » Je souris en voyant de la panique dans son regard. Il grimace. « Sadie ne t'a pas dit combien d'enfants elle veut ?

— Entre deux et quatre, répond-il avec lenteur.

— Voilà, dis-je en souriant. Tu as quatre enfants. Ajoute des jumeaux ou des triplés, quelques surprises... des heureux accidents. Ce sera génial. »

Sa pomme d'Adam remue, et sa main se crispe autour du volant. Il a l'air prêt à effectuer un demi-tour et à se tirer d'ici.

Pour ajouter de l'huile sur le feu, je lui lance en souriant : « Papa Deke. » Il a l'air d'avoir envie de me rouler dessus.

Satisfait, je donne une tape sur la camionnette, tel un grand point d'exclamation, puis me dirige vers l'entrepôt d'un pas nonchalant, comme si je n'avais que cette petite mission de sauvetage en tête.

D'autres personnes entrent par la porte latérale. Cette rue commerciale tranquille et ce bâtiment abandonné juste à côté de la forêt constituent l'endroit idéal pour un club de combat éphémère entre métamorphes. Trey et Jared en organisent régulièrement dans un lieu dont ils sont propriétaires à Tucson, en Arizona. Mais le combat de ce soir est particulier.

Un groupe de Kawasaki, des Ninja, passe rapidement à côté de moi. Les motards freinent brutalement, passant de cent kilomètres-heure à zéro, et se garent en projetant des graviers. Les métamorphes dégingandés descendent de moto et se rassemblent. Des guépards métamorphes. Je les reconnais à un kilomètre. Ils aiment les motos rapides et le cuir moulant.

Quelques-uns me jettent un coup d'œil quand je passe à côté d'eux. Un éclat vert brille dans leurs yeux. Je fais mine de les ignorer, évitant leur regard. Après mon arrêt chez Julia, mon loup est à cran. Il a envie d'y retourner et de revendiquer ce qu'il pense être à lui. Comme je ne le laisserai pas faire, il meurt d'envie de se battre.

D'autres métamorphes se sont rassemblés devant la porte de l'entrepôt. Je traverse un nuage de fumée et d'odeurs musquées.

Un loup métamorphe qui m'est familier sort du bâtiment et balaie la foule des yeux. Il porte un jean, des bottes de moto éraflées et un T-shirt blanc sous une veste en cuir. L'insigne sur sa veste est la seule différence entre sa tenue et la mienne : un loup qui montre les dents, et *Meute de Tucson* brodé en dessous. « Le combat commence dans vingt minutes », annonce-t-il. Il se place à côté de la porte pour laisser ses clients entrer en hâte.

Dès que je sors de l'ombre, il remarque mon odeur. Nous échangeons un sourire, puis nous nous rejoignons pour nous taper dans le dos.

« Jared.

— Channing, mon frère. Content que tu aies pu venir.

— Je suis ici pour le travail. J'ai un colis à récupérer.

— C'est vrai. Ils sont à l'intérieur. Trey les garde à l'œil. Tu es sûr qu'ils ne peuvent pas rester ? Ce sont des adultes.

— Ils ont à peine dix-huit ans. Tu sais comment sont les jeunes métamorphes.

— Ouais, soupire-t-il. Mais à mon avis, ils ont juste besoin d'exemples à suivre.

— Ils ont cinq grands frères. Ils seraient venus, mais

Matthias est occupé à l'hôpital, et Teddy et Darius sont en déplacement pour affaires. Séparément. » Je le précise, avant que Jared ne me demande si Teddy s'est réconcilié avec son jumeau. « Darius est à New York. Teddy est à Los Angeles, avec sa nouvelle compagne.

— J'ai appris ça. Chaque membre de ta meute a trouvé sa compagne au cours de quoi... de l'année ?

— Au cours de ces douze derniers mois. Ouais, toute la meute. »

Sauf moi.

« Sympa, dit Jared.

— Comment va Angelina ? » Je pose la question pour éviter qu'il ne m'en pose sur ma situation amoureuse.

Son expression s'adoucit, comme celle de Deke quand j'ai parlé de sa compagne. « Elle va bien. Vraiment bien. Elle est rentrée à Tucson pour se préparer avant un spectacle. Sa troupe danse ce weekend.

— Je n'arrive pas à croire que vous êtes venus jusqu'ici pour vous battre. Vous avez un lieu génial à Tucson.

— Il est plein tous les soirs, dit-il avec satisfaction. Mais Sheridan en a fait une espèce de bar à bières hipster. Parfois, l'ancienne ambiance nous manque, alors on organise ces soirées spéciales. Quand on a trouvé ce bâtiment abandonné, on s'est dit qu'il serait parfait. » Il m'entraîne à l'intérieur, et je suis assailli par un miasme d'odeurs. De l'herbe, de la bière, des métamorphes suants de toutes sortes d'espèces. Le grand espace est bondé. De la fumée et de la sciure flottent dans l'air. Deux projecteurs braqués sur le ring au centre de la salle constituent le seul éclairage. Dans la foule, les gens se déplacent, murmurent, placent des paris et se dévissent le cou pour repérer les combattants. L'excitation monte dans la salle à l'approche des combats.

Trois métamorphes prennent des paris dans un coin.

Leurs odeurs sont étranges, un mélimélo d'animaux. Le plus grand des trois éternue, un homme au teint pâle extrêmement maigre avec des lunettes aux verres épais comme des culs de bouteille. De délicates plumes blanches sortent de sa veste. Quand il s'aperçoit que je le regarde fixement, il éternue une fois de plus. De nouvelles plumes s'envolent. Ses amis lui tapent dans le dos sans lever les yeux de leurs carnets.

Je le salue d'un geste du menton pour le rassurer.

« Ils sont là-bas, dit Jared en m'indiquant un coin sombre derrière le ring. Avec Caleb. C'est la vedette, ce soir.

— Je croyais que Caleb avait pris sa retraite ? Qu'il vivait avec sa compagne dans la montagne ?

— C'est vrai. On a réussi à le convaincre de participer à un combat. C'est pour ça qu'on a organisé cette soirée près de Flagstaff — il était déjà dans la région. Sa compagne fait des recherches sur les arbres du Grand Canyon. Des expériences scientifiques, en gros. Sinon, il ne serait pas venu. Ce n'est pas marrant d'être loin de chez soi quand ta belle compagne t'attend à la maison.

— J'imagine. »

Il me jette un coup d'œil, mais je conserve une expression légère. Se souvient-il que je suis le seul de ma meute à ne pas avoir de compagne ? Est-ce de la pitié que je lis dans son regard ?

« Je ferais mieux de récupérer les colis avant qu'ils ne s'attirent des ennuis. Merci, mon pote. » Nous nous donnons une autre tape dans le dos, puis je me dirige vers le coin de la salle. Cette conversation sur les compagnes a mis mon loup sur les nerfs. C'est en partie pour cette raison que je me suis proposé pour cette mission. Tous les membres de ma meute ont une compagne. Même Lance, anciennement gros séducteur, est heureux avec sa compagne et leur petite fille.

Je me fraie un chemin à travers les métamorphes rassemblés au fond, où les combattants attendent d'être appelés. Les colis — les trois ados que je suis censé récupérer et ramener chez eux — sont groupés autour d'un des plus célèbres combattants.

Une puissante odeur de clou de girofle me chatouille le nez. Une eau de Cologne au clou de girofle. Seul un métamorphe cherchant à dissimuler son odeur en porterait.

Le parfum s'atténue quand j'arrive à la hauteur du trio d'adolescents, remplacé par les puissantes odeurs de trois ours métamorphes en pleine adolescence. Les triplés identiques sont maigrichons et traversent une phase de poussée de croissance brutale. Leurs bras et leurs jambes sont épais comme des brindilles, mais leurs mains et leurs pieds sont énormes. Ils seront plus grands qu'Axel, Teddy et Darius, leurs frères. Peut-être même plus grands que Matthias. Mais ils ne dépasseront pas Everest. Et ils devront manger énormément pour prendre du muscle avant d'être assez costauds pour se battre.

Même si je ne compte pas me battre contre eux.

Les triplés sont rassemblés autour d'un type à la carrure impressionnante, avec une énorme barbe broussailleuse. Un autre ours métamorphe qui s'appelle Caleb. La vedette des combats de ce soir.

« C'était trop génial ! » lui dit l'un des triplés. Torse nu, il ne porte qu'un kilt rouge. « Il t'a suffi de deux rounds, et puis *bam* ! » L'adolescent mime un uppercut, sans oublier les effets sonores. « *Paf*, crochet du gauche, crochet du droit...

— C'était un *haymaker* », précise un autre triplé. Je crois qu'il s'agit de Bern. Il est vêtu de noir de la tête aux pieds, avec des Dr. Martens et un kilt en tartan de divers tons de noir.

« Ouais, c'est ça, un *haymaker,* répète l'ado torse nu — je suis presque sûr qu'il s'appelle Canyon. Et ensuite, tu l'as envoyé dans les cordes, et...

— Un autre *haymaker* », déclare le troisième triplé. Il porte un kilt à carreaux rouge et une chemise blanche aux manches bouffantes, à la façon d'un pirate. Il s'appelle Hutch.

« Ouais », dit Canyon. Sa pomme d'Adam remue pendant qu'il fait mine de boxer. « Et ensuite il s'est effondré, et c'était légendaire...

— Ouais, je sais. J'y étais », dit Caleb. Son énorme barbe dissimule son expression, mais je devine son amusement.

« On n'a pas vu le combat, mais notre frère était là et il nous a raconté. On a fait la route depuis la montagne de Bad Bear. On est tes plus grands fans, lui explique Canyon.

— Salut, les gars. » Je me penche pour donner une tape dans le dos de Bern et Hutch, puis referme la main autour de leurs chemises. « Votre frère Matthias aimerait savoir pourquoi vous n'étiez pas en cours, aujourd'hui. »

Les triplés se raidissent. Canyon regarde de l'autre côté de l'entrepôt, en direction de la seule issue, mais ne s'enfuit pas. S'il tente de le faire, je le menotterai avec ses frères et j'enverrai un message à Deke.

« Vous n'êtes pas censés être là. Le *fight club* métamorphe n'est accessible qu'à partir de vingt et un ans.

— Personne n'a demandé à voir nos cartes d'identité, proteste Hutch.

— On a presque dix-neuf ans, ajoute Bern. En années métamorphes, c'est au moins vingt et un ans.

— Vous avez dix-neuf ans ? » Ils paraissent plus jeunes, mais Teddy m'a expliqué qu'ils ont eu une puberté difficile.

Leurs animaux prenaient le contrôle et les forçaient à muter. Leur mère a été obligée d'assurer leur scolarité à la maison. Ils ont grandi à l'écart du reste du monde. Pas étonnant qu'ils aient l'air si naïfs.

« On est pas les plus précoces, dit Hutch d'une voix qui s'éraille. Darius nous a dit qu'ils étaient pareils, avec Teddy. Une puberté tardive. »

Les triplés acquiescent à l'unisson.

Caleb observe notre échange avec attention. « Comment ils peuvent être sûrs que c'est leur frère qui t'a envoyé ?

— Leurs frères, au pluriel. Consultez vos portables, dis-je aux triplés.

— J'ai oublié le mien. » Canyon croise les bras sur son torse nu d'un air buté. Il va me donner du fil à retordre.

Bern et Hutch ont déjà sorti leurs smartphones des petites sacoches qu'ils portent autour de la taille. Ils ont reçu une tonne de messages de leurs frères Matthias, Teddy et Darius, accompagnés d'un portrait de moi. Je récite le contenu du message : « *C'est Channing. Suivez-le et faites ce qu'il vous dit.* »

Hutch le montre à Caleb, qui hoche la tête.

« Vous l'avez entendu, déclare-t-il. Vous pourrez me voir combattre quand vous serez un peu plus âgés. »

Les triplés semblent abattus.

« Mais tu as pris ta retraite, dit Hutch d'un ton plaintif.

— Officiellement, oui. Mais je discuterai avec Jared et Trey pour qu'on prévoie un combat dans deux ans.

— Tu ferais ça ? Pour nous ? demande Canyon.

— Ouais. Après tout, vous êtes mes plus grands fans. » Sur ces mots, Caleb me salue de la tête, puis il s'éloigne dans la pénombre après avoir donné une dernière tape sur l'épaule de Canyon.

11

Au centre du ring, Jared appelle les deux premiers combattants. Les spectateurs se rassemblent autour du ring.

« Allez, on doit y aller, dis-je.

— On peut voir juste un combat ? S'il te plaît ? » demande Hutch.

J'hésite. Quel mal fera un petit combat ? Mais quelque chose me retient, et je continue à marcher. « Vos frères veulent vous voir à la maison. Ils ont dit que votre comportement est louche depuis des semaines. Que vous passez votre temps à boire des grandes boissons protéinées et à regarder les *Rocky* non-stop en streaming.

— Ça n'a rien de louche.

— Ouais, on fait toujours ça. »

Sur le ring, deux combattants se tournent autour. L'un des deux est un guépard métamorphe ; je le devine à la façon dont les membres de sa meute — ou coalition, chez les guépards — se collent contre les cordes et crient pour l'encourager. Jared ne cesse de demander aux guépards de reculer, aidé d'un autre loup métamorphe, un grand type dégingandé avec un mohawk et des écarteurs dans les oreilles.

Hutch montre un grand tableau noir au-dessus des bookmakers. « Pour le premier combat, Speed Ballz contre Benny le Mordeur. » Speed Ballz, quel nom de scène typique pour un guépard biker.

Plus bas sur la liste, je remarque les noms notés pour un autre combat. « Les Tueurs en kilt ? » Les triplés se figent. « Ça veut bien dire ce que je pense ? »

Hutch et Bern baissent la tête.

« On voulait se battre, dit Canyon. Un mec nous a défiés.

— Il a dit que si on perdait, on devrait lui rendre un service, ajoute Hutch.

— Hein ? Les combats métamorphes, ça ne marche pas comme ça. Quel mec ? »

Les triplés haussent les épaules, parfaitement synchronisés. Leurs mouvements sont si similaires qu'on dirait une chorégraphie.

« Bon, ça suffit. Avancez. » Je montre la porte de l'entrepôt. Je vais devoir leur faire traverser la foule.

Canyon marmonne quelque chose que je ne comprends pas, mais les trois m'obéissent et se dirigent à pas lourds vers la porte. D'un signe, je leur indique de raser les murs de l'entrepôt. Le combat a débuté, et les cris du public font trembler le bâtiment. Puis Benny le Mordeur fait honneur à son surnom. Il est disqualifié lorsqu'il essaie de dévorer son adversaire. La foule perd son enthousiasme, sauf les guépards, qui font sortir leur héros en le portant sur leurs épaules.

« Attendez. On va patienter une seconde », dis-je aux triplés. Nous sommes presque à la porte, mais les guépards bloquent le passage.

J'envoie un message à Deke. *J'ai le colis. On sort dans cinq minutes.*

Bien reçu, répond-il. *Personne d'hostile ?*

Non.

Jared entre sur le ring pour annoncer le combat suivant. Les guépards sont presque tous sortis. Les triplés attendent à côté de moi, bien qu'ils regardent le tableau avec envie. Caleb est le dernier à combattre. Dommage. Il serait tentant d'autoriser les Trois Terribles à rester pour le voir. Jared a raison, ces ados ont besoin d'exemples dont ils peuvent s'inspirer.

Nous sommes assez proches du tableau géant pour que j'arrive à lire le nom en face des Tueurs en kilt. Un type du nom de Hannibal. Je n'ai jamais entendu parler de ce combattant.

Je fais signe au bookmaker aux cheveux grisonnants, puis lui montre le combat des Tueurs en kilt. « Tu peux effacer ce combat ? Ils déclarent forfait. »

Il hoche la tête et fait signe à son grand ami qui semble produire des plumes de rayer le combat.

Les triplés semblent affligés. « Une autre fois, les gars, leur dis-je. Au fait, pourquoi les kilts ?

— Notre mère est une MacDonald », m'informe Hutch d'un air morose.

La voie est libre jusqu'à la porte. Je leur fais signe d'avancer. Nous sortons dans la nuit. Des véhicules supplémentaires ont rempli le parking. Derrière les voitures, les guépards ont allumé un grand feu de bois au centre de leurs motos garées en cercle.

« Hé, tu es venu à moto ? demande Canyon.

— Ouais.

— Si tu es à moto, comment on va rentrer chez nous ? veut savoir Bern.

— Vous êtes venus comment ?

— On a fait du stop », me répond Hutch. Ses deux frères le foudroient du regard.

« Vous avez fait du stop. » Je secoue la tête. Je vais devoir le dire à Teddy. Il va péter un câble.

« On peut voler des motos et rentrer en te suivant, propose Canyon en regardant les motos sportives des guépards avec envie. « On sait les démarrer avec les fils...

— Pas de vol. Pas de motos. C'est hors de question. Venez, Deke nous attend dans la camionnette. »

Les Trois Terribles pilent net. « La camionnette de pervers ? demande l'un d'eux.

— Euh, ouais. » Je dissimule un sourire.

« Génial ! s'écrie Bern pendant que Hutch et Canyon se tapent dans la main.

— Attendez, vous êtes contents de monter à l'arrière de la camionnette de pervers ?

— Ouais !

— Bien sûr !

— Grave ! »

Je secoue la tête. Inutile d'essayer de comprendre des adolescents. « Allons-y », dis-je d'un ton autoritaire. Deke est garé à la même place. Je pourrais lui envoyer un message, mais il ne peut pas vraiment rapprocher la camionnette. Une file de véhicules est garée sur sa droite, suivie de métamorphes en Harley. À sa gauche, la forêt. « On va devoir passer à côté du groupe de guépards.

— Une coalition. Un groupe de guépards s'appelle une coalition, dit Hutch.

— C'est ça. On va devoir passer à côté de la coalition. Ne les regardez pas. Ne montrez pas vos crocs. Pas de frime, pas de provocation. »

Alors que nous sommes presque arrivés au niveau du feu de bois, un géant apparaît entre deux véhicules garés et nous bloque la route. Un mec baraqué avec des lunettes noires sur le nez. Le géant se tient entre le feu des guépards et nous. La lumière crépitante des flammes m'empêche de discerner son visage, mais la peau autour de ses lunettes de soleil paraît couverte de cicatrices. Bizarre. Infliger ce genre de cicatrices à un métamorphe demande beaucoup d'efforts. Le seul moyen que je connaisse pour marquer durablement un métamorphe, c'est d'utiliser du sang de vampire.

Qui est ce type ? Je prends une grande inspiration, et de l'eau de Cologne au clou de girofle m'emplit les narines. L'odeur m'engourdit tellement le nez qu'elle rend mon odorat inutile. *Enfoiré.*

Derrière moi, les triplés se sont pétrifiés.

« Salut. Je ne voudrais pas être malpoli, mais tu portes des lunettes de soleil en pleine nuit », dis-je à l'homme.

Les triplés pouffent dans mon dos, mais le frimeur au parfum de clou de girofle face à moi ne répond pas.

« Rien ? Bon, je respecte tes choix vestimentaires.

— Ils m'ont promis un combat, marmonne-t-il en montrant les ours métamorphes du doigt.

— Hannibal ? » Je devine qu'il s'agit de l'adversaire qui devait affronter les Tueurs en kilt. Le géant acquiesce. « Ils sont trop jeunes. Et ils ne sont pas dans ta catégorie.

— Je sais, dit-il en penchant la tête pour faire craquer son cou épais. J'allais les affronter à trois contre un. »

Je hausse les épaules. « Dommage. Attends quelques années, et ces gamins pourront faire ce qu'ils veulent, dis-je en les montrant du pouce. Mais ce soir, c'est mort. »

Autour du feu, la fête bat son plein. D'autres félins métamorphes sont arrivés sur leurs motos sportives. Quelques-uns passent à côté de nous. Ils sentent la marijuana et l'alcool de grain. Deux léopards métamorphes s'approchent avec des bidons d'essence. Je sais qu'il s'agit de léopards, parce que, merde, qui d'autre porterait une veste en cuir à imprimé léopard ? Lorsqu'ils versent l'essence sur les flammes, des volutes jaune-bleu s'élèvent vers le ciel. Des cris et des hurlements de rire résonnent sur le parking. Apparemment, une ou deux hyènes métamorphes se trouvent dans le tas.

Je dois faire traverser le parking à ces trois gamins, passer à côté du feu et des fêtards ivres, puis les mettre en sécurité dans la camionnette avec Deke. Mais Hannibal ne l'entend pas de cette oreille. Il se tient les jambes écartées et les pieds fermement plantés sur le sol. Deux mètres dix et cent soixante kilogrammes de muscles.

Je fais rouler les muscles de mes épaules. « D'accord, mec. Tu veux te battre ? Je suis là.

— Toi ? aboie Hannibal.

— Je sais, je ne suis pas dans ta catégorie, mais on va se débrouiller.

— Trop facile, ricane-t-il. Je t'affronte avec les trois autres.

— Les trois autres doivent s'en aller. » Je recule un peu pour m'écarter de l'obstacle, espérant que les triplés comprendront mon intention. C'est le cas. Ils se déplacent en même temps que moi. « Mais j'ai un ami qui se joindra à nous. Qu'est-ce que tu en dis ? À deux contre un ?

— Quel ami ?

— Je peux l'appeler ? » Je montre ma poche. Sans attendre sa permission, j'en sors le portable et compose le numéro de Deke. Il répond avec un grognement.

« Une présence hostile, dis-je sans quitter Hannibal des yeux. Lance la manœuvre de Berlin.

— Bien reçu. » Deke raccroche.

« Qu'est-ce que… », commence à demander Hannibal. Je sors mon Glock et lui tire dans les genoux. Il se met à hurler.

« Courez ! Vers la camionnette ! » De la main, j'indique aux triplés la direction à suivre.

Ils se mettent à courir, Bern en tête, suivi d'Hutch, et Canyon sur ses talons.

Hannibal est allongé sur la chaussée, redressé sur les bras. Ses lunettes de soleil sont tombées. Quand il lève la tête, je découvre que la zone autour de ses yeux n'est qu'une masse de cicatrices. Au lieu de briller d'un éclat méta-morphe, ses yeux sont noirs.

Je me retourne et cours pour rattraper les triplés.

Une balle n'arrêtera pas un métamorphe longtemps. Nous n'avons fait que le ralentir.

Pire, le coup de feu a attiré l'attention des félins. Je percute l'un d'eux. Le métamorphe feule.

« Pardon », dis-je entre mes dents. Mais j'ai une arme à la main.

« Pas de chiens autorisés ici. Arrêtez-le ! » crie le félin.

Une dizaine de têtes se tournent vers nous, leurs yeux verts se braquant sur moi comme des lasers. Devant moi, les triplés zigzaguent entre des motards. Ils sont presque au niveau du feu de bois, et la foule est dense.

Canyon ralentit et regarde derrière lui.

« Non ! Continue », lui dis-je. Je pointe mon Glock vers le ciel et tire un coup d'avertissement. Les félins autour de moi grondent et s'accroupissent comme s'ils étaient sur le point de bondir.

Deke fait vrombir le moteur, puis il fait sauter la camionnette par-dessus une barrière basse en béton et fonce en direction du feu. Les félins se dispersent. À la dernière seconde, Deke dirige le véhicule sur la droite et percute la rangée de motos.

Les félins poussent des hurlements indignés.

Je crie à Canyon : « Allez, allez, allez ! » Ses frères atteignent l'arrière de la camionnette et sautent entre les portes ouvertes du coffre.

Deke crie quelque chose. Il y a trop de motos et de voitures pour qu'il puisse encore rapprocher la camionnette. Nous allons devoir traverser le parking pour le rejoindre.

Un guépard se jette sur moi. J'esquive son coup et le pousse, lui percutant le buste en avançant comme un joueur de football américain. Ses griffes déchirent ma veste en cuir. Je lance le métamorphe dans son groupe d'amis. D'autres grondements éclatent.

Les félins métamorphes se rapprochent.

« Channing ! » crie Canyon. Il jette quelque chose. Du verre se brise, et je suis soudain entouré par l'odeur du feu et de l'alcool de grain. Des flammes illuminent la nuit.

Le félin à côté de moi pousse un hurlement perçant, ce qui fait siffler mes oreilles. Sa veste en feu, il s'éloigne de ses frères en courant.

Où Canyon s'est-il procuré les ingrédients pour fabriquer des cocktails molotov ? Je donne un coup de poing au guépard le plus proche et le jette par-dessus mon épaule, l'envoyant percuter sa coalition.

Deke effectue des manœuvres avec la camionnette pour nous sortir de là. Le véhicule a bien plus de puissance que l'on pourrait s'y attendre, mais il est couvert de guépards.

Je secoue les bras. « Vas-y !

— Canyon ! » crie Hutch en sortant la tête par la fenêtre.

Son frère se tient dos au feu, une deuxième bouteille d'alcool de grain à la main. Il est encerclé par des félins qui feulent.

Merde. Foutu gamin. Je savais qu'il causerait des ennuis.

De la lumière et des ombres lèchent le torse nu de Canyon. Un félin se jette sur lui, le forçant à reculer. Il écrase du verre sous sa botte. Son kilt est dangereusement proche des flammes. Encore un pas en arrière, et il sera dans le feu.

Deux léopards métamorphes se rapprochent d'un bond. Je lève mon arme pour leur intimer de ne pas approcher.

« Espèce de lâche, siffle l'un d'eux. Tu n'amènes pas un flingue pour un combat à griffes nues. »

Si, à condition d'être futé. C'est là où Hannibal a commis une erreur. Il pensait que je me conduirais comme lors d'un combat du club. Hors du ring, les règles ne s'appliquent pas.

Elles ne s'appliquent pas non plus sur le ring, si la défaite vous importe peu. Ou la disqualification.

Un groupe de métamorphes se joint aux léopards. « Tu ne peux pas tous nous tirer dessus », dit l'un d'eux. Ses amis ricanent. L'un lève une bouteille d'alcool de grain, comme pour porter un toast. Des hyènes métamorphes. « Il te reste combien de balles ?

— Assez. » Je tire sur la bouteille, puis me retourne et me mets à courir, pris en chasse par les léopards qui glapissent. J'atteins la rangée de motos tombées à terre et en relève une. Normalement, j'aurais besoin de temps pour réussir à la démarrer, mais il s'agit d'une moto de guépard. Les fils sont déjà dénudés. Je mets en contact les fils correspondants, et la moto démarre en vrombissant.

Les léopards métamorphes bondissent, mais trop tard. Je fonce à toute allure, droit sur le feu. Les félins hurlent et sautent pour s'écarter de mon chemin. Je continue d'accélérer jusqu'à ce que la roue avant se décolle du sol. Canyon se trouve de l'autre côté, la lumière du feu illuminant son dos nu. Pour parvenir jusqu'à lui, je vais devoir affronter la foule de métamorphes ou contourner le feu.

Ou alors...

Une planche de contreplaqué rehaussée d'un côté est placée de ce côté du feu. Une rampe. C'était le projet des guépards métamorphes ce soir. Ces idiots comptaient sauter par-dessus le feu.

Je fais atteindre la vitesse maximum à la moto et roule sur la rampe. La moto s'envole, et moi avec. De la chaleur me lèche le visage — je suis au-dessus du feu.

Je suis plus lourd qu'un guépard métamorphe, et je n'ai

pas pris assez d'élan. Je n'y arriverai peut-être pas. Les flammes me lèchent les bottes.

« Canyon ! » dis-je en rugissant. Je me redresse, m'éjecte de la moto… Et prends ma forme de loup pendant que je bondis.

Mon corps se tord, se crispe. Mon jean et ma veste en cuir se déchirent. Des lambeaux de vêtements pleuvent sur le feu.

La moto s'écrase à moitié dans le feu, à moitié hors du feu. Juste là où Canyon se serait trouvé… s'il n'avait pas bougé.

J'atterris sur mes pattes et bondis en avant. Je baisse ma tête poilue pour me glisser entre les jambes de Canyon, puis je me redresse, et il rebondit sur mon dos. Il crie et tombe en avant, en s'agrippant à ma fourrure blanche. Je le laisse me chevaucher comme un enfant sur un poney miniature jusqu'à ce que nous ayons gagné l'arrière du parking, où ma moto est garée.

Derrière nous, les flammes trouvent le réservoir de la moto. Une explosion se produit.

Un léopard et une hyène bondissent pour me barrer la route. Leurs visages sont brûlés, mais commencent déjà à cicatriser. Canyon jette le dernier cocktail molotov à leurs pieds lorsque je passe à côté d'eux sans ralentir.

Une fois auprès de ma moto, Canyon descend de mon dos, et je reprends forme humaine. Pour une fois, je suis reconnaissant que l'armée nous oblige à porter ces combinaisons moulantes qui s'étirent quand nous mutons. Conduire une moto à poil serait vraiment chiant.

Tu parles d'un problème de métamorphe.

En revanche, je devrai rester pieds nus. Mes bottes ont brûlé. Je secoue les mains. Lorsque j'ai sauté de la moto, j'ai atterri sur du verre, et quelques éclats se sont plantés dans mes coussinets. Reprendre forme humaine a repoussé le verre hors de ma peau. Le picotement dans mes pieds et mes paumes m'indique que la régénération métamorphe a commencé.

J'enfourche la moto et compose un code compliqué pour la démarrer. Personne ne peut démarrer ma moto sans ce code ; j'ai trop de systèmes de sécurité intégrés.

« Monte. » Dès que Canyon a grimpé derrière moi, j'accélère pour nous éloigner de l'agitation.

Quelques guépards essaient de nous sauter dessus, mais je les évite sans ralentir. Deke se moque de ma moto sportive, mais elle n'a pas son pareil en matière de vitesse et de maniabilité. Je finis par dépasser l'entrepôt en une embardée au moment où les trois bookmakers en sortent. L'oiseau métamorphe cligne des yeux derrière ses énormes lunettes et sursaute, ce qui fait apparaître un nuage de plumes blanches. Son ami pose la main sur ses cheveux gris.

Le troisième semble ravi. « Bordel, c'est l'anarchie ! » dit-il avec un accent irlandais prononcé.

Et ça l'est.

Le parking n'est qu'une masse de félins métamorphes qui hurlent et de flammes qui brûlent le bitume.

Il faudra que j'envoie un message à Jared et Trey pour leur présenter mes excuses.

« Accroche-toi », dis-je à Canyon avant de faire accélérer la moto pour sauter par-dessus une barrière basse en béton, puis une autre. Nous évitons un groupe de panthères métamorphes assises sur le capot de leurs Honda Civic personnalisées. Ils sifflent, mais ne nous prennent pas en chasse.

Il n'y a qu'une seule route pour entrer ou sortir de cette zone commerciale. Nous rattrapons Deke et les autres tandis que la camionnette manœuvre pour gagner la route principale.

« Waouh, on est libres ! » crie Canyon.

Lorsqu'un rugissement éclate dans notre dos, il s'agrippe à moi.

« Oh, non », murmure-t-il. Sa voix se brise sur le mot.

Je risque un coup d'œil en arrière.

Hannibal est derrière nous, sur sa propre moto. Il a remis ses lunettes de soleil. Son jean est déchiré et taché au genou, mais à part ça, rien n'indique que je lui ai tiré dessus. Vu l'effet qu'elles lui ont fait, les balles auraient aussi bien pu être des piqûres de moustique.

Il rugit de nouveau et se rapproche de nous. Il pilote une grosse Harley qui semble avoir été modifiée. La moto a beau être massive, elle est sacrément rapide.

« Tiens-toi bien », dis-je à Canyon, qui obéit. Le ciel soit loué, il est déjà monté à l'arrière d'une moto. Je fonce jusqu'à Deke dans la camionnette. « Hostile ! Hostile à six heures.

— Compris », gronde Deke. Il écrase l'accélérateur pour avancer sur la route principale, mais il ne sera pas assez rapide pour semer Hannibal. Je ralentis pour me placer derrière la camionnette et assurer ses arrières.

« Qu'est-ce qu'on fait ? » crie Canyon.

On ? « Tu étais censé suivre tes frères !

— Tu avais besoin d'aide. On n'abandonne personne », répond-il en me serrant la taille pendant que nous nous penchons dans un virage.

Ça se respecte. « Où est-ce que tu as trouvé les cocktails molotov ?

— Un type les fabriquait. Je les lui ai pris des mains. » Canyon se retourne, puis m'informe : « Il nous rattrape. »

Nous nous trouvons sur une longue ligne droite. Pas de

civils. Je pourrais arrêter la moto et affronter Hannibal, donner à Deke une chance de s'enfuir, mais je mettrais Canyon en danger. J'ai perdu mon arme quand j'ai muté.

Je suis à court d'idées.

« C'est un métamorphe de quelle espèce ? demande Canyon.

— Je ne sais pas. Il a dissimulé son odeur avec de l'huile de clou de girofle.

— Alors, c'est pour ça que je n'arrivais pas à la sentir. Mon nez s'est engourdi.

— Ouais. » Ma voix devient rauque à force de hurler comme un malade, mais j'ai envie de continuer la conversation. Je veux que Canyon comprenne. Je ne sais pas pourquoi je souhaite apprendre des choses au gamin, mais c'est le cas. « Il cache quelque chose », dis-je en me penchant dans un autre virage. Deke doit ralentir la camionnette pour le négocier, et nous perdons encore quelques mètres d'avance sur Hannibal. « Il ne veut pas qu'on sache ce qu'il est.

— Merde », marmonne doucement Canyon.

Hannibal nous a presque rattrapés.

Les portes arrière de la camionnette s'ouvrent en grand. Hutch et Bern s'accrochent de chaque côté d'un lance-roquettes.

Je leur adresse un signe de la tête, mais garde ma moto entre eux et Hannibal, juste dans la ligne de mire de l'ennemi.

Nous passons un autre virage. Deke s'y engage à toute allure. Hannibal n'est qu'à quelques mètres de nous, sa Harley vrombissant bruyamment. Dès que nous nous trouvons sur une portion de route droite, Deke ralentit.

« Attention ! » crie Bern. Je m'empresse de faire dévier la moto pour m'écarter. La roquette passe à côté de nous en sifflant. J'entends une explosion, puis je sens sa chaleur dans ma nuque.

Canyon éclate de rire.

Je fais avancer la moto jusqu'à la hauteur de la vitre de la camionnette, sans ralentir.

« Ils l'ont eu ?

— Ils ont eu sa moto, me répond Canyon.

— Encore mieux. » Je souris et regarde Deke en levant le pouce. Il hoche la tête, et nous ralentissons jusqu'à ce que nous ayons adopté notre vitesse de croisière. Le rugissement d'Hannibal résonne derrière nous tandis que nous nous éloignons dans la nuit.

Chapitre deux

Channing

« Je n'arrive pas à croire que tu les as laissés tirer une roquette », dis-je à Deke. La camionnette est arrêtée sur le bord de la route, et Canyon a retrouvé ses frères.

Deke grogne.

Je porte le boxer high-tech conçu par l'armée pour ne pas se déchirer même quand nous mutons. J'enfile un jogging de rechange que je garde avec mon portefeuille dans le coffre sous la selle de ma moto. Il n'y a pas la place d'y mettre grand-chose d'autre ; j'ai donc encore besoin d'un T-shirt, d'une veste et de chaussures.

Encore des problèmes de métamorphe.

« Ça s'est bien terminé, j'imagine, dis-je en rangeant la fine combinaison militaire dans le coffre avant de le fermer. Tu pourras les ramener chez eux ? »

Deke foudroie les triplés du regard. Ils se racontent leurs participations respectives à la mission de ce soir, en rajoutant du sang et des armes à feu. « Où est-ce que tu vas ? demande-t-il.

— Une mission privée. J'ai déjà l'autorisation de Rafe. »
Je garde un ton léger, mais ma poitrine se comprime, et je
sens une bouffée fantôme d'un parfum de lilas et de
lavande.

Deke fronce les sourcils, mais il ne dit rien.

Canyon le rejoint en galopant. « Hé, Deke. La
prochaine fois, je peux tirer avec le lance-roquettes ? »

Deke m'adresse un regard noir, comme pour dire : *Je
n'arrive pas à croire que tu me refourgues cette mission de
babysitting d'oursons métamorphes.* « Non.

— Et si ce type, Hannibal, revient ? demande Hutch.

— Vous fuyez, dis-je. Vous êtes probablement plus
rapides que lui à pied. » Voyant Canyon ouvrir la bouche,
j'ajoute d'un ton sec : « C'est un ordre.

— Chef, oui chef ! » Canyon et ses frères se raidissent et
esquissent des imitations médiocres de salut militaire.

« Tu vois, tout se passera bien », dis-je à Deke en
montant sur la moto. Mes pieds vont geler dans le vent, mais
qu'est-ce que j'y peux ?

« Où sont tes bottes ? demande Canyon en remarquant
mes pieds nus.

— Je les ai perdues quand j'ai muté en sautant par-
dessus le feu », dis-je sans ajouter le reste de l'explication.
Parce que j'ai dû te sauver les miches. Encore une fois.

Ses oreilles rosissent. « Tiens, dit-il en retirant ses
bottes. C'est le moins que je puisse faire. »

Je descends de moto et les enfile. Elles sont presque à
ma taille, un peu trop grandes. « Merci. »

Canyon sourit. Hutch sort la tête de la fenêtre de la
camionnette, du côté passager. « Tu veux ma chemise ?

— Non, merci », dis-je en grimaçant à l'idée de porter la
chemise de pirate aux manches bouffantes.

Bern me propose la sienne, mais elle est identique à celle d'Hutch, mis à part qu'elle est noire. *Je passe.*

Deke sort du véhicule un Bombers en cuir brun avec une doublure en laine de mouton. Il me le lance.

« Qu'est-ce que c'est ?

— Un rechange. Prends-le. Tu ne peux pas faire la route torse nu. »

Je pourrais, mais ce serait bizarre. « Merci, mon frère. » J'enfile le blouson, en remonte le col et écarte les bras. « De quoi j'ai l'air ? »

Les triplés ricanent. Je porte un jogging, des bottes et un blouson empruntés. Rien d'autre. Il y a mieux à porter, pour une réunion qui aurait dû avoir lieu dix ans plus tôt, mais je devrai m'en contenter. Aucun magasin de vêtements ne sera ouvert avant l'aube, et mon instinct me pousse à retourner auprès de Julia le plus rapidement possible.

Bien sûr, mon instinct me pousse aussi à entrer chez elle, à la prendre dans mes bras, à la jeter sur son lit et à la revendiquer comme compagne. Ce que je ne peux certainement pas faire.

Mais chaque chose en son temps.

« Les ours, soyez sages avec papa Deke, dis-je en remontant sur ma moto.

— Chef, oui chef ! »

Excellent.

« Montez dans la camionnette », leur ordonne Deke. Ils se précipitent pour obéir. Deke s'approche de moi, l'air songeur. « Cette mission privée, je peux faire quelque chose pour t'aider ? »

Pour les membres de ma meute, c'est normal d'accepter des missions en solo entre les contrats plus importants. En général, il s'agit de petits boulots, de la sécurité ou de la surveillance. Tant que nous demandons la permission à notre alpha d'abord, ça ne le dérange pas.

« Non, ça va. Si j'ai besoin d'aide, je vous contacterai.

— Ouais, ça marche. » Il me regarde.

Je pose la main sur son épaule et ouvre de grands yeux. « Ah, Deke. Tu t'inquiètes pour moi ? Parce que j'ai bien l'impression que oui.

— Non », lâche-t-il en me repoussant la main. Mais il ne peut nier qu'il a pris un moment pour me faire savoir qu'il sera là pour moi si j'en ai besoin.

« Bon, j'ai compris. Bonne chance pour livrer les colis. Souviens-toi, tu ne peux pas les tuer, dis-je avec un clin d'œil en mimant une arme de l'index. Mais tu pourrais les étrangler s'ils deviennent trop pénibles. » Je serre la main autour de mon cou. « Même s'ils ont perdu connaissance, techniquement, ils sont vivants. C'est la règle numéro un du babysitting : garder les enfants en vie. »

Deke grogne.

« Tu vois ? C'est bien que ce soit toi qui les ramènes, plutôt que moi. »

Alors que je m'apprête à démarrer, il pose la main sur le guidon de ma moto.

« Encore une chose. Si tu m'appelles encore papa Deke, je t'éventre comme une biche et je te fais sécher en bande-lettes de viande.

— Bien compris... papa. » Je souris, lui montrant toutes mes dents.

Deke gronde tandis que j'effectue un demi-tour avec la moto pour me mettre hors de portée de sa main. Je lui adresse un sourire éclatant avant de prendre de la vitesse en projetant des cailloux.

Une fois sur la route et hors de vue de Deke, je prends la direction de chez Julia. Du soulagement m'envahit. Mon loup souhaite rester près d'elle. Son fils — mon neveu — a treize ans. La puberté est un moment difficile pour tout le monde, mais encore plus pour un métamorphe. Si le loup de Geo fait surface, la situation peut dégénérer. Mon frère m'a guidé lors de mes premières mutations. Elles étaient difficiles.

S'il m'arrive quelque chose...

J'ai promis à mon frère que je veillerais sur sa famille. Pendant dix ans, j'ai envoyé de l'argent. J'ai veillé sur eux de loin, les observant depuis le sommet de la colline ou grâce aux caméras que j'ai secrètement installées dans les hauts sapins au-dessus de leur maison.

Mais pour guider Geo pendant qu'il mute, je vais devoir me montrer. Être là.

Ça signifie être avec Julia. En personne. Sous le même toit, comme les quelques années où je suis resté avec eux, quand Geo n'était qu'un bambin. Avant la mort de Geoffrey.

Le loup de Geo aura besoin de ma présence. À côté des membres de mon équipe, je suis peut-être un bon à rien, mais je suis tout ce qu'il a.

Je resterai concentré sur le fait d'aider Geo durant ses premières mutations. Je m'assurerai qu'il réussisse à contrôler son animal. Je les aiderai, sa mère et lui, du mieux possible.

Et quoi que je fasse, je ne céderai pas à l'envie de toucher, de goûter ou de revendiquer Julia.

L'humaine que je ne devrais pas désirer si désespérément.

* * *

J*ulia*

Le réveil sonne toujours trop tôt. Je me tourne et frappe l'appareil assez fort pour le faire tomber de la table de chevet. Je suis de la vieille école : je me sers encore d'un réveil. Je ne dors pas à côté de mon téléphone. Sinon, je débuterais chaque jour en le consultant, et ma journée de travail commencerait au moment où j'ouvre les yeux.

Je n'ai jamais été matinale, mais j'ai du travail. Et ces jours-ci, emmener Geo au collège est plus difficile que jamais.

Après m'être douchée, j'enfile la tenue que je porte pour travailler à la maison, un legging confortable et un joli chemisier, puis je descends à la cuisine. En passant, je frappe à la porte de Geo.

« C'est le matin, dis-je. Bientôt l'heure de l'école. » Je frappe encore une fois, puis attends d'entendre un grognement étouffé confirmant qu'il m'a entendue. Je m'oblige à descendre l'escalier en me retenant d'entrer dans sa chambre pour m'assurer qu'il commence à se préparer. Je prépare du café en tendant l'oreille, espérant l'entendre entrer sous la douche.

J'essaie de lui laisser de l'intimité et de ne pas l'étouffer. Mais c'est difficile, bien plus que je ne m'y attendais.

Une photographie de notre famille est accrochée sur le réfrigérateur. Moi, Geo et feu son père, Geoffrey. C'est la dernière photographie que nous avons prise ensemble. Geo avait trois ans, et son petit visage mignon m'émeut. Il est le parfait mélange entre son père et moi. Il a mes sombres cheveux soyeux et mon teint légèrement hâlé, mais la structure de son visage est celle de son père. Et il a aussi hérité des yeux de Geoffrey, d'un vert saisissant. Des yeux qui brillent quand sa nature de loup est sur le point de prendre le dessus.

La première fois que les yeux de Geo ont brillé à la lumière comme le faisaient ceux de Geoffrey, je suis restée comme un lapin pris dans les phares. J'ai dû quitter la pièce avant que Geo ne s'aperçoive que j'étais sur le point de faire une crise de panique. J'avais presque oublié que j'étais une humaine élevant un métamorphe. Un métamorphe qui, un jour, serait capable de prendre la forme d'un loup gigantesque. *Et à ce moment-là, que ferai-je ?* Je n'avais jamais imaginé devoir affronter ce moment seule, sans Geoffrey pour me guider.

J'ai presque composé le numéro que son frère m'a donné en cas d'urgence. Presque. Il y a dix ans, Channing s'est engagé dans l'armée. Je pensais que nous le verrions entre ses périodes de service, pendant les fêtes, mais il n'est jamais revenu.

Geo ne reconnaîtrait même pas son oncle s'il le croisait dans la rue. Mais je comprends. Il fait partie d'une espèce d'unité spéciale. Il n'est sans doute pas revenu dans le pays depuis des années. Mais tout de même, avoir de ses nouvelles aurait été agréable. Une lettre. Un SMS. Un cadeau de Noël à son neveu. Bien sûr, les métamorphes ne fêtant pas Noël, j'en attendais peut-être trop. Pour Halloween, alors ?

Mais non, rien. Aucun contact, à part l'argent qui arrive dans des enveloppes comme par magie. Ce que j'apprécie, mais l'argent n'est pas vraiment mon langage de l'amour favori. Donc, pour tout le reste, j'ai dû me débrouiller toute seule. Mais ça va. Geo et moi, on s'en sort très bien tous les deux. Nous formons notre propre unité spéciale.

Avant que mon café ait fini de couler, la porte de Geo s'ouvre en grinçant, et il sort à pas lourds dans le couloir. Je retiens ma respiration jusqu'à ce que j'entende l'eau de la douche commencer à couler à l'étage.

Ce matin ne sera peut-être pas une lutte.

Des e-mails et des textos font vibrer mon smartphone. Je le débranche de son chargeur dans la cuisine et parcours les messages tout en ouvrant le réfrigérateur. J'en sors des œufs et du lait. Ainsi que du bacon. Les métamorphes ont besoin de viande. C'est ce que Geoffrey avait coutume de me dire. Il était capable de dévorer cinq hamburgers en un seul repas. Et ça, c'était pendant un jour de repos.

Mon assistante m'a déjà envoyé cinq e-mails. Au lieu de passer du temps à répondre à chacun d'entre eux, j'appelle directement son bureau tout en posant la poêle sur la cuisinière, puis je commence à casser des œufs.

« Bonjour, Kelly, c'est moi. J'ai reçu tes messages. Je me suis dit que ce serait plus simple de t'appeler. » Je réponds à ses questions une par une tout en battant six œufs et en plaçant le bacon sur le gril.

Les tranches grésillent quand Geo descend bruyamment l'escalier.

Je termine l'appel. « Bonjour, dis-je joyeusement à mon fils en souriant. Je t'ai préparé du bacon. »

Il ne répond pas, mais il paraît moins grognon que d'habitude. Ses cheveux sont dressés en d'adorables pointes, et je dois me retenir de toutes mes forces pour ne pas traverser la cuisine et lui caresser la tête, comme je le faisais auparavant.

« Ton iPad est chargé pour l'école ? » Son école a fourni une tablette à chaque élève au début de l'année. L'établissement se revendique une école STEM, je crois. Je déteste ça : avec un clavier, Geoffrey n'a pas besoin d'apprendre à épeler ou à écrire. L'autocorrection et la fonction de reconnaissance automatique de la parole sont ses meilleures amies.

« Ouais, répond-il en grognant.

— Remplis ta gourde, s'il te plaît. »

Il se penche sur son sac à dos, en sort la gourde et la remplit.

« Je suis contente que tu te sois douché. » Voilà, un peu de renforcement positif. « Tu as mis du déodorant ? »

Il renifle son T-shirt, comme pour vérifier. Pour un enfant avec un odorat si sensible, on pourrait s'attendre à ce qu'il remarque l'augmentation de ses propres odeurs corporelles.

« Geo... » Je n'ai pas envie de lui faire des réflexions. Lorsque je le fais, il se met sur la défensive, comme si je critiquais son nouveau corps et son odeur, alors que je l'aide à prendre soin de son hygiène de base.

Avec un grognement, il se retourne et remonte lourdement les marches. Il est si délicat avec les odeurs que j'ai dû acheter cinq marques de déodorant avant d'en trouver une qu'il ne déteste pas. Un déodorant naturel parfumé au cèdre et au bois de santal.

Quand mon gentil petit garçon est-il devenu un adolescent grognant et puant ? C'était tellement plus simple lorsque je pouvais le mettre de bonne humeur en le chatouillant. Le chatouiller fonctionne rarement, désormais. La dernière fois que j'ai essayé, j'ai été choquée par la longueur de ses membres... et j'ai failli recevoir un coup de pied involontaire.

Je remplis son assiette dans la cuisine, puis la pose sur la table.

« Le petit déjeuner est prêt ! » dis-je au pied de l'escalier. Je me retiens de lui demander de descendre avant qu'il refroidisse. Me souvenant d'une question que j'ai oublié de poser à Kelly à propos d'une tâche, je la rappelle tout en essuyant les comptoirs et en vidant le lave-vaisselle. Normalement, c'est à Geo de le faire, mais il sera en retard pour le collège s'il s'en occupe maintenant. Au moins, il a sorti la poubelle. Il n'a pas remplacé le sac dans la poubelle, mais c'est un début.

Un courant d'air frais pénètre par l'avant de la maison. Quand je vais voir, je trouve la porte d'entrée entrouverte.

« Bon, voilà, c'est tout. Je dois emmener Geo à l'école, mais je serai disponible dans une demi-heure », dis-je à Kelly. Je raccroche en regardant fixement la porte ouverte. Stupéfaite, je l'ouvre en grand. Je sais que je l'ai verrouillée et que j'ai mis la barre de sécurité en place hier soir. Geo est-il sorti ?

Dehors, on dirait que quelqu'un a renversé la benne. Des ordures sont étalées dans la rue. J'enfile un manteau et sors nettoyer.

Geo a dû oublier de fermer la benne, et un raton laveur entreprenant en aura profité. Une carcasse de poulet du dîner de la veille gît sur la chaussée. Je ramasse les déchets les plus odorants à l'aide d'un chiffon déchiré.

Alors que j'ai presque terminé, je prends conscience de ce dont je me sers. Le chiffon déchiré est un T-shirt. Et pas n'importe quel T-shirt. Celui d'un groupe de musique. Sur l'avant, je lis *Faust* et vois une photographie de Luna, la chanteuse, qui crie dans son microphone.

Il s'agit du groupe préféré de Geo, dont il conserve précieusement chaque produit dérivé, tel un dragon avec son trésor. Il n'aurait jamais jeté ce T-shirt. Pourtant, il était dans la benne. Il le portait hier soir, et il est à présent en lambeaux, comme si un animal sauvage s'en était emparé. Je distingue de légères traces rouges sur le tissu délavé.

Et je comprends tout à coup. Je sais ce qui s'est passé hier soir. Pourquoi la porte était ouverte et pourquoi ce T-shirt est déchiré. Je le tiens si fort que les articulations de mes doigts blanchissent.

« Oh, mon Dieu, c'est maintenant. » Depuis longtemps, j'espère et je redoute ce jour. Celui où les gènes de Geo feront surface et il deviendra un loup, comme son père.

Il est temps d'avoir la grande conversation.

Enfin, nous avons déjà commencé à en parler. Lorsqu'il a commencé à avoir du poil sous les aisselles et qu'il s'est mis à muer, je lui ai rappelé qu'il était possible qu'il mute. Il semblait avoir oublié, au fil des ans. Il sait qu'il est différent. Qu'il est beaucoup plus fort que ses camarades et cicatrise plus vite. Et qu'il doit impérativement dissimuler ses différences à tous les humains. Mais nous n'avons pas parlé de mutation depuis des années. Je n'en ai pas parlé, parce que... eh bien, je n'étais même pas sûre qu'il deviendrait un loup. Il est à moitié humain, à moitié métamorphe. Geoffrey m'a expliqué que parfois, ces enfants ne peuvent pas muter. Je ne voulais pas que Geo s'imagine qu'il aurait une espèce de superpouvoir, seulement pour être déçu.

Mais s'il s'avérait capable de muter, je ne souhaitais pas non plus qu'il soit pris par surprise. Nous en avons donc discuté une fois, puis je n'en ai jamais reparlé.

Et à présent, c'est arrivé, semble-t-il. Les gènes de Geo étaient assez puissants. C'est un loup, comme son père.

Et je n'ai pas la moindre idée de comment l'aider à traverser ce changement dans sa vie.

Je rentre dans la maison, le ventre retourné par mon café. Quand j'arrive à la porte, j'ai une autre mauvaise surprise. Je découvre des griffures sur le bois vieilli, jusqu'en bas. La poignée en bronze est écrasée, ce qui est impossible. À moins que... quelqu'un doté d'une force surnaturelle ne l'ait serrée et cassée. Quelqu'un qui n'a pas conscience de sa force.

Geo dévore son petit déjeuner à table. Il mâche à peine chaque bouchée. Geoffrey mangeait de la même manière, surtout après avoir muté.

Je m'approche lentement de lui. « *Mijo*. Hier soir, tu as... » Comment poser la question ?

Geo lève la tête et blêmit en voyant le T-shirt déchiré dans ma main. Il perd un instant ses moyens. « Je n'ai pas envie d'en parler.

— Mon chéri, c'est normal, dis-je en m'asseyant à côté de lui. Tu n'as aucune raison d'avoir honte.

— J'ai dit que je ne voulais pas en parler ! » Il se lève avec colère et part dans le salon.

Je le suis. « Eh bien, il faut qu'on en parle. Tu es sorti de la maison pendant la nuit ? »

Il est à la porte et enfile son manteau. Il marmonne quelque chose.

« Comment ?

— Tu sais que oui ! » Ses yeux brillent d'un vert plus vif.

Je lui montre les lambeaux de tissu que je tiens toujours. « Qu'est-il arrivé à ton T-shirt ? Tu t'es battu ? C'est ton sang ?

— Non. J'ai... chassé. » Il marmonne le dernier mot.

Je me force à déglutir malgré ma gorge nouée. « Tu étais un loup. »

Il baisse la tête et détourne le regard. Il a essayé de me le cacher. Il ne veut pas que je le sache ? Croit-il que j'ai honte de lui ? Je fais quelque chose de travers.

Je pose le T-shirt sur une table d'appoint et tente une autre approche. « Geo, c'est normal pour un jeune métamorphe de ton âge de commencer à muter. Avec ton père, on espérait que tu hériterais de ses gènes. C'est une bonne chose. »

Il prend son sac à dos en m'ignorant.

« Je pense qu'on devrait en parler.

— Maman, non. Je vais être en retard. » Il ouvre la porte et s'en va.

Je ne suis pas une métamorphe. Comment puis-je aider Geo au cours de sa puberté ?

Pendant ma grossesse, j'ai discuté avec Geoffrey de la possibilité que notre fils hérite des gènes métamorphes, mais son adolescence et le moment où ses pouvoirs s'étaient déclenchés étaient déjà si loin... Parler de l'avenir et devoir affronter la réalité sont deux choses différentes.

Et ce n'est pas comme si je pouvais lire des livres d'éducation sur le sujet. *Comment maîtriser votre animal métamorphe. Muter facilement en sept étapes.*

Geo est sorti hier soir. Il a muté en loup, a déchiré son T-shirt et l'a taché de sang, je ne sais comment. *Au moins, il ne s'agissait pas de son sang.*

Il n'a que treize ans. Il ne peut pas se promener dehors la nuit. Sous sa forme de loup. Et si quelqu'un le voyait ?

Seigneur, c'est un cauchemar. Je ne sais même pas comment protéger mon fils. Comment réussir à le garder toute la nuit dans la maison. J'ignore s'il rentrera couvert de sang d'animal. Ou pire... s'il ne rentrera pas.

Certains chasseurs sont prêts à tirer sur un loup par pur sport. Pour avoir sa tête en trophée.

Je frissonne.

J'ouvre la porte. Geo descend l'allée.

« Geoffrey, reviens ici.

— Ne m'appelle pas comme ça ! Ce n'est pas mon nom, dit-il sans se retourner.

— Ne parle pas comme ça à ta mère », dit une voix grave. Geo et moi nous retournons vers l'interruption.

À une dizaine de mètres, une moto est garée de l'autre côté de l'impasse tranquille. Si elle s'y trouvait il y a quelques minutes, je ne l'ai pas remarquée. Un homme de grande taille vêtu d'un jogging large et d'une veste en cuir brun est appuyé contre la moto. Il traverse l'impasse en direction de notre allée. Le soleil apparaît derrière un nuage. La lumière éclaire ses cheveux blonds presque rasés et, pendant une seconde, il ressemble tellement à mon mari disparu que j'en ai le souffle coupé. Puis il penche la tête, et une fossette apparaît sur chacune de ses joues. « Salut, Julia. »

Geo s'est crispé à côté de moi. Bien qu'il ne me dépasse que de trois centimètres, il se place de façon protectrice devant moi. « Vous êtes qui ? Comment vous connaissez ma mère ?

— Tout va bien, Geo, dis-je en posant la main sur le bras contracté de mon fils. Je le connais. C'est ton oncle Channing. »

Chapitre trois

J*ulia*

« Je n'ai pas d'oncle, dit Geo.

— Geo. » La voix de Channing est plus grave que dans mon souvenir. « Ça fait quelques années.

— Dix. » Je ne peux m'empêcher de prendre un ton sec. Geo se crispe de nouveau. Un grondement bas vibre dans sa gorge. Ce son n'est pas humain.

Il s'agit de son loup.

Je suis tout à coup envahie par le souvenir du grondement de son père. Il surgissait chaque fois que Geoffrey me croyait en danger.

Oh, mon Dieu. Je dois rester calme afin que Geo le reste, lui aussi. S'il pense que Channing est une menace, impossible de savoir ce qu'il fera.

« On ne t'a pas vu depuis dix ans », dis-je à Channing, fière de parvenir à garder une voix normale.

Où étais-tu passé ?

« Je sais, dit-il. Je suis désolé. J'ai envoyé de l'argent. »

Incroyable. « Toutes ces enveloppes, elles étaient de toi ? »

41

Il hoche la tête.

« D'accord. » Je lui décoche un regard qui dit : *Je m'occuperai de toi plus tard.*

Les yeux verts de Channing scintillent dans la lumière matinale. Il est plus grand que dans mon souvenir, ses épaules plus larges. Ou peut-être est-ce dû à sa façon de se tenir. Sa posture décontractée ne peut dissimuler les muscles puissants sous sa veste de moto. Il s'est étoffé depuis ses dix-neuf ans. Ce qui paraît surprenant, parce qu'il était déjà tout en muscles à l'époque.

Il porte un Bombers en cuir brun, et rien d'autre. Pas de T-shirt. Le blouson est ouvert, me permettant de voir ses pectoraux sculptés et ses abdos spectaculaires. Une véritable tablette de chocolat se dissimule sous cette tenue regrettable.

Non que je le reluque. Ce serait bizarre.

Je détache mon regard de son corps. « Geo, tu dois y aller. Tu vas rater le bus.

— Je ne veux pas te laisser seule avec lui.

— Il n'y a rien à craindre », dis-je à Geo. Au même moment, Channing montre quelque chose du pouce derrière lui, ce qui ouvre davantage sa veste, révélant un torse musclé et bronzé qui rendrait jaloux un mannequin.

« Tu es déjà monté sur une moto ? Je peux t'amener...

— Certainement pas », dis-je sèchement. Même si mon fils est doté d'incroyables facultés de régénération, je sais que les motos sont dangereuses. Je sais aussi que les métamorphes ne sont pas aussi indestructibles qu'ils le croient. Je l'ai appris de la pire façon imaginable.

Geo l'observe, les yeux plissés.

« Tu es sûre ? me demande Channing en souriant, ce qui fait apparaître ses profondes fossettes. Ça nous donnerait l'occasion de faire connaissance.

— Non. Pas de motos. » Je me redresse de toute ma taille, c'est-à-dire environ trente centimètres de moins que Channing.

Le sourire de celui-ci disparaît. Il me considère d'un air songeur. Je ne l'avais jamais vu avec une expression si sérieuse. Si adulte. « Bon, Geo, tu as entendu ta mère. Il est l'heure d'aller à l'école. »

Je serre les dents. *Comment oses-tu dire à mon fils ce qu'il doit faire ?* Je ravale mon indignation pour éviter que Geo ne la décèle dans ma posture ou mon odeur.

Mais mon fils ne paraît rien remarquer. Il passe son sac à dos sur son épaule et descend l'allée. J'attends qu'il se soit éloigné pour placer les mains sur les hanches. Channing suit toujours Geo des yeux avec une expression lointaine.

Son visage est plus dur que dans mon souvenir, ses traits plus parfaits. Il a toujours ses fossettes — elles apparaissent quand il joue de son charme. À l'époque, ses oreilles légèrement décollées avaient l'air trop grandes pour sa tête. Ce n'est plus le cas, même avec ses cheveux presque rasés. Il a le corps et la carrure d'une star de cinéma.

Non que je le trouve attirant. Il est bien trop jeune pour moi. Et il s'agit de mon beau-frère. Je remarque les différences, c'est tout.

Dès que Geo ne peut plus nous entendre, je m'éclaircis la gorge pour attirer son attention. « Tu n'as pas à donner des ordres à Geo. Ce n'est pas ta place. Tu ne peux pas débarquer après dix ans et faire comme si tu jouais un rôle dans sa vie.

— Je m'excuse. » Son regard vert vif se pose sur mon visage. Sa façon de m'observer a quelque chose d'étrangement intime. C'est déconcertant.

Je fais appel à ma colère. « Qu'est-ce que tu fais ici ? »

Chaque fois que Channing faisait quelque chose d'idiot

ou s'attirait des ennuis, il avait coutume de pencher la tête sur le côté et de prendre une irrésistible expression contrite. Une manière de s'en tirer à bon compte qui fonctionnait avec tout le monde, sauf son frère aîné.

À cet instant, je découvre une version améliorée de cette expression. Il penche la tête sur le côté, ses yeux saisissants brillent, et ses fossettes apparaissent. « Je ne peux pas rendre visite à mon neveu préféré ?

— C'est ton seul et unique neveu. Et ce n'est pas comme si tu t'en souciais, dis-je en m'efforçant de me prémunir contre son charme.

— Bien sûr que je m'en soucie, Julia. » Les fossettes disparaissent. Je suis surprise qu'il semble si sincèrement blessé par ma remarque.

Je croise les bras, les sourcils haussés. « Vraiment ? Dans ce cas, où étais-tu ? Tu fais toujours partie de l'armée, au moins ?

— Ici et là. Un peu partout, répond-il en haussant les épaules. J'ai quitté l'armée il y a quelques années pour m'orienter dans le secteur de la sécurité privée. Je t'ai envoyé un message.

— Avec un portable prépayé. *En cas d'urgence,* il était écrit. Comme si c'était une explication suffisante. »

Mon Dieu, je me demande s'il est impliqué dans des activités illégales. A-t-il suivi les traces de son bon à rien de père ? Il s'est attiré beaucoup d'ennuis pendant son adolescence. C'est pour ça que Geoffrey a dû le faire emménager avec nous en Arizona quand il avait dix-sept ans, au lieu de rester dans le Kentucky avec la meute de leur père. Ces loups n'étaient pas de bonnes fréquentations.

Même lorsqu'il habitait avec nous, il n'était jamais à la maison. Il passait son temps à courir et toutes ses nuits dehors. Il participait à des courses de motos. Puis de voitures. Et dès un jeune âge, il avait du succès auprès des filles.

Il hausse tranquillement ses épaules musclées, comme si ce qu'il avait fait ces dix dernières années n'avait pas d'importance. Il n'a jamais été le frère responsable de la famille. C'était Geoffrey.

Channing regarde mes mains et plisse le nez. « Pourquoi tu sens le sang de lapin ? »

Je baisse les yeux sur mon chemisier en soie à la recherche d'une tache, mais n'en vois aucune. L'odeur de la proie de Geo doit s'attarder sur mes mains. L'odorat des métamorphes est puissant.

« Ce n'est rien.

— C'est un mensonge, Julia. » Il fait un pas en avant. Il est à présent assez proche pour que je le touche. Ses yeux brillants ont pris une couleur verte plus vive, inhumaine. Je frissonne. Son loup a les mêmes yeux que celui de Geo. Et que celui de Geoffrey. « Geo a tué une proie et l'a ramenée à la maison ?

— Ça ne te regarde pas.

— Bien sûr que si. C'est pour ça que je suis là. Pour guider Geo pendant sa puberté de métamorphe. »

Oh.

Je devrais être contente. C'est exactement ce dont j'ai besoin. Mais voir Channing en personne après tant d'années fait remonter une tonne de souffrance. Je suis ébranlée par sa présence. Le voir me fait comprendre à quel point il m'a manqué. À quel point j'ai été déçue qu'il ne revienne jamais au fil des ans. Il a vécu quelques années avec nous. Je pensais qu'il continuerait de faire partie de notre famille après le décès de Geoffrey, mais il a complètement disparu et n'a plus donné de nouvelles.

« Ce ne sera pas nécessaire, dis-je.

— Je ne suis pas d'accord. Et je pense que c'est à moi d'en décider, puisque je suis un métamorphe, et pas toi.

— Tu peux répéter ?

— Non. » Il m'adresse un clin d'œil et passe à côté de moi pour monter sur ma terrasse couverte.

Je reste un instant bouche bée dans mon allée. *Il vient vraiment de partir pendant que je lui parle ?* Si ma tête pouvait exploser, elle le ferait.

Je me retourne et le pourchasse, prête à lui dire ses quatre vérités.

Il regarde ma porte d'entrée, les sourcils froncés.

« Geo a fait ça ? » demande-t-il en montrant la poignée écrasée.

Je ravale mon agacement. Ce qui arrive à Geo est plus important. « Je crois. Je ne sais pas.

— Et ça ? » Il s'accroupit et montre des griffures sur la porte et son cadre. Elles se situent au niveau du seuil. Si Channing ne me les avait pas montrées, je ne les aurais pas remarquées. Mais maintenant qu'il l'a fait, je trouve qu'elles ressemblent aux marques que feraient les griffes d'un gros chien ou d'un puma. Le vieux bois est creusé.

« J'imagine. Il n'a pas voulu me dire ce qui s'est passé. » Mes épaules s'affaissent. Toute cette matinée est un échec. J'ai envie de retourner au lit. De remonter le temps et de revenir à l'époque où Geo était tout petit. Quand Geoffrey était en vie et que ma vie était plus simple.

Channing entre dans la maison comme s'il était chez lui. Il ramasse le T-shirt déchiré du groupe préféré de Geo et baisse la tête pour le renifler. Ses yeux étincèlent.

« Un lapin, c'est sûr, annonce-t-il. Il a déjà muté combien de fois ? demande-t-il en regardant le tissu déchiré.

— Je... je ne sais vraiment pas. Ce matin, j'ai trouvé la

porte entrouverte et le T-shirt en lambeaux. Il ne voulait pas en parler.

— Il a sûrement eu peur. On dirait que ça l'a pris par surprise. Il a senti qu'il avait besoin de sortir, il a peut-être enlevé ses chaussures et son jean. Mais la mutation s'est produite plus vite qu'il ne s'y attendait. Il portait encore son T-shirt. » Il lève le vêtement pour me montrer la façon dont le tissu est étiré, et le col déchiré. « Une fois sous sa forme de loup, il ne s'est pas arrêté pour l'enlever. Il a senti un lapin, et il s'est précipité. Et il l'a attrapé. » Channing semble satisfait.

Je m'efforce de digérer cette information. Même si j'avais deviné quelque chose du genre, la confirmation de Channing ne rend la situation que plus réelle. « Mon fils est un métamorphe qui ne sait pas ce qui lui arrive ni comment le contrôler. »

Channing acquiesce de la tête.

Toutes sortes d'images me viennent à l'esprit. Geo qui se faufile hors de la maison pour se rendre dans la forêt. Qui se change en loup. Qui court entre les arbres, sent des animaux sauvages, les tue...

« Il ne peut pas sortir chasser tout seul au milieu de la nuit, dis-je d'une voix plus aiguë à cause de la panique qui monte. Ça ne me convient pas.

— Ça va aller, me dit Channing d'un ton apaisant en me frottant les bras. C'est pour ça que je suis là. Il a besoin de moi. »

Son geste me trouble. C'est mon beau-frère. Mon beau-frère *beaucoup plus jeune que moi*. Et ce contact semble... un peu trop intime.

Pas son geste. Ma réaction à son geste.

Parce que je ne considère plus Channing comme un gamin. Non, aucun doute, Channing est un homme.

Enfin, techniquement, pas vraiment un homme. C'est un métamorphe, mais il est devenu adulte.

Je hoche la tête et recule d'un pas, hors de sa portée. « C'est fou. J'aurais aimé qu'il vienne m'en parler.

— Il ne voulait sûrement pas t'inquiéter. Et il ne pensait pas comme un humain. Il pensait comme un métamorphe. Comme un loup. Il avait envie de chasser, donc il est sorti. Cette propriété est parfaite pour ça.

— C'est ce qu'avait dit Geoffrey quand on l'a visitée avec l'agent immobilier, dis-je machinalement. Et il y a environ cinq ans, quelqu'un a acheté le reste des parcelles autour de notre maison. Elles étaient censées être constructibles, mais rien n'a été fait. L'impasse est très tranquille.

— C'est bien. »

Je me détourne en me massant les tempes. Des pensées tempêtent sous mon crâne, tournant autour du visage de Geo, seul et effrayé. Se transformer en loup sans savoir ni comprendre comment la mutation fonctionne est tellement plus intense que mes surprises à la puberté : mes premières règles, ou quand des poils se sont mis à pousser là où je n'en avais pas auparavant.

Je m'assieds lourdement sur le canapé. « Il a treize ans.

— C'est l'âge où ça arrive. »

Et s'il partait trop loin et ne retrouvait pas son chemin jusqu'à la maison ? Et si un chasseur le trouvait ? Reprendrait-il forme humaine ? Est-il capable de changer de forme à volonté ? Et s'il se blessait pendant qu'il est seul dans la nature ?

Geo est tout ce que j'ai. J'ai perdu Geoffrey. Je ne peux pas le perdre aussi.

« Julia. Julia », m'appelle Channing.

Je le regarde, hébétée.

« Respire », me dit-il avec douceur. J'inspire. « C'est

bien. » Il s'assied à côté de moi sur le canapé. Les ressorts grincent sous son poids, et mon coussin penche et me fait glisser vers lui. « Respire profondément. Tout va bien se passer.

— Ce n'est qu'un enfant. Il est trop jeune. Il ne peut pas être tout seul en pleine nature. » Ma poitrine est comprimée. Mon anxiété s'y concentre, sous mon sternum. Si j'étais seule, je masserais la zone pour la détendre.

Channing étire le bras dans mon dos et le pose sur le dossier du canapé. Il ne me touche pas, mais sa chaleur m'enveloppe. Quand il prend la parole, sa voix grave est un océan de calme.

« Je sais. C'est pour ça que je suis là. C'est parfaitement normal. »

Je parviens à respirer plus facilement. La main de Channing reste à quelques centimètres au-dessus de mon épaule, mais il ne me touche toujours pas.

« Il ne sera pas seul. Je serai avec lui. » Les iris de Channing sont entourés de cercles sombres, et des stries dorées rayonnent autour de ses pupilles. Un début de barbe blonde recouvre ses joues finement ciselées.

Il est tellement plus musclé, plus carré que moi. Il occupe bien plus de la moitié du canapé. En plus du blouson, il porte un jogging large et des bottes noires. Et pas de T-shirt.

Je fronce le nez. « Pourquoi tu ne portes pas de T-shirt ? »

Il hausse les épaules en prenant son expression contrite que je ne connais que trop bien.

Je me redresse et me décale de quelques centimètres sur la gauche pour m'éloigner de lui. Il a sans doute laissé son T-shirt dans le lit d'une pauvre femme. Je me souviens qu'il était très populaire avec les filles, quand il était encore lycéen.

Il lui a sûrement fait passer une nuit inoubliable, avant de partir discrètement avant l'aube. À l'heure actuelle, elle doit se réveiller et s'apercevoir qu'il est parti. *Au moins, il a laissé le T-shirt,* pensera-t-elle en le ramassant pour le sentir. C'est le seul souvenir qui lui reste du dieu qui lui a fait vivre une expérience extraordinaire la nuit dernière.

Pourquoi suis-je en train de penser à Channing au lit ? Ça ne va pas.

J'appuie mes mains sur mes joues. Ma peau me brûle les paumes.

« Julia ? » Son regard se pose sur l'alliance que Geoffrey m'a donnée.

Je ne sais pas vraiment pourquoi je continue de la porter. Au début, je n'étais pas prête à l'enlever. Puis elle est devenue réconfortante, et je la portais comme un bouclier. Et à mesure que les années ont passé, je ne l'ai jamais enlevée.

Je me lève du canapé d'un bond et traverse la pièce. J'ai chaud de partout. S'agit-il d'une bouffée de chaleur ? C'est forcément ça. Je dois reprendre le contrôle. Je ne sais pas ce qui m'arrive, mais ça doit cesser. « Tu dois t'en aller. Tout de suite.

— Julia. » L'autorité douce dans sa voix me pousse à me retourner. Il s'est levé, lui aussi, et toute la pièce paraît plus petite. « Je ne m'en irai pas.

— Eh bien, ça change. »

Son expression devient dure, et je sais que ma pique a atteint sa cible. Il m'est douloureux de le faire souffrir, mais je sortirai les grands moyens, si nécessaire. Si c'est ce qu'il faut pour le faire partir.

Parce que je ne suis pas sûre qu'il soit le genre

d'exemple que je souhaite pour Geo. C'est peut-être un métamorphe, mais il est imprudent et imprévisible. Il est arrivé ici sans T-shirt et à moto. Qui fait une chose pareille ? Et pourquoi ? Cet homme n'a pas l'étoffe d'un mentor. De plus, le revoir me fait aussi souffrir. Il me rappelle une époque plus heureuse.

Et Geoffrey. Et il me rappelle à quel point je me sens seule, désormais.

« J'ai déconné, dit-il. Je le sais. Si je pouvais revenir en arrière, j'agirais différemment. Mais je suis là, maintenant, et je serai là pour Geo. Et pour toi. » Il s'approche de moi, entre dans mon espace personnel. Ses yeux sont braqués sur mon visage.

Je ne sais pas pourquoi il a ajouté cette dernière phrase : *Et pour toi.*

Je n'ai besoin de rien venant de lui.

Je ne compte certainement pas lui demander de l'aide.

De quoi ai-je l'air, à ses yeux ? Il a tant changé... mais j'ai changé, moi aussi. Remarque-t-il à quel point j'ai l'air plus vieille ? Toutes mes rides ? Suis-je encore attirante aux yeux d'un homme ?

Je me raidis. « Cette conversation est terminée. Je dois me mettre au travail. »

Une seconde, il reste là, à me surplomber. Il me dépasse de trente centimètres et il est doté de cinquante kilos de muscles de plus que moi, rassemblés sur sa charpente solide. Peut-être même cent kilos.

Je n'aurais aucun moyen de le mettre à la porte. Il pourrait me soulever d'une main. Ou me porter sur son épaule où il en aurait envie. Si je me plaignais, il me donnerait une tape sur les fesses. Me retournerait, me bâillonnerait et me ligoterait. Il a dû apprendre toutes sortes de manières d'immobiliser un ennemi à l'armée.

Euh... Waouh. Pourquoi est-ce que je pense à Channing de cette manière ?

Je frissonne. Je me raidis pour me contrôler.

Channing hausse un sourcil. L'air songeur, il respire profondément mon odeur.

Je m'éclaircis la gorge et lève le menton.

Il se dirige vers la porte, mais s'arrête, la main sur le cadre. « Je vais te laisser travailler, mais ce n'est pas terminé. Geoffrey m'a demandé de veiller sur sa famille. C'est ce que je vais faire.

— Pff ! » Trop peu, trop tard. « On s'est très bien débrouillés pendant plus de dix ans. On n'a pas besoin de toi. » Il ouvre la bouche, mais j'ajoute : « Referme la porte en partant. »

Avec un dernier regard insistant, il s'en va. Je m'avachis contre le mur. Je tremble, et mon dos est couvert de transpiration.

Il est parti.

C'est bien.

Je devrais être soulagée. Au lieu de ça, je me sens très mal à l'aise. Je ne sais pas ce qui m'a pris. Channing est littéralement la seule personne que je connaisse qui puisse m'aider et guider Geo. Lui demander de s'en aller n'était sans doute pas ma meilleure décision.

J'ai peut-être commis une erreur.

* * *

Channing

. . .

Elle est plus belle que jamais. Une sombre chevelure soyeuse, des yeux noirs flamboyants. Quand je me suis approché de Geo, j'ai cru qu'elle allait montrer les dents et gronder comme une mère-louve.

Les voir de près et sous forme humaine, ce n'est pas la même chose que les regarder à travers une caméra ou en me cachant derrière leur maison sous ma forme de loup. Geo est plus grand et plus fort. Il a perdu ses rondeurs d'enfant. Sa voix est plus grave. D'un petit garçon, il deviendra bientôt un homme.

Il ressemble tellement à mon frère que j'ai eu l'impression de recevoir un coup de poing dans le ventre.

Et Julia... Julia est tout. Tout ce que j'ai toujours désiré. La seule à qui j'ai pensé ces dix dernières années. Son visage ovale, son corps svelte et bronzé. Son odeur, plus complexe de près, est une révélation. Tous les sentiments que j'ai réprimés renaissent comme un phénix, et leurs flammes me brûlent les entrailles. Il ne reste plus rien de mes défenses ou de moi-même.

Être si proche est dangereux. Mais j'ai l'habitude du danger. Je dois le supporter, pour Geo. Il s'agira de la mission la plus difficile de ma vie.

Julia pense avoir gagné cette manche. Je descends tranquillement l'allée en l'écoutant se déplacer dans la maison. Je déteste devoir la laisser, mais j'ai besoin d'affaires.

J'ai un portable prépayé, mais je dois aller acheter des vêtements. Il est temps de demander des services à toutes les connaissances qui m'en doivent.

J'ai du travail. Une famille à protéger. À retrouver.

On s'est très bien débrouillés pendant plus de dix ans. On n'a pas besoin de toi.

J'avais dix-neuf ans quand mon frère est mort. J'étais

encore un gamin. Égoïste et irresponsable. C'est le Channing que Julia connaît. Elle me reproche de ne pas avoir donné de nouvelles, et je comprends. Pour elle, il s'agit d'une preuve de plus de mon égoïsme. Elle ne sait pas pourquoi j'ai dû m'en aller à l'époque, et j'ignore comment le lui expliquer.

Mais au fond, c'est sûrement mieux qu'elle soit énervée et ait une mauvaise opinion de moi. Il s'agit de la compagne de mon frère. Peu importe à quel point mon loup la désire, je ne peux pas la revendiquer.

Chapitre quatre

Julia

Après les évènements de ce matin, c'est un miracle que je sois à l'heure pour ma première réunion Zoom, une vérification de contrat. J'ai déménagé à Flag juste après avoir terminé mes études de droit, afin de travailler comme conseillère juridique pour une ONG qui œuvre pour la protection des droits sur l'eau des peuples autochtones, et j'y suis restée pendant presque douze ans. Mais quand elle a fermé l'an dernier, j'ai accepté un emploi lucratif, quoique moins épanouissant : avocate privée en télétravail pour M. van den Berg.

Quand Geo sera grand, j'aimerais réintégrer le secteur associatif, afin de changer les choses là où je me trouve. Réviser des contrats pour un milliardaire excentrique ne donne pas vraiment un sens à ma vie.

Mon cœur continue de tambouriner après ma querelle avec Channing ce matin. Quand Geoffrey était encore parmi nous, il s'occupait de la communication avec son frère. Channing faisait n'importe quoi. Il avait des problèmes au lycée. Il disparaissait tout le weekend, puis rentrait pour dîner avec deux yeux au beurre noir commençant à s'effacer et des brûlures de bitume en voie de cicatrisation dans le dos. À cette époque aussi, Channing perdait souvent son T-shirt. Il ne s'interdisait aucune activité dangereuse. Des clubs de combat, des courses à moto dans les ruelles, escalader des châteaux d'eau pour prendre un bain de minuit... c'est un miracle qu'il ne se soit jamais retrouvé en prison. Il a toujours réussi à éviter toutes les conséquences, simplement à l'aide de son sourire et de ses fossettes.

Sauf avec son frère.

Geoffrey ne se laissait jamais duper par son numéro de charme. Après le dîner, il prenait Channing à part. Ils faisaient la vaisselle et débarrassaient la table ensemble, pendant que Geoffrey lui faisait un sermon sur les responsabilités et la bonne conduite.

C'est en assistant à ces leçons de morale sévères, mais bienveillantes que j'ai su que Geoffrey serait un bon père.

Mais Channing... il paraissait ne pas se soucier de sa propre vie ou du chaos qu'il causait autour de lui.

Et maintenant, il est de retour. Si s'arrêter un quart d'heure pour se disputer compte comme un retour.

Je me concentre sur mon travail. La relecture d'un contrat pour l'une des nombreuses entreprises de mon employeur. L'avocat de l'entreprise adverse n'arrête pas de parler de sa voix monotone. J'essaie de prendre un air sérieux pour la caméra. Je fais mine de l'écouter en hochant la tête aux moments appropriés. Mais je tends surtout l'oreille, au cas où j'entendrais une moto dans mon allée.

Ce n'est pas terminé.

Va-t-il revenir ?

En ai-je envie ?

Channing pourrait aider Geo pendant ses mutations.

Mais toute aide de sa part pourrait causer plus de mal que de bien. Je ne peux qu'imaginer les mauvaises habitudes qu'il apprendrait à mon fils. À filer en douce de la maison, à courir dans les bois à toute heure — Channing avait l'air de penser que tout ça faisait partie d'un comportement normal. Geo a besoin que quelqu'un lui apprenne à muter de manière responsable, sans s'attirer d'ennuis. Channing n'aurait pas une bonne influence sur lui.

Et quand la situation deviendra trop difficile, je suis sûre qu'il s'en ira du jour au lendemain. Assumer des responsabilités n'est pas son genre. Je n'ai pas envie que Geo s'attache à lui, puis qu'il ait le cœur brisé. Ou pire, qu'il le prenne pour exemple et fasse quelque chose d'irresponsable ou de dangereux pour l'imiter.

Je tiens mon stylo si fort qu'il se fend. De l'encre éclabousse mon chemisier. Heureusement, je peux déplacer mon ordinateur pour ne montrer que mon visage à la caméra et dissimuler mes vêtements tachés. Dès que la réunion est terminée, je me change et me brosse les cheveux. Sans raison précise. Je n'imagine certainement pas que Channing reviendra peut-être chez moi.

Seigneur, Geoffrey nous a quittés depuis bien trop longtemps. J'aurais dû faire un effort pour fréquenter des hommes. J'aurais peut-être déjà rencontré quelqu'un, à l'heure qu'il est. Et je ne serais pas une boule de nerfs à l'arrivée du frère de mon mari décédé, son frère *bien plus jeune que moi*. Qu'est-ce qui ne tourne pas rond chez moi ?

Je me regarde fixement dans le miroir. Je ne reconnais pas la Julia qui me regarde. Ses joues sont roses, comme si elle avait bu en plein milieu de la journée. Elle a presque l'air émoustillée.

Une preuve de plus que Channing est une mauvaise

influence. Ces quinze minutes en sa présence m'ont beau-coup plus affectée qu'elles n'auraient dû le faire.

Il a dit qu'il voulait nous aider. Tenir sa promesse à son frère.

Quel cliché absurde que Channing se pointe, à moitié nu, et essaie de se faire passer pour un homme responsable. Comment ose-t-il ressembler autant à Geoffrey et Geo, les deux personnes que j'aime le plus ? Comment ose-t-il être si séduisant, merde ?

Ou peut-être que je m'en veux parce qu'il m'attire, tout simplement. Je veux dire, c'est... dingue. Ce doit être parce que Geoffrey me manque, et que Channing est ce qui lui ressemble le plus.

Mais il a dix ans de moins que moi !

Une fois mes réunions du matin terminées, je me défoule sur un contrat mal rédigé en l'annotant de commen-taires assassins. Je tape assez fort sur le clavier pour en briser les touches. Même ma pause yoga de la mi-matinée ne réussit pas à me détendre.

Geo rentre pendant l'une de mes réunions de l'après-midi. Le temps que je monte le voir, il fait ses devoirs dans sa chambre, ses écouteurs dans les oreilles.

J'étais tellement perturbée que j'ai oublié de prévoir de quoi dîner et d'appeler le collège de Geo. L'établissement doit envoyer son relevé de notes au nouveau collège privé qu'il va intégrer grâce à mon employeur. Pour ça aussi, j'at-tribue la faute à Channing. Un coup d'œil par les fenêtres à l'avant de la maison révèle une impasse vide.

Ma dernière réunion de la journée est avec mon employeur, M. van den Berg. Il y a un an, son cabinet d'avo-cats principal m'a engagée pour travailler sur un contrat. Il a été si content de mon travail qu'il a créé un poste à plein temps pour moi. Je suis bien payée, et les horaires s'adaptent à mon emploi du temps de mère célibataire. Il s'agit principalement de contrats commerciaux ou immobiliers ennuyeux. Les gens riches ont tendance à avoir toutes sortes d'entreprises et de structures complexes pour dissimuler leurs actifs. Et M. van den Berg est très, très riche.

À soixante-cinq ans, mon employeur est en pleine forme, le teint hâlé grâce à son addiction au golf. Il a un visage de grand-père bienveillant, avec une barbe plus blanche que grise. Lorsqu'il rejoint la vidéoconférence avec quelques minutes de retard, je vois à l'écran son grand bureau en acajou et une carafe en verre contenant le whisky le plus cher au monde. Il lève son verre à moitié plein, comme pour porter un toast. Son regard sombre pétille.

« Bonjour, monsieur van den Berg. J'espère que je n'interromps rien d'important. » Je plaisante, parce que cette réunion était prévue. Tout le monde sait qu'il a rendez-vous avec un verre de whisky chaque jour à seize heures.

« Pas du tout, pas du tout. Vous me pardonnerez ma petite indulgence, dit-il avant de boire une gorgée.

— Bien sûr. Honnêtement, j'ai besoin d'un verre, moi aussi. » Dès que ma journée de travail sera terminée, je me servirai du vin.

Mon employeur paraît inquiet. « La journée a été longue, mademoiselle Armstrong ?

— Non, tout va bien au niveau du travail. J'aimerais pouvoir en dire autant du reste de ma vie.

— Ah. J'espère que le petit Geoffrey ne vous cause pas trop de soucis, dit-il en posant son verre avec un tintement. Il entre dans l'âge difficile.

— Oui, en effet, dis-je avec un faible sourire.

— C'est un bon petit. Il est en train de devenir un jeune

homme admirable. J'espère que ce n'est pas déplacé de vous dire que je vous apprécie beaucoup, tous les deux.

— Vous avez été plus que généreux. » Avec son aide, j'ai pu faire intégrer une école privée sélecte à Geo, Woodman. Les frais de scolarité sont élevés, mais mon nouveau salaire généreux me permettra de les assumer. Et surtout, la recommandation de M. van den Berg garantit une place à mon fils. « Je ne pourrai jamais vous remercier assez pour tout ce que vous avez fait.

— C'était un plaisir, assure-t-il en secouant la main. Vous êtes une très bonne mère, mais un garçon qui grandit a besoin d'avoir de bons exemples. D'un défi, de responsabilités supplémentaires. D'un environnement solide. Tout ce qu'il trouvera à Woodman.

— Vous y avez suivi vos études, c'est bien ça ?

— Oui. Ne vous inquiétez pas, l'établissement a été modernisé. De nouveaux ordinateurs dernier cri, des tablettes et un complexe sportif. »

En vérité, ce n'est pas l'apprentissage des STEM ou les outils technologiques qui m'ont donné envie d'inscrire Geo dans cette école privée. Il en bénéficie déjà amplement dans son collège actuel. Non, le grand campus ouvert et les activités en plein air m'ont convaincue. « Geo a très envie de prendre des cours de VTT.

— Ah, oui, c'est ce qu'il lui faut, plein d'exercice. L'établissement a reçu ma recommandation ?

— Oui, et nous vous sommes vraiment reconnaissants...

— Dans ce cas, tout est réglé. » Il secoue la main.

Je hoche la tête, même si tout n'est pas réglé. Je dois encore envoyer le premier paiement et transférer le relevé de notes de Geo. Ces tâches sont sur ma liste de choses à faire.

« C'est un bon garçon, reprend M. van den Berg. Son père serait fier.

— Merci, c'est gentil. »

Dehors, le vrombissement d'un moteur me fait tourner la tête vers la fenêtre. J'ai installé mon bureau dans la troisième chambre inutilisée, qui donne sur l'impasse. Une camionnette rouge vif s'approche de la maison. Elle tire une remorque contenant une moto familière.

Je ne peux m'empêcher de froncer les sourcils.

« Tout va bien ?

— Pardonnez-moi, monsieur van den Berg. Quelqu'un vient d'arriver devant chez moi. » La camionnette rouge se gare dans mon allée, bloquant ma voiture.

« Des invités indésirables ?

— Quelque chose comme ça. » Je me dévisse le cou pour voir ce qui se passe. Je n'arrive pas à distinguer qui est sorti du côté conducteur de la camionnette et en a claqué la portière, mais je devine de qui il s'agit. « L'oncle de Geo est de retour en ville.

— Son oncle ? » M. van den Berg fronce ses sourcils broussailleux. « J'ignorais qu'il avait un oncle.

— Du côté de son père. Nous ne l'avons pas vu depuis quelques années.

— Je vois. Eh bien, mieux vaut ne pas le faire attendre trop longtemps. Au travail ? »

Je me concentre sur la liste de points que mon employeur doit approuver, et prends des notes sur ses critiques et ses préférences. Nous terminons avec quelques minutes d'avance.

« Je vais rédiger le tout et je vous enverrai les documents à signer.

— Il n'y a pas d'urgence. Je ne consulterai pas mes e-mails avant demain. Allez voir votre invité.

— Merci, monsieur. » Quand je me déconnecte, je me sens coupable. M. van den Berg est si gentil. Je rédige tout de même un rapide résumé de mes notes et planifie l'envoi de l'e-mail pour la première heure le lendemain matin. Puis je me lève et carre les épaules.

Il est temps d'aller passer un savon à Channing.

La grosse camionnette rouge se trouve toujours dans mon allée. Je ne vois pas Channing, mais des outils sont étalés à moitié sur une bâche, à moitié sur ma pelouse. J'entends des cognements, suivis par le gémissement d'un outil électrique.

Que fabrique-t-il ?

La porte de Geo est toujours fermée. À cette heure-ci, il a dû terminer ses devoirs et commencer à jouer sur son ordinateur. Avec ses écouteurs, il est dans son monde.

Ce qui est une bonne chose.

Il ne m'entendra pas me défouler sur son oncle.

Channing est accroupi à côté de ma porte d'entrée entrouverte. Une fois de plus, il est torse nu. De la sueur scintille sur les muscles superbes de son torse et son dos.

Lorsqu'il lève la tête, nos regards se rencontrent. Ses iris sont vert et doré, entourés de cercles sombres. Je vacille et trébuche sur un vieux sac en toile usé.

« Attention », m'avertit Channing, trop tard.

Je m'arrête pour organiser mes pensées en bouillonnant de colère. Je donne un coup de pied dans le sac, mais il est trop lourd pour s'envoler ; je le fais donc glisser à l'aide de mon pied. « Qu'est-ce que tu fais là ?

— Je répare la poignée. Tu vois ? Maintenant, la porte peut fermer. » Il recule et fait tourner la nouvelle poignée brillante en exagérant son geste.

Il a raison, la porte est réparée. C'était sur ma liste. J'aurais fini par m'en occuper un jour. Certainement pas aujourd'hui.

Je le remercierai après l'avoir assassiné. *Pourquoi ne porte-t-il pas de T-shirt ?* « Channing…

— Inutile de me remercier, dit-il avant que je puisse lui sonner les cloches. Il manque des bardeaux sur ton toit. Je m'en occupe ensuite. Et j'ai commandé des pizzas pour ce soir. J'espère que ça te va. »

Je suis si agacée que je halète, mais je n'arrive pas à suivre. La poignée de porte, les bardeaux… de la pizza ? « Non !

— Tu n'aimes pas la pizza ? demande-t-il, la tête penchée. J'ai aussi commandé des ailes de poulet.

— Tu ne peux pas te pointer ici et… » Je secoue les mains. Je suis avocate. Je me sers de vocabulaire complexe à longueur de journée. Pourtant, je perds complètement mes mots devant Channing. C'est peut-être parce qu'il est torse nu. Des poils bouclés dorés sont parsemés sur son torse. Enfin, non que je regarde les poils sur son torse. *Pas du tout !*

Il se redresse et fait un pas dans ma direction. Le soleil qui lui tombe sur les épaules fait briller son corps bronzé. Ce spectacle ferait défaillir un photographe de Vogue.

Arrête de reluquer ton beau-frère plus jeune que toi ! Je perds peu à peu ma colère.

La lumière dore ses longs cils et fait ressortir l'or dans ses yeux. « Je te l'ai dit ce matin. Tu as besoin de moi, Julia. »

Pouah. J'ai autant besoin de lui que d'une balle dans la tête. Bon, j'exagère peut-être un peu, mais son impertinence est sidérante. Comme si j'étais censée être heureuse qu'il ait soudain décidé de nous faire l'honneur de sa présence et de se charger de quelques travaux de bricolage ? Je ne crois pas, non.

« Non, pas du tout », dis-je en croisant les bras, tentant de résister au charme de Channing. Et de sa tablette de chocolat. C'est difficile quand les poils dorés sur son torse brillent dans le soleil couchant. Et que j'ai littéralement l'impression d'avoir un stripteaseur sur ma terrasse couverte. « Je n'ai pas besoin de toi. Je t'ai demandé de partir. » J'insiste, mais on dirait plutôt que c'est moi que j'essaie de convaincre.

« Je suis parti. Et puis je suis revenu.

— Ce que je voulais, c'est que tu partes pour de bon. » J'ai avancé de quelques pas et me trouve à présent à quelques centimètres de lui. La chaleur qui émane de son corps vibre entre nous. Il sent la nature, un parfum frais et sauvage. Une goutte de sueur coule au milieu de son torse, suivant les sillons et les contours de ses muscles. Et le remarquer m'agace au plus haut point.

« Ça n'arrivera pas, Jules. »

L'entendre m'appeler par le vieux surnom mignon qu'il me donnait m'emplit de nostalgie... L'époque où Geoffrey était là. Quand Channing était l'adorable jeune homme fou qui habitait avec nous.

Mais cette bouffée de nostalgie se transforme en autre chose. Ce n'est plus le passé qui me manque, mais autre chose. Comme si j'avais envie que Channing remplisse le vide laissé par Geoffrey. Mais ce n'est pas correct. Et puis, je ne peux pas compter sur lui.

« Je n'ai pas besoin de toi. On n'a pas besoin de toi », dis-je avec fermeté, même s'il s'agit d'un mensonge.

Il recule et me regarde de la tête aux pieds, tout mon mètre cinquante-quatre de colère. « Tu mens, dit-il en se tapotant le nez. Je peux le sentir. Tu as besoin de moi depuis un bon moment.

— Peut-être il y a dix ans. Mais sûrement pas maintenant. » Je ne céderai pas. Les avocats ne cèdent jamais.

« Vous aviez besoin de moi à l'époque, et aussi maintenant, dit-il d'un ton contrit. J'ai beaucoup de choses à me faire pardonner. » Il recule et va ranger ses outils qu'il a laissés autour de la porte.

« Tu ne peux pas... tu ne... je ne veux pas que tu te fasses pardonner. Je t'ai demandé de t'en aller. Je suis chez moi.

— C'est aussi chez Geo. Tu vas lui demander son avis ?

— Il ne veut rien avoir à faire avec toi non plus.

— Il ne me connaît pas. Et il a besoin de moi, en ce moment.

— À qui la faute ?

— La mienne. C'est ma faute, Julia. Entièrement ma faute. Et je suis désolé. »

Ses excuses me laissent bouche bée. Peu importe les idioties qu'il faisait, Channing ne s'excusait jamais. Il a peut-être pris un peu de maturité.

« Tu ne peux pas arriver tout à coup et affirmer que tu vas tout arranger.

— Je sais. Je vais te le prouver. Tu dis que vous n'avez pas besoin de moi, mais vous avez besoin d'un homme à tout faire.

— J'ai déjà quelqu'un qui bricole pour moi, dis-je, les bras croisés.

— Alors, pourquoi il manque des bardeaux sur le toit ? » Il s'écarte de la maison et descend les marches pour regarder le toit en plissant les yeux. Je devrais lui claquer la porte au nez et tourner le verrou, mais ça n'arrêterait pas Channing. Il crochète des serrures depuis son adolescence.

Je le suis donc à l'extérieur pour regarder le toit. Je ne m'étais même pas aperçue qu'il avait besoin d'entretien.

« Tu as encore quelques années avant de devoir le remplacer, mais à condition de changer les bardeaux. Il y a peut-être déjà un dégât des eaux », dit-il.

Ah. Ceci explique cela.

« J'ai appelé un couvreur il y a quelques années, dis-je entre mes dents. Il a travaillé deux jours, je l'ai payé, et puis je ne l'ai plus jamais revu.

— Il s'appelle comment ? demande Channing avec un regard brillant.

— Pourquoi ? »

Il croise les bras, ce qui fait encore grossir ses biceps. Je tente de ne pas les regarder. Seigneur, qu'ils sont gros. « Je vais avoir une petite conversation avec lui.

— Ça n'a pas d'importance. Je peux engager un autre couvreur. C'est sur ma liste.

— Qu'est-ce qu'il y a d'autre, sur cette liste ?

— Ce ne sont pas tes affaires.

— C'est faux. Ce sont mes affaires. J'en fais mes affaires.

— Je vais m'en occuper. » Je déteste avoir l'impression de devoir me justifier auprès de lui, mais c'est pourtant ce que je fais. « Ça demande du temps d'engager des artisans. Et de l'argent.

— Et l'argent que je vous envoie ?

— Les enveloppes de billets ? Je m'en sers pour les courses, les repas au restaurant, ce genre de choses.

— C'est tout ? Julia, il s'agit de centaines de milliers de dollars...

— Je sais ! Et je ne savais pas d'où venait l'argent, ou si c'était de l'argent sale. Je ne sais pas comment le dépenser. Je ne peux pas aller à la banque et dire : voilà plein de fric, j'aimerais rembourser mon prêt immobilier, s'il vous plaît.

— Pourquoi ?

— Parce que ça ne marche pas comme ça ! » Je lève les bras. « Les gens normaux ne se promènent pas avec des sacs de liasses de billets. Je donnerais l'impression d'être à la tête d'un cartel.

— Je n'avais pas réfléchi à ça, grogne Channing.

— Bien sûr que non. Parce que tu ne réfléchis pas !

— J'ai l'habitude d'être payé en liquide. Et, oui, c'était légal. Je te l'ai dit, je travaille dans le privé, maintenant. C'est un travail à haut risque, ce qui le rend lucratif. Mais tu as raison, tout le monde n'est pas habitué à recevoir des liasses de billets. Enfin, beaucoup de gens le sont. Cette camionnette, par exemple, dit-il en montrant du pouce le véhicule derrière lui. Elle traînait sur le terrain du mec qui m'a vendu la remorque. Quand je lui ai dit que je voulais l'acheter, il m'a seulement demandé combien.

— Tu l'as achetée aujourd'hui ?

— Après avoir fait des courses. C'est pour ça que j'ai mis un moment à revenir.

— Ce... n'est pas comme ça qu'on achète un véhicule. Et la carte grise ? Le contrôle technique ? Le certificat de non-gage ? »

Il hausse les épaules. Le geste fait ressortir chacun de ses muscles. Il en a plus que la moyenne. Huit abdos, une succession de muscles plus petits sur les flancs, et un V prononcé qui mène sous l'élastique de son jogging.

Ouf... Je me force à détourner le regard.

« Ça ira. Tu t'inquiètes trop. Tu as appris à conduire à Geo ? » Il se penche pour prendre sa boîte à outils.

Les yeux me sortent de la tête. « Quoi ? Bien sûr que non ! Il a treize ans.

— Eh ben, voilà. Je peux lui apprendre.

— Il est trop jeune !

— Il aura besoin de s'entraîner avant d'avoir son permis. On peut commencer sur des routes en terre.

— C'est hors de question, dis-je entre mes dents. Tu peux monter dans la camionnette pour t'en aller.

— Refusé. » Il m'adresse un clin d'œil, et ses fossettes apparaissent. Assez pour faire faiblir les genoux d'une femme moins forte. Je tiens bon. Enfin, j'essaie.

Channing pose sa boîte à outils dans le coffre de la camionnette, puis se tourne vers moi. Ses fossettes ne sont plus visibles, mais elles se devinent encore. Mon agacement l'amuse-t-il ?

En temps normal, je reste calme, je garde la tête froide. Je gagne ma vie en débattant. Je dois simplement présenter mes arguments, mon plaidoyer. Mais lorsqu'il est appuyé ainsi contre sa camionnette, Channing a l'air sur le point de débuter un shooting photo. C'est troublant. Et en plus, il ressemble à Geoffrey. Ce doit être ça. Je suis déstabilisée de voir quelqu'un qui ressemble autant à l'amour de ma vie, tout simplement.

« Tu as acheté une camionnette, mais tu n'as pas pensé à acheter un T-shirt ? »

Dès que je prononce ces mots, je sais que je commets une erreur. Les fossettes réapparaissent.

« J'ai acheté un T-shirt. Tu vois ? » Un T-shirt blanc est pendu sur la vitre ouverte de son nouveau véhicule. Il le ramasse et l'enfile, couvrant son torse. Le tissu doux se colle délicieusement contre sa silhouette. Il est trop petit d'au moins deux tailles.

« C'est mieux ? » demande-t-il en écartant les bras. Il ressemble à un mannequin de publicité pour parfum dans un magazine masculin. Il a beau se couvrir le torse, ça ne le rend pas moins attirant.

Ses avant-bras musclés et parcourus de veines suffisent à me faire un effet dingue. Sans parler de ses mains.

Oh, mince, ses mains.

Je détourne les yeux et fais mine d'examiner la porte, les sourcils froncés.

« Tu n'avais pas à la réparer.

— Mais si. Et je remplace l'ancien système de sécurité. Par une installation dernier cri.

— On n'a pas de système de sécurité.

— En fait, si. »

J'ouvre la bouche pour le contredire, mais des pneus qui crissent me coupent la parole. Une vieille Honda Civic avec un logo de pizza sur le toit freine et s'arrête dans l'impasse. Un adolescent aux cheveux gras sort du véhicule, les bras chargés d'un sac de livraison rouge. « Quelqu'un a commandé de la pizza ?

— Oui, c'est pour moi. » Channing prend les cinq boîtes et les place dans le coffre de la camionnette pendant qu'il sort son portefeuille. Il donne deux billets de cent dollars au livreur. « Tiens, garde la monnaie.

— Merci, monsieur ! s'écrie l'ado avant de partir.

— Tu vois ? me dit Channing en secouant son portefeuille. Du liquide. C'est facile. À table ! » Il prend les boîtes de pizza et me dépasse d'un pas guilleret pour entrer chez moi.

* * *

C*hanning*

. . .

Je pose les pizzas sur la table de la cuisine, puis ouvre les boîtes pour voir dans laquelle se trouve chaque pizza. Je respire l'odeur de salami et de saucisse, surtout pour chasser de mon nez le parfum de lavande et de lilas qui me rend fou. Mon sexe est si dur que je peux à peine tenir debout. J'essaie d'user de ma volonté pour le faire dégonfler, mais la tâche est impossible tant que Julia est dans les parages. D'un instant à l'autre, elle va entrer dans la cuisine et m'engueuler. Même si je le mérite. Et que ça pourrait être amusant.

Ça s'est mieux passé que je l'imaginais, aujourd'hui. Je ne peux pas l'emporter sur elle pendant une dispute, alors je n'arrête pas de changer de sujet pour la laisser dans le doute. Je lui explique comment les choses vont se passer au lieu d'essayer d'obtenir sa permission. Elle ne me la donnera jamais. Je dois la convaincre.

Pour ne rien arranger, chaque fois qu'elle ouvre la bouche, j'ai envie de la jeter sur mon épaule comme un homme des cavernes, d'ouvrir la porte de sa chambre d'un coup de pied et de la posséder. Si elle savait les images pornographiques qui m'emplissent la tête, elle s'enfuirait en hurlant. Et ça ne nous mènerait nulle part.

D'abord, un dîner en famille. Puis une discussion avec Geo. C'est pour lui que je suis là. Je dois l'aider. Ces griffures sur la porte, c'était du sérieux. Est-il resté bloqué sous sa forme animale un moment, frustré et effrayé, sans savoir comment reprendre forme humaine ? Sans même savoir comment réussir à rentrer chez lui ?

Cette pensée fait l'effet d'une douche froide à ma libido. C'est une mission. Je dois la considérer comme telle. Il ne s'agit pas d'une occasion de renouer avec Julia et de lui faire comprendre pourquoi j'ai gardé mes distances toutes ces années.

Certainement pas d'une occasion de réaliser tous mes fantasmes.

Je me masturbe depuis des années en pensant à Julia.

Les plans à trois, les mères célibataires sexy, le porno... j'ai tout essayé pour cesser de penser à elle. Une fois, j'ai quitté une orgie pour aller me branler dans la salle de bains. J'ai fermé les yeux et imaginé Julia. Ses yeux sombres, ses lèvres pulpeuses, son visage ovale... Il n'y a qu'elle qui me fait jouir.

Je pensais que ça me passerait peut-être au fil des ans. Que je trouverais ma compagne, au lieu de désirer celle de mon frère comme un pervers. Mais maintenant que je suis de nouveau en sa présence, je prends conscience que ça n'arrivera pas.

La vraie Julia, en chair et en os, me coupe les jambes.

Par le ciel, je dois retrouver le contrôle. Dommage que mon loup s'imagine que ces disputes sont des préliminaires.

La porte d'entrée se ferme en claquant, et je me prépare à l'arrivée de Julia.

Elle entre dans la cuisine à grands pas. Deux taches rouges se sont déployées sur ses pommettes. De la fumée lui sort pratiquement des narines. Elle m'évoque un taureau. Merde, alors.

Pour dissimuler mon sourire et mon érection, je me tourne et prends des assiettes dans le lave-vaisselle. Elle se fige et me regarde comme si elle ne me reconnaissait pas. Après avoir mis la table, je continue de vider le lave-vaisselle. Ça me permet de laisser l'appareil entre nous, au cas où elle déciderait de m'attaquer.

Il est temps de lancer ma stratégie basique en situation de combat : détourner son attention, danser autour du loup dans la pièce. « J'ai cinq pizzas. J'espère que ça suffira ?

— Tu crois ? » Du sarcasme. Sympa.

« Une et demie pour Geo, dis-je en montrant la pile de boîtes. Deux pour moi. Tu en mangeras plus d'une moitié ?

— Non. » Je l'entends grincer des dents d'ici.

« Je t'ai pris la pizza à l'aubergine et au parmesan, avec un supplément de basilic. C'est toujours ta préférée ? »

Elle reste ahurie. Une fois de plus, je l'ai tant surprise qu'elle est bouche bée. Et tout ça avec un acte de courtoisie de base.

J'étais un connard quand j'étais plus jeune. Quand mon frère a appris que j'étais en échec scolaire chez mon père, il m'a fait emménager chez lui. Geoffrey était quelqu'un de responsable, un alpha né. J'étais le contraire. Pas volontairement méchant ou mauvais ; juste un raté.

Julia est une fille sérieuse. Je suis sûr qu'elle a eu des notes parfaites pendant toutes ses études de droit. Elle n'est jamais sortie trop tard et n'a jamais trop fait la fête. Sans même parler de courses de voitures, elle n'a sûrement jamais dépassé une limitation de vitesse. Je doute qu'elle ait déjà pris un bain de minuit sous la pleine lune. Mon comportement l'a toujours horrifiée.

« Si on a des restes, j'ai pensé qu'on pourrait les manger demain matin. La pizza froide, c'est mon petit déjeuner préféré.

— Ce n'est pas... on n'est pas... », bafouille-t-elle.

J'ai l'impression que dans le monde de Julia, de la pizza froide n'est pas un petit déjeuner convenable. « Ou alors, je pourrai faire des œufs. Je ne cuisine pas très bien, mais c'est dur de foirer des œufs.

— Pas de gros mots, grommelle-t-elle.

— Pardon. De louper des œufs ? De les rater ? » Merde, comment parler sans argot ?

Elle fulmine toujours. J'ouvre un tiroir et en sors des couverts. La prenant de nouveau par surprise, je remarque :

« Tout est resté à la même place dans la cuisine. Je sais où tout se trouve. Désolé si j'ai pris la liberté de commander de la pizza. Ce que je voulais te faire comprendre, c'est que tu n'as pas besoin de me nourrir. Et je peux dormir par terre. J'ai mon kit. » Du menton, je désigne mon sac en toile posé près de la porte d'entrée.

« Tu ne... tu ne peux pas... je ne te laisserai pas rester ici. »

Il est temps d'employer les grands moyens. Je sors une bouteille de vin rouge du présentoir à bouteilles et lis l'étiquette, en massacrant sans doute le terme français : « Cabernet sauvignon. Tu aimes bien boire un verre pendant le dîner, je me trompe ? » Je débouche la bouteille et trouve un verre à pied. Une fois qu'il est rempli, j'avance en le tenant comme un gage de réconciliation. Elle me frappera peut-être, mais elle ne prendra pas le risque de renverser le vin.

Enfin, j'espère.

Au prix d'un effort, elle prend le verre et le pose sur la table avant de se tourner vers moi. « Je t'ai demandé de nous laisser tranquilles. Qu'est-ce que tu n'as pas compris ? » demande-t-elle d'une voix dangereusement basse.

Je ferme la porte du lave-vaisselle, m'approche de la table et pose les mains sur le dossier d'une chaise. Elle utilise toujours le même vieux set de table en liège que Geoffrey avait acheté dans un vide-grenier quand j'ai emménagé chez eux. « Julia, dis-je tout bas d'un ton patient. Il faut que tu acceptes que je vais rester un moment. Je vais aider Geo...

— Non », me coupe-t-elle en levant la main.

Je continue : « Et réparer ta maison, et m'occuper de toutes les tâches sur ta liste. Remplacer les bardeaux, moderniser le système de sécurité...

— On n'a pas de système de sécurité. »

Il est temps d'avouer. « Si, vous en avez un. Je l'ai installé quand tu as emmené Geo à Disneyland.

— C'était il y a des années. » Elle fronce les sourcils.

« Ouais. Je venais de rentrer d'un déploiement. Je voulais pouvoir surveiller la maison.

— Tu es en train de me dire que tu as installé des caméras chez moi ? »

Je hoche la tête.

Ses narines s'évasent. Si elle était un dragon, elle cracherait du feu. « Où ça ?

— Partout. Je devais garder un œil sur vous quand j'étais en mission loin d'ici. Avant ça, j'avais chargé un ami de s'assurer que vous alliez bien. Tu l'as peut-être vu de temps à autre. Un type costaud. Il conduit une vieille Charger.

— La Charger à la peinture écaillée qui se garait au fond de notre impasse ? Avec l'autocollant qui dit *What a long strange trip it's been* ?

— Oui, c'est elle. C'est Buddy.

— Je croyais qu'elle était abandonnée. Je n'ai pas arrêté d'appeler le comté pour faire enlever l'épave. Mais chaque fois que la dépanneuse arrivait, la voiture n'était plus là.

— Ouais, ça l'a bien agacé. Il aime dormir dans sa caisse.

— Alors, il nous surveillait. Et maintenant, tu as des caméras, dit-elle avec un geste de la main. Ici. Pour nous surveiller. »

Elle ne prend pas bien la nouvelle. Elle ne comprend pas. « J'ai promis à Geoffrey que je veillerais sur vous. Je ne pouvais pas vraiment le faire quand j'étais à l'autre bout du monde.

— Geoffrey..., marmonne-t-elle en secouant la tête. Alors, tu nous as espionnés ?

— Ce n'est pas ça du tout.

— Tu as installé des caméras chez moi...

— Pour veiller à ta sécurité, Julia. Je suis prêt à tout pour m'assurer que tu es en sécurité. »

* * *

Julia

Je n'arrive pas à y croire. Il se tient là, dans ma cuisine, et me dit qu'il nous a placés sous surveillance.

Pendant toutes ces années, il n'a jamais pris la peine de nous rendre visite. Mais il a installé des caméras. Je pourrais traverser la cuisine et prendre le fusil que je garde chargé. Même si les balles ne sont pas en argent, ça lui ferait mal.

Je n'atteindrais pas la porte avant qu'il me rattrape, mais je suis tentée d'essayer.

Je lève une main tremblante et montre la porte. « Sors d'ici.

— Julia, écoute...

— Non, ça suffit. Je ne veux plus parler. Tu dois t'en aller tout de suite ! » Ma voix s'élève, et je crie la fin de la phrase.

« Maman ? » La voix de Geo se fêle. Il se tient en haut de l'escalier, pieds nus. « Qu'est-ce qui se passe ?

— Geo. » Je baisse la main et reprends d'un ton plus calme : « Tout va bien. »

Channing se tourne. Mon fils lui jette un regard noir.

Un éclat étrange brille dans ses yeux, et sa voix semble anormale, hargneuse. « Qu'est-ce qu'il fait là ?

— Ça va, Geo. » Je contourne la table, mais Channing lève la main pour me bloquer la route.

« Julia, n'avance pas. »

J'ouvre la bouche pour protester, mais un éclair illumine le regard de Geo, et ses narines s'évasent. Son loup est là, juste sous la surface.

« Du calme, Junior, dit Channing.

— Ne m'appelle pas comme ça. » La voix de Geo a pris une tonalité plus grave et devient un grondement bas.

Mon corps se couvre de chair de poule. Ce son, provenant de mon petit garçon... il ressemble à un animal sauvage. À un loup.

« Avec ta mère, on se disputait, dit Channing à voix basse, très calmement. Elle m'en veut, tu peux le sentir ? J'ai déc... j'ai fait des erreurs, et on met les choses à plat. Mais tout va bien. » Il fait un pas en avant, se plaçant un peu plus entre Geo et moi. « On va manger de la pizza, tu vois ? »

Geo tourne la tête d'un mouvement souple. Il se penche vers l'avant, comme s'il allait tomber à quatre pattes. Un gémissement s'échappe de sa gorge.

« C'est vrai, Geo », dis-je en me forçant à employer une voix douce, mais elle tremble un peu. Je dois absolument contrôler mes émotions.

Il a la main serrée si fort autour de la rampe d'escalier que quelque chose craque. Est-ce de la fourrure qui apparaît sur son poignet ?

En un souffle, je l'appelle : « Geo ? »

Mon fils se plie en deux, puis il frémit comme s'il ne contrôlait plus sa colonne vertébrale.

Je ne peux empêcher la panique de s'emparer de moi. Je

commence à m'élancer pour le rejoindre, puis me fige. J'aimerais m'approcher pour l'aider, mais je ne peux rien faire.

« Geo, dit Channing avec fermeté. Ça va aller. Énormément d'énergie parcourt ton corps, en ce moment. C'est ton instinct, tu veux protéger ta mère. Il fait sortir ton loup à la surface. Ton loup sortira en cas de danger. Ou quand tu es en colère. Et un jour, quand tu rencontreras ta compagne. Mais ta mère ne risque rien. Alors, calme le loup.

— Je... je ne peux pas », dit-il d'une voix étranglée. Les mots qui sortent m'évoquent un grondement plutôt qu'un son humain.

Les crocs de Geo poussent, prennent trop de place dans sa bouche.

Je pousse un petit cri. Il me regarde. Ses pupilles s'étrécissent, ses iris brillent. Il ouvre la bouche et gronde. Je tressaille, et tout mon corps se pétrifie lorsqu'il s'aperçoit de la présence d'un prédateur dans la pièce.

« Bon, Geo. Alors, tu vas devoir muter pour libérer cette énergie. »

Il pousse un geignement. Le bruit d'un animal piégé.

« Geo, mute », ordonne Channing. Sa voix profonde résonne, inhumaine.

Geo s'effondre. Je ne vois pas ce qui se passe, mais les bruits sont horribles... des grognements et des grondements, des griffes contre le sol. Je me recroqueville derrière Channing et referme le poing autour de son T-shirt. Je ne sais pas quoi faire d'autre, à part m'accrocher à lui.

« C'est ça. Tu as compris, encourage-t-il avec assurance. Tu as réussi, mon grand. »

Je risque un coup d'œil derrière le biceps de Channing.

Un énorme loup blanc se tient devant l'escalier. Il fait la taille d'un berger allemand, mais sa tête est bien plus grosse que celle d'un chien. Il est si gros... alors qu'il n'a même pas sa taille adulte. Dans quelques années, il sera plus massif qu'un loup de l'Est.

Un éclat vert surnaturel scintille dans ses yeux. Le loup baisse la tête.

Les lambeaux du T-shirt et de son jogging sont éparpillés autour de lui sur le plancher. Au moins, il ne portait pas de chaussures.

Channing approche lentement. Je retiens ma respiration quand il tend la main, mais le loup de Geo ne se jette pas sur lui. Il ne gronde pas, ne le mord pas. Il lui renifle le bout des doigts, puis appuie sa truffe contre sa main et la lèche.

« C'est ça, tu me connais. » Lorsque Channing tourne la tête pour me sourire, sa fossette me prend par surprise. « Il reconnaît mon odeur. Il sait qu'on est de la même famille. »

J'appuie les mains contre mes joues, comme si elles pouvaient contenir toutes mes émotions. La peur, le choc, le soulagement, l'euphorie.

Channing s'accroupit et caresse les flancs du loup. « Beau travail, Junior. Tu n'es resté coincé qu'un instant. La prochaine fois, ce sera plus facile, c'est promis. Ça demande un peu d'entraînement, c'est tout. » Non seulement le loup se laisse caresser, mais il se frotte contre Channing et appuie sa truffe contre sa jambe.

Channing rit à voix basse et se tourne vers moi. « Il est blanc, comme Geoffrey. »

Le loup approche la tête de son visage et le lèche. Le rire grave de Channing résonne dans la pièce, en emplissant les coins vides. J'ai l'impression que son rire arrange tout.

« Allez, viens. On va dire bonjour à ta mère. »

Mon cœur manque de bondir hors de ma poitrine, mais quand Channing me tend la main, je la prends et le laisse placer ma paume sur le dos blanc du loup. Sa fourrure est épaisse et drue, mais plus douce que je ne m'y attendais. Je ravale un sanglot.

« Il est beau, hein ? demande Channing.

— Tellement beau.

— Tu vois ? Aucune raison d'avoir peur. » Il continue de parler de sa voix ferme et apaisante. « Des émotions fortes peuvent provoquer la mutation, et les adolescents ont du mal à maîtriser leurs émotions. Mais ne t'inquiète pas, tu apprendras à le contrôler. »

Le loup gémit.

« Non, tu t'es bien débrouillé. Tu as fait ce que tu es censé faire. Et je suis avec toi, maintenant. Je vais t'aider. » Channing se lève et se dirige vers la porte qui donne sur l'arrière de la maison. « Maintenant, on va laisser ton loup courir. C'est tout ce dont il a besoin. Par là. »

Le loup le suit, ses griffes cliquetant sur le carrelage de la cuisine.

Ils sortent par la porte. Je reste un moment immobile avant de persuader mes jambes tremblantes de les suivre.

Channing vient me retrouver à la porte. « On va aller courir un peu », me dit-il. Son ton ne laisse aucune place à un refus. « Il a besoin de s'habituer à sa forme de loup. »

Je hoche la tête. J'y étais opposée, mais maintenant que c'est arrivé, je suis si reconnaissante que Channing sache quoi faire. Qu'il sache quoi dire et comment aider Geo.

Déjà à mi-chemin du sommet de la colline, le loup blanc renifle autour d'un arbre. Channing avait raison. Le loup de Geo a besoin d'être dans la nature.

Pas le loup de Geo. Geo. Il est autant mon fils sous sa forme de loup que sous forme humaine.

« Dans le camion, tu trouveras un tas de T-shirts et de joggings. Je ne les ai pas payés cher », dit Channing en regardant les lambeaux de tissu éparpillés près de l'escalier.

Il grimace. « Ce sera plus facile, la prochaine fois. Ça le devient un peu plus à chaque fois.

— Tant mieux. » J'ai des trémolos dans la voix.

Il pose la main sur ma joue. « Hé. Ça va ?

— Oui, ça va. » Je cligne des yeux pour chasser mes larmes. Je me sens bouleversée, mais tant que Geo va bien, je m'en remettrai.

« Tu n'as aucune raison de t'inquiéter. Je ne laisserai rien lui arriver, Julia. Je te le promets. »

Chapitre cinq

Channing

      Je rejoins Geo à grandes enjambées. Il renifle la base d'un sapin, sent tous les animaux qui ont visité son territoire. Puis il tourne la tête vers moi, sa langue pendante.

Je remue la main pour lui donner la permission. « Vas-y. C'est chez toi, et je sais que tu en as envie. »

Sans perdre de temps, le loup lève une patte et marque l'arbre.

« C'est bien. »

Il termine, puis trotte jusqu'au sapin suivant.

Ma poitrine se décontracte un peu à mesure que je respire l'air nocturne. La panique de Julia me picote toujours le nez. Elle a fait de son mieux, mais elle avait peur pour son fils.

Néanmoins, la mutation de Geo s'est mieux déroulée que je ne le pensais. Pendant quelques horribles secondes, j'ai été sûr que Julia allait courir vers son fils, et qu'il allait se jeter sur elle. Nous étions à fleur de peau, ce qui n'aidait pas la situation. J'ai envie de faire demi-tour pour réconforter

Julia, mais le mieux que je puisse faire pour l'aider, c'est de guider Geo. Elle s'en remettra.

Quand je me retourne, Geo attend non loin. Il lève la tête avec espoir.

« J'arrive, lui dis-je. On va aller courir quelques heures. Et ne t'inquiète pas : au moment venu, je donnerai l'ordre, et ton loup te laissera reprendre forme humaine sans problème. »

La plus grande peur d'un métamorphe est de rester bloqué. Laisser venir notre loup, le laisser prendre le contrôle de notre corps est difficile. Au fond, on redoute de ne jamais le retrouver. Parfois, les jeunes loups ont du mal à reprendre forme humaine.

Tout alpha prend le temps d'accompagner les jeunes loups de sa meute. Au moment venu, il peut leur donner un ordre alpha pour leur demander de muter, si nécessaire.

Je ne suis pas un alpha. Je n'ai jamais été à la tête d'une meute. Mais quand Geo a rencontré des difficultés, je lui ai donné un ordre. Je me suis servi d'une autorité d'alpha. J'ignorais que j'en étais capable.

J'enlève mon T-shirt, qui est trop petit, de toute façon, puis retire mes bottes et mon jean. Quand on est un loup métamorphe, la question des sous-vêtements ne se pose pas : moins on porte d'habits, mieux c'est. Lors des missions, nous mettons des boxers en un tissu assez flexible pour ne pas se déchirer pendant une mutation. Comme ça, on ne se retrouve pas avec les bijoux de famille à l'air quand on reprend forme humaine. L'armée a conçu ces sous-vête-ments pendant que j'appartenais à l'équipe de forces spéciales métamorphes. J'imagine que notre gouvernement s'est dit qu'il serait inconvenant d'avoir des soldats à poil sur le champ de bataille.

J'inspire profondément, puis appelle mon loup. La

mutation m'enveloppe. Le monde se déforme et se met à scintiller, comme si tout changeait autour de moi, plutôt que ma propre perspective. Des fourmillements remontent le long de ma colonne vertébrale.

Changer de forme n'est pas censé être douloureux. Parfois, j'éprouve une sensation furtive, comme si je m'étais douloureusement cogné le coude. Si je suis en mission et que j'ai pris une balle, c'est une autre histoire, mais muter aide parfois à soigner les blessures plus vite. Ou plus lentement, selon leur gravité.

Mes premières mutations ont été douloureuses parce que je leur résistais. Mon frère m'a aidé à muter en me parlant jusqu'à ce que j'apprenne à me détendre. Prendre sa forme animale devrait être aussi naturel qu'éternuer. Un humain à un instant, un loup le suivant.

Je le dirai à Geo quand nous serons sous forme humaine. Pour le moment, il est temps de courir.

Geo n'accélère pas, il me laisse le temps de ne plus ressentir les picotements de la mutation. J'avance et frotte mon flanc contre le sien. Il chancèle un peu, puis fait de même. Les loups sont affectueux, et nous avons besoin de contact physique. Et Geo a besoin de s'habituer à la sensation d'être sous sa forme animale.

Une fois que nous avons fini de nous saluer, je lève la truffe en direction de la colline et me mets à courir. Il me suit et allonge le pas pour gravir la pente.

Derrière nous, la maison est éclairée par la lumière de la fenêtre de la cuisine. Une silhouette sombre s'y tient et nous observe. Julia.

Un écureuil passe devant nous en courant. J'aperçois sa queue qui disparaît de l'autre côté de la colline. Je sens que Geo a envie de le prendre en chasse, mais il reste là. Il attend, me regarde. J'aboie pour lui donner la permission. Avec un jappement, il s'élance pour poursuivre sa proie.

Je le suis en trottant. Nous allons courir quelques kilomètres et chasser autant d'écureuils qu'il veut. Je lui montrerai les limites de son territoire, là où son père a marqué les arbres il y a très longtemps. Nous les marquerons de nouveau, et nous trouverons la plus haute colline qui surplombe les terres de Geo. Je lui apprendrai à hurler à la lune.

La maison a disparu derrière nous. J'accélère et cours derrière Geo, cédant à l'appel de la vitesse, de la puissance et de la beauté d'être un loup.

Lorsque nous atteignons le sommet de la crête, Geo s'arrête dès que j'aboie. Il se retourne pour attendre mes ordres. Je reprends forme humaine.

« À toi, maintenant », lui dis-je.

Il se tapit au sol et baisse la truffe comme s'il se concentrait, mais rien ne se passe. J'attends. Je dois lui laisser le temps de trouver comment y arriver seul. Il pousse un gémissement.

« Reprends forme humaine, lui dis-je. Souviens-toi de ce que tu ressens sous ta forme humaine, et ramène ta conscience à cet endroit. »

Il gémit encore une fois. L'air qui l'entoure scintille lorsque le changement commence à se produire, puis cesse.

« Tu peux y arriver. Si tu en as besoin, je t'aiderai, mais j'aimerais que tu t'entraînes à y arriver seul. Tu n'as qu'à déplacer ta conscience dans ta forme humaine. Imagine-toi sous ta forme humaine. »

L'air se remet à scintiller, mais il ne mute toujours pas.

« Ce n'est pas grave. Il faut un moment pour comprendre le truc. » J'essaie de me souvenir comment j'ai appris. Ce qui m'a aidé. « C'est comme si... tu mémorisais la signature énergétique de chaque forme. Donc, là, mémorise comment tu te sens quand tu es un loup. Et maintenant, *mute.* » Il s'agit de nouveau d'un ordre alpha.

La mutation se produit. Un jeune humain est accroupi au sol. « C'est bien. Bravo. »

Il se redresse et me regarde avec incertitude. Il n'a pas l'habitude d'être nu devant d'autres personnes, pas comme moi ou tous ceux qui ont grandi au sein d'une meute.

« Maintenant, mémorise comment ça fait d'être dans ce corps. »

Je ne sais pas du tout s'il comprend ce que je veux dire. C'est difficile à exprimer. Ce n'est qu'une sensation.

« Tu te souviens comment c'était d'être sous ta forme de loup ? »

Geo hoche une fois la tête d'un air grave.

Je souris. « C'est bien. Maintenant, mute. » Je ne lui donne pas d'ordre alpha. Je le laisse y arriver par ses propres moyens.

Il se crispe, pliant les genoux comme un combattant d'arts martiaux. Il ferme les yeux, et sa concentration intense le fait grimacer. Un grondement de loup s'échappe de sa gorge, mais celui-ci paraît le surprendre. Il recule, ouvre les yeux et cherche mon regard.

« Tout se passait bien, Geo, dis-je en souriant. Réessaie. »

Il secoue la tête et hausse les épaules, à la façon d'un boxeur avant d'entrer sur le ring.

« Souviens-toi comment tu te sentais sous ta forme de loup, et place toute ta conscience à cet endroit. Tu dois quitter cet état de conscience. Laisser de côté les pensées humaines. Et trouver l'instinct du loup. »

L'air scintille autour de lui. J'entends ses articulations

craquer, un geignement, puis un grondement, et il est rede-
venu un loup.

Je le récompense en reprenant ma forme de loup à mon
tour, avant de partir à toute vitesse en le mettant au défi de
réussir à me suivre.

* * *

J *ulia*

Après ce qui me paraît des heures, quelque chose
remue entre les arbres.

J'ai arrêté d'attendre en faisant les cent pas et
entrepris de nettoyer. J'ai dépoussiéré le réfrigérateur, le
four et le micro-ondes. J'ai réorganisé les boîtes de conserve
dans les placards. La cuisine n'a jamais été si propre.

Tandis que je récure la cafetière, un mouvement furtif
attire mon regard vers le bas de la colline.

Après leur départ, je suis restée devant l'évier de la
cuisine à regarder la terrasse et au-delà. J'entrevoyais des
taches blanches qui se déplaçaient entre les sapins. Il était
facile de différencier les deux loups : l'un est gros, mais
l'autre est un géant. Le loup de Channing doit presque
m'arriver à l'épaule. Le genre d'animal que vous ne voudriez
pas croiser lors d'une randonnée.

Je savais qu'il était possible que Geo puisse se transformer en loup, même si rien n'était certain avec une mère
humaine. J'ai essayé de l'imaginer, de m'entraîner à différents scénarios. J'aime contrôler autant de paramètres que
possible. J'aime planifier. Mais voir le corps de Geo se

tordre, comme s'il souffrait... la façon dont ce grondement a jailli de la gorge de mon petit garçon... je me suis pétrifiée. J'ai oublié tous les conseils que j'avais lus dans des livres de psychologie sur l'adolescence.

Channing savait quoi faire. Lorsqu'il a donné cet ordre, de cette étrange voix qui résonnait, Geo lui a obéi.

Je me trouve dans un tout nouveau monde, et aucune de mes règles ne s'applique. Je dois me ressaisir.

Je suis restée un moment à m'enlacer la taille après leur départ, pour laisser toute cette adrénaline redescendre.

Puis, j'ai suivi les ordres. Je suis allée chercher les vêtements dans la camionnette. Il y en avait quatre sacs, empilés derrière les sièges avant. Channing a dû acheter tout le magasin. J'ai laissé un sac dans le véhicule au cas où il en aurait besoin. Maintenant, je comprends mieux son accoutrement le matin de son arrivée. Il avait dû muter un peu plus tôt sans avoir de tenue de rechange.

Et moi, je l'ai jugé. J'ai décidé que, comme d'habitude, il se montrait irresponsable et j'ai envisagé le pire. Et il m'a laissée le faire.

J'ai placé deux tenues propres sur la table de pique-nique, comme j'avais coutume de le faire pour Geoffrey. Celui-ci aimait dire que se promener nu ne le dérangeait pas. Certains soirs, quand Geo dormait et que Channing était sorti, il ignorait la pile de vêtements et venait directement me retrouver.

Je n'y avais pas repensé depuis des années. La vie continue, même quand le deuil nous paralyse. Il s'agit d'une bénédiction autant que d'une malédiction. Les souvenirs de mon mari ne me font plus autant souffrir. Je peux me rappeler les bons moments, les rires, sans la souffrance aveuglante. Ces souvenirs sont doux-amers.

Si tu lis cette lettre, c'est qu'il m'est arrivé quelque chose. J'espérais que ce jour ne viendrait jamais, mais il est arrivé.

Tard le soir, j'ai lu la lettre que Geoffrey avait laissée. Après avoir mis Geo au lit. Il n'avait que trois ans et ne comprenait pas encore pourquoi son père ne venait pas lui souhaiter bonne nuit.

Channing prendra soin de vous.

À ce moment-là, Channing était parti depuis longtemps.

Et maintenant, il est de retour, et on dirait une autre personne.

Il ressemble davantage à Geoffrey. Cette pensée fait naître une bouffée de nostalgie si puissante qu'elle m'ébranle. J'ai envie de laisser Channing se rapprocher de nous. De le laisser rester. De le laisser prendre la place de Geoffrey. Mais non. Channing n'est pas Geoffrey. Et il n'est pas là pour moi, mais pour Geo.

Imaginer quoi que ce soit de... romantique... avec lui est idiot de ma part. Et incorrect. Je devrais le considérer comme un petit frère. Même s'il n'était pas le frère de Geoffrey, il serait bien trop jeune pour moi. Et puis, il travaille dans la sécurité, un secteur à haut risque. Très dangereux. J'ai connu assez de danger pour toute une vie.

Je ne tomberai plus amoureuse d'un soldat. Ça s'est terminé d'une façon bien trop douloureuse pour moi.

Je prends mon verre de vin, celui que Channing m'a servi, et en bois une grosse gorgée. Je n'ai pas réussi à m'asseoir pour manger pendant qu'ils étaient partis. J'avais le ventre noué. Mais ils sont enfin de retour.

Les deux loups apparaissent entre les arbres et s'approchent de la maison en trottinant. Ils s'arrêtent devant la terrasse, juste avant le cercle de lumière des projecteurs.

Leurs taches brunes leur permettent de se fondre dans le paysage, mais si je plisse les yeux, je parviens à les voir. Le plus petit lève la tête et frotte son museau contre le plus gros. Ce spectacle est si mignon qu'il manque de me mettre à genoux.

Je suis aussi un peu vexée que Channing soit capable de gagner la confiance et l'affection de Geo en seulement quelques heures, après l'avoir abandonné tout ce temps. Mais ça ne change rien à la gratitude que je ressens pour Channing.

Qu'il soit venu. Qu'il soit là pour Geo quand il a le plus besoin de lui.

Je me retiens de courir les rejoindre, d'interrompre leur moment. Leurs mouvements sont gracieux et impressionnants. Le plus gros loup, Channing, attend et fait quelques pas en arrière pour regarder le loup plus petit. Comme un professeur avec un élève. Maintenant qu'ils sont immobiles, j'arrive à distinguer les subtiles différences dans les taches de leur fourrure.

Le gros loup lève la tête et se dresse sur ses pattes arrière, puis il reprend forme humaine. La fourrure disparaît, sa tête et sa mâchoire changent de forme. Tout se produit en un instant, mais assez lentement pour que je discerne le moment précis où le loup devient un homme, devient Channing.

Un très grand Channing, et très, très nu. Il se tient à l'extérieur du cercle de lumière, mais je distingue clairement les lignes dures et les sillons de ses muscles. Les angles obliques sous ses bras gonflés, ses énormes cuisses puissantes.

Il se tourne vers la maison et entre dans la lumière. Son sexe de taille alarmante est niché dans une toison de poils blonds. Mon bas-ventre se contracte vivement. Je ne devrais pas penser à lui de cette façon. Je ne devrais pas être attirée par le frère cadet de mon mari décédé. Je devrais... le considérer comme un frère.

Quelque chose se brise devant moi. Le verre de vin a glissé de mes doigts engourdis et s'est fracassé dans l'évier. Lorsque je veux en sortir les morceaux de verre, je me coupe le doigt.

« Mince ! »

La porte de la cuisine s'ouvre tout à coup en grand.

« Tout va bien ? » Channing se tient dans l'encadrement de la porte, complètement nu. La lumière dorée tombe sur ses larges épaules musclées, mettant en relief les contours de son torse.

« Oui, dis-je en prenant un torchon à côté de moi. J'ai fait tomber mon verre de vin. »

Il me regarde avec inquiétude. Une légère couche de sueur fait briller sa peau nue. Ses cuisses sont grosses et puissantes. Sa ceinture d'Apollon forme un V qui mène droit vers son...

Je m'oblige à lever les yeux vers son visage. « Ça s'est bien passé ? » J'ai l'air essoufflée.

« Ouais. Très bien », répond-il en se détendant. Être nu ne le dérange pas. Son énorme sexe se balance dans la brise. Les métamorphes ne se soucient pas autant de la nudité que les humains.

Je tiens le torchon devant moi, créant un écran entre son corps de dieu grec et mon regard avide. « J'ai laissé tes vêtements sur la table de piquenique. Tu veux bien... ? »

— Ah, ouais, bien sûr. » Il se retourne, me présentant ses fesses.

Et quelles belles fesses. Les muscles de son dos mènent à deux fossettes creusées au-dessus de son derrière rebondi.

Un bruit étranglé s'échappe de ma gorge.

Channing s'arrête et se retourne. « Tu es sûre que ça va ? »

Je secoue le torchon, incapable de parler. Il sort de la maison, et je contemple les dégâts que j'ai causés. Ma poitrine a rougi, ma peau est désagréablement chaude.

Mon fils entre en trombe dans la maison, apportant avec lui une vague d'air frais bienvenue.

« Maman ! s'exclame-t-il, essoufflé. J'ai muté. » Il a les yeux brillants et les joues rouges après avoir couru. Ses cheveux sentent les sapins et la nuit. Il porte le T-shirt basique et le jogging que j'ai préparés pour lui. Le T-shirt lui va, mais le jogging est beaucoup trop grand.

« J'ai vu, j'ai vu, dis-je.

— C'était génial. » Geo entre dans la cuisine. Il m'a l'air d'un homme, et beaucoup moins du petit garçon que j'ai élevé. Comment est-ce arrivé ? « Je suis tellement fort, quand je suis un loup. Et vraiment rapide. On est allés loin, jusqu'au sommet de la crête, et puis on a fait le tour par-derrière. Oncle Channing m'a même emmené jusqu'au point de vue. Et je me suis entraîné à muter. J'ai appris à mémoriser mes différentes formes.

— C'est super, *mijo*. » Mon soulagement est tel que mes yeux s'emplissent de larmes.

Derrière Geo, Channing entre dans la maison. Il porte le même T-shirt trop petit, étiré sur son torse large, et son jean. Il est sublime.

« On y retourne demain soir, me dit Geo. Et oncle Channing a dit qu'on pourra même rester dans la forêt plus longtemps, ce weekend.

— Ah oui, il a dit ça ? » Je regarde Channing en plissant les yeux, mais savoir qu'ils prévoient d'autres sorties ne me contrarie pas. Channing m'adresse son sourire en coin tranquille. Les fossettes font une brève apparition.

Non, mes ovaires ne produisent pas d'ovules. Pas du tout.

« On pourra le faire, maman ? On a été prudents. Oncle Channing va m'apprendre à muter sans prendre de risques et à être responsable.

— Bien sûr. » Je tends le bras pour toucher les cheveux de Geo. Avant, j'ébouriffais tout le temps sa chevelure noire soyeuse, mais je ne le fais plus depuis qu'il m'a dépassée en taille. Mais à cet instant, l'adolescent cynique a disparu, remplacé par un gamin enthousiaste.

« Oncle Channing saura t'aider.

— Elle le reconnaît enfin, lance celui-ci avec un clin d'œil.

— Merci. » Geo s'approche et me serre assez fort pour me couper le souffle. Lorsqu'il me soulève, ma respiration devient sifflante

« Doucement, Junior. Tu es plus fort que tu ne le penses, le sermonne Channing.

— Oh, pardon, dit Geo en reposant mes pieds au sol. Je peux manger de la pizza, maintenant ? Oncle Channing ne m'a pas laissé tuer l'écureuil. Je meurs de faim.

— Vas-y », dis-je. Geo fonce vers la table. Devrais-je lui demander de se laver les mains avant de manger ?

Trop tard, il a ouvert la boîte de pizza et enfoui trois parts dans sa bouche d'un coup.

Je me détourne pour éviter de lui demander de penser à mâcher.

« Merci. Pour tout », dis-je à Channing. Je suis sincère.

Il accepte mon remerciement en baissant la tête, puis s'approche. Un peu trop près. « Tu as déjà mangé ? »

Je secoue la tête.

Ses narines s'évasent. Il prend le torchon que je tiens pour me toucher la main. « Tu t'es bien coupée.

— Je ne faisais pas attention. »

Quand il baisse la tête vers la mienne, une vague de son odeur épicée et sauvage me parvient. Sans le vouloir, je m'aperçois que je me penche contre lui. J'en veux plus.

Il lève la tête, et ses yeux verts rencontrent les miens. Mon souffle reste bloqué dans ma gorge. Mon cœur tambourine. Une bouffée de chaleur m'envahit. *Je ne suis pas attirée par le petit frère de Geoffrey. Pas du tout. Je le considère comme un frère, rien de plus.*

« Assieds-toi, me dit-il en m'entraînant vers la table. Je vais chercher de quoi nettoyer la coupure.

— Le kit de secours est...

— Sur l'étagère du haut dans la salle de bains. Je me souviens. » J'aperçois ses fossettes, puis il disparaît.

Je m'assieds lourdement sur une chaise. Mes joues chauffent. Une autre bouffée de chaleur ? Ou est-ce à cause du vin ?

C'est sûrement ça. L'effet du vin. Je n'ai pas terminé le verre, mais j'ai bu en ayant le ventre vide. C'est pour ça que j'éprouve des sensations si étranges.

Pour aucune autre raison.

Après avoir dévoré une pizza entière, Geo suce à présent une aile de poulet. Je me souviens que Geoffrey mangeait comme un ogre, lui aussi, quand il rentrait après une longue course. Changer de forme brûle énormément de calories.

Je pousse une deuxième boîte de pizza vers lui. « Mange, *mijo.* » Avec un regard reconnaissant, il empile trois parts de pizza et les engloutit.

Channing revient et s'agenouille devant moi. Il est tellement grand que la cuisine semble rétrécir autour de lui, mais ses mains sont douces sur les miennes. Il vérifie qu'aucun éclat de verre n'est planté dans mon doigt. Une fois satisfait de son examen, il le bande avec des gestes habiles. Chaque fois qu'il me touche, des picotements remontent le long de mes bras.

« Tu as déjà fait ça, dis-je quand je retrouve ma voix.

— Une ou deux fois.

— Les métamorphes n'ont pas besoin de pansements. » Ils ont la capacité de se régénérer et de guérir de toute blessure, à l'exception de la décapitation. *Ou d'un engin explosif improvisé.*

Il semble solennel, comme s'il pouvait suivre mon cheminement de pensée.

« Si, quand on doit donner le change. » Se faire passer pour des humains, il veut dire. « Et il m'est parfois arrivé de combattre aux côtés d'humains.

— Merci, dis-je en baissant les yeux sur le pansement.

— Pas de souci », murmure-t-il. Il me prend la main et la retourne. Des fourmillements me parcourent là où il me touche.

Je baisse la tête et inspire profondément. Channing s'écarte, s'éloigne, mais je sens toujours sa présence contre moi comme un poids délicieux. Je n'ai jamais eu autant conscience de quiconque de toute ma vie.

Après avoir ramassé les morceaux de verre, il s'installe à la table. Sa chaise grince contre le carrelage de la cuisine.

« Attention, oncle Channing. Le pied de la table bouge, le prévient Geo.

— Ah. Je me souviens que ton père l'a réparé le jour où il l'a achetée. On va s'en occuper demain. J'attendrai que tu rentres du collège pour que tu puisses m'aider.

— C'est vrai ?

— Ouais. »

Je me sers une part de pizza et la grignote. Je ne quitte pas mon assiette des yeux tandis que j'essaie de reprendre le contrôle sur mon rythme cardiaque.

« Tu cours sous ta forme de loup toutes les nuits ? demande Geo.

— Non, pas toutes les nuits. À chaque pleine lune, bien sûr. Et si j'ai besoin de me défouler. Comme tu es un ado, tu auras sûrement besoin de courir beaucoup. Tu es plein d'hormones. C'est bien plus intense pour toi que pour un humain. Si des filles te plaisent au collège, tu risques d'avoir envie de muter en pleine salle de cours.

— Channing ! » Je ne peux m'empêcher d'être choquée. Je n'ai vraiment pas envie qu'il donne des conseils sexuels à Geo. Je me souviens qu'il collectionnait les aventures quand il habitait ici.

Channing m'adresse de nouveau ce sourire tranquille. « Quoi ? C'est la vérité. Mieux vaut l'avertir maintenant, plutôt qu'il perde le contrôle devant des humains, dit-il avant de se tourner vers Geo. Tu comprends que tu ne peux jamais, au grand jamais, parler de tout ça avec un humain ? Même si c'est ton meilleur ami. Même avec ta petite amie, si tu sors avec une humaine. À personne. Si tu te bats au collège, tu ne peux pas muter. Tu ne peux pas te servir de ta force surhumaine pour participer à des sports. Tu dois cacher ce que tu es. C'est la chose la plus importante que je dois t'apprendre.

— Pourquoi ? Parce que je ferais peur aux humains ?

— Oui. Mais... » Channing me regarde, et je devine qu'il n'a pas envie que j'entende la suite. « Certains humains savent qu'on existe, et... et certains d'entre eux aiment chasser les membres de notre espèce », achève-t-il après avoir lancé un autre regard inquiet dans ma direction.

Je suis sûre que mon visage perd toutes ses couleurs, parce que je suis soudain glacée.

Channing pose sa main sur la mienne. « Il n'arrivera jamais rien à Geo. Je te le promets. Mon équipe est la meilleure au monde. Si vous étiez en danger, je le saurais et j'empêcherais qui que ce soit de toucher à Geo. »

J'inspire doucement. Alors, c'est pour ça qu'il a installé des systèmes de sécurité chez nous. Je comprends mieux. En revanche, je ne comprends pas pourquoi il les a gardés secrets. Pourquoi il a attendu que nous soyons à Disneyland pour venir pendant notre absence. Pourquoi pendant tout ce temps, il veillait sur nous, mais n'est jamais venu nous rendre visite. Ne nous a jamais contactés.

Je ne comprends pas.

Je m'aperçois que Channing est bien plus complexe que je ne le pensais, mais j'ai du mal à le cerner. Je le prenais pour un jeune homme irresponsable, imprudent et égocentrique. Ou parfois, quand j'étais un peu moins dure, je pensais qu'être auprès de Geo et moi était peut-être trop douloureux pour lui. Qu'il ne voulait pas affronter son chagrin d'avoir perdu son frère.

C'était peut-être le cas, pourtant ça ne colle toujours pas vraiment. Parce que s'il nous protégeait pendant tout ce temps, n'a-t-il pas dû faire face à la mort de son frère ?

Channing et Geo continuent leur discussion et se remémorent leur sortie. Après s'être empiffrés avec assez de parts de pizza pour tomber dans le coma, ils se lèvent et débarrassent la table. Puis ils s'installent devant l'évier et le nettoient avant de commencer à laver la vaisselle. Un petit, un grand. Un brun, un blond. Comme Geoffrey et Channing, à l'époque.

Le souvenir me serre le cœur, mais au lieu de tristesse, j'éprouve de la nostalgie et un sentiment de satisfaction. La scène semble normale, naturelle. Channing occupe parfaitement la place laissée par son frère.

À l'origine, j'avais imaginé ce genre de moment après le décès de Geoffrey. Que Channing serait là et jouerait son rôle d'oncle. Un autre adulte pour m'épauler. Un métamorphe. Un lien avec Geoffrey. Mais il n'est jamais revenu.

Je cherche ma vielle rancune tenace, mais elle m'échappe. Je ne gâcherai pas ce moment paisible. Geo en a besoin.

« Bon, Junior, il est temps d'aller au lit, lui dit Channing en lui donnant une tape amicale sur l'épaule. Tu as école tôt, et tu as besoin de te reposer si on veut ressortir courir demain soir. »

Sans protester, sans traîner des pieds, Geo hoche la tête et tourne les talons pour obéir.

Il se penche pour me serrer dans ses bras. « Bonne nuit, maman.

— Bonne nuit, mon bébé.

— Je suis désolé, pour... tu sais », dit-il d'une voix légèrement nouée. Je sais qu'il repense au moment de tension entre nous, avant qu'il ne mute.

Je le serre plus fort contre moi. « Ce n'est rien. Tu n'as rien fait de mal. Ça m'a surprise, c'est tout. »

Geo recule et écarte les cheveux devant ses yeux pour me regarder. Il semble hésiter. « Je m'en tirerai mieux, la prochaine fois. » Sa voix contient une question, mais je ne peux y répondre.

« Je t'aime », dis-je à mon fils. Il me répond la même chose entre ses dents avant de me lâcher et de disparaître dans l'escalier.

Me laissant seule avec Channing.

L'air dans la pièce s'emplit de tension, se solidifie. Ses yeux brillent légèrement dans la lumière tamisée.

Je pourrais fermer les yeux, mais il serait là, m'attendant dans ma tête. Son corps dur et bronzé de plus d'un mètre quatre-vingts. Sa silhouette nue est imprimée sous mon crâne. J'ai vu mon beau-frère nu et, pire, je n'ai pas eu envie de détourner le regard.

Je n'en ai pas envie maintenant non plus. Le monde s'est rétréci pour ne contenir que son vif regard vert.

« Détends-toi, Jules. Ça va aller pour lui. C'est promis. » Une fois de plus, il se sert de ce ton apaisant et autoritaire.

Je baisse la tête pour inspirer profondément.

Son regard caressant sur mon visage n'est pas celui d'un frère. Ce regard est intime. Affectueux.

« Ce que tu as fait pour Geo... »

Il pose l'index sur mes lèvres, puis montre l'escalier. C'est vrai. Les métamorphes ont l'ouïe fine.

Il me prend par la main et la tire pour que je me lève. Mon cœur accélère, mais je le laisse m'entraîner dehors, sur la terrasse couverte.

« Ici, on peut parler », dit-il en se retournant. Sa main enveloppe la mienne. Sa peau est tiède. La température corporelle d'un métamorphe est un peu plus élevée que celle d'un humain, si je me souviens bien.

Sans raison, je frissonne.

« Tu as froid ? demande-t-il en fronçant les sourcils.

— Non, c'est agréable. » J'ai toujours des bouffées de chaleur. J'écarte ma main de celle de Channing et m'installe sur un fauteuil de jardin. Il reste debout. Ses sourcils sont toujours froncés d'un air désapprobateur.

Peu habituée à ne pas le voir sourire, je demande : « Qu'y a-t-il ?

— Je dois poncer ces fauteuils », marmonne-t-il avant de

secouer la tête pour chasser cette pensée. Il prend une expression que je n'avais encore jamais vue, concentrée et sérieuse. « Ça s'est bien passé, ce soir », me dit-il comme s'il faisait son rapport à son commandant. Est-il ainsi lors de ses missions ? Mon pouls s'accélère. J'adore cette facette de lui.

« Geo s'est bien comporté, il a suivi mes ordres. Il y a eu un moment de panique à la fin quand il a eu peur de ne pas réussir à reprendre forme humaine, mais je lui ai parlé, et il y est arrivé.

— Merci. » Je ne peux pas le dire assez.

« Pas de problème. » Il s'accroupit. Alors que je suis assise et lui accroupi, nos têtes sont à la même hauteur, et nous pouvons nous regarder dans les yeux. « Je suis désolé de ne pas avoir été là pour sa première fois, mais je suis là, maintenant. Et je resterai aussi longtemps qu'il aura besoin de moi.

— Merci. Ça me fait plaisir. Tu sais, pour Geo.

— Pour Geo. » Sa voix devient plus grave.

Son regard descend vers ma bouche. Le temps ralentit, s'arrête. Mes lèvres fourmillent. Je les humecte. Quand la terre s'est-elle mise à tourner au ralenti ?

« Julia... » Il est si proche que son souffle me caresse le visage.

Je serre les jambes, comme pour chasser la pression palpitante dans mon bas-ventre.

Cette nuit de septembre est fraîche, pourtant je suffoque.

Ce n'est pas le vin. Ce n'est ni la température ni les bouffées de chaleur. C'est ma libido, qui se réveille furieusement.

Je ne pensais plus avoir de désir sexuel. Bien sûr, je possède un vibromasseur et je me fais jouir une ou deux fois par semaine selon une routine bien huilée. Mais désirer un homme séduisant ? Ça ne m'était pas arrivé depuis des années. Et celui-ci est bien trop jeune pour moi.

Je dois me ressaisir. Ce n'est pas le moment pour mon vagin de se réveiller après une si longue retraite. L'un d'entre nous doit se comporter en adulte.

Lorsque je m'écarte, le charme est rompu.

« Pour Geo », dis-je à nouveau. Quelque chose change dans son expression, se ferme. Sans que je puisse l'expliquer, il paraît plus âgé, plus dur.

Il se lève. « Je vais chercher mon kit. Je dormirai par terre.

— Tu peux prendre le canapé.

— Nan, il est trop petit. Je ne rentrerai pas.

— Tu n'es pas si grand. »

Sa joue se plisse. « Je t'assure que si. »

Oh, mon Dieu.

Pourquoi sa réponse a-t-elle fait durcir mes tétons ? Je me lève. « Dis-moi si tu as besoin de quelque chose. » Le voyant hausser les sourcils, j'ajoute en écarquillant les yeux : « D'un oreiller, je veux dire. Ou d'une brosse à dents.

— Je capte », répond-il. Sa voix est redevenue neutre.

J'ai l'envie un peu folle d'échanger une poignée de main avec lui. De mettre de la distance entre nous. À la place, je lui souhaite bonne nuit et m'éloigne sur des jambes molles, en exhortant mon cœur à battre normalement.

* * *

C*hanning*

. . .

J'attends que Julia se soit enfermée dans sa chambre pour la nuit, puis je fais le tour de la propriété. Je verrouille les portes, vérifie les verrous et les alarmes de la maison. D'habitude, j'active le système de sécurité à distance, une fois que les caméras m'indiquent que Geo et Julia se sont couchés. Je ne l'avais encore jamais fait en personne.

Je déroule mon sac de couchage sur le sol du bureau de Julia. Je ne sais pas pourquoi je souhaite me torturer, mais j'ai besoin d'être enveloppé dans son odeur. Mon sexe est si dur qu'il me fait mal, mais j'accueillis la douleur. C'est une punition appropriée.

Ce soir, pendant que nous discutions sur la terrasse, j'ai failli l'embrasser. En moins de vingt-quatre heures, je commence déjà à déconner.

J'avais espéré que sa colère et sa mauvaise opinion de moi creuseraient un fossé entre nous. J'ai besoin qu'elle me pardonne, mais je ne le mérite pas. Je m'imaginais que sa répugnance et sa méfiance m'aideraient à garder mes distances. L'odeur de mon frère sur sa peau, cette alliance à son doigt devraient m'aider à ne pas m'approcher.

Pourtant, quand elle m'a regardé ce soir, au lieu de colère ou de tristesse dans ses yeux, j'ai vu autre chose.

De l'attirance.

Du désir.

Elle le sent, elle aussi.

Mais je ne peux pas en parler. Quel genre d'enfoiré serais-je si je le lui faisais remarquer ? *Au fait, je sens l'odeur de ton désir.*

Je ne peux pas faire ça à Julia. À mon frère. Mais me connaissant, ce n'est qu'une question de temps avant que je ne recommence à merder.

Je m'en tiendrai à la mission. Apprendre à Geo à être un

loup, et un homme. Ça ne rattrapera pas les années que j'ai manquées, mais ce sera déjà ça.

Une fois que Geo pourra se débrouiller sans moi, je disparaîtrai. Encore. Ça fera mal, mais ils l'ont déjà vécu.

Je ferai ce que je suis venu faire, puis je m'en irai avant de foutre la merde dans leur famille plus que je ne l'ai déjà fait.

Chapitre six

*J*ulia

Mon entrejambe me démange douloureuse-ment. Je me retourne, emprisonnée dans le drap.

« Julia », murmure une voix profonde.

Channing.

Je me tourne vers lui. Il est torse nu sous le clair de lune —bien sûr qu'il l'est. Est-il nu ? Je n'arrive pas à le déterminer.

J'étire les bras au-dessus de ma tête, laissant ma cheve-lure tomber en cascade sur l'oreiller. Je porte une nuisette sexy, dont le décolleté généreux est doublé de dentelle. « Je t'attendais. »

Ses yeux sont des lueurs vertes dans l'obscurité. Il pose une main sur ma jambe et la fait glisser, en une lente ascen-sion inexorable.

Je me lèche les lèvres et écarte les jambes.

« Julia. » Il retire brusquement le drap qui me recouvre et allonge son corps dur sur le mien.

Je lève la tête pour venir à sa rencontre. Ses lèvres trouvent les miennes. Elles sont fermes, mais douces. Un grondement monte dans sa gorge. Il serre le poing autour de mes cheveux pour prendre le contrôle du baiser. De la chaleur se déploie dans le creux de mes reins. Je pousse un petit cri.

Il m'attire dans ses bras et me fait asseoir sur ses genoux, puis plaque les mains sur mes fesses pour me serrer contre lui. J'avance les hanches pour me frotter de haut en bas contre son érection. Il est nu, et je suis trempée. D'un instant à l'autre, il va me pénétrer…

Je me réveille en sursaut lorsqu'un oiseau pousse un cri perçant à côté de ma fenêtre. Mon sexe est trempé, mes seins gonflés et lourds.

Il n'y a ni obscurité, ni Channing. Je suis seule. C'était un rêve, mais il paraissait si réel…

Le soleil qui envahit ma chambre me fait cligner des yeux. La lumière est bien plus vive qu'elle ne devrait l'être à six heures du matin.

Je m'assieds tout à coup. Quelle heure est-il ?

Je lis le réveil : neuf heures treize. Je ne l'ai pas entendu sonner.

Le plancher du couloir grince, et la porte de ma chambre s'ouvre doucement.

Channing s'appuie contre l'encadrement de la porte, un panier de linge posé contre la hanche. « Oh, salut, tu es réveillée. Tu as du linge sale ? Je vais faire tourner une machine. Geo m'a montré ton système. »

Lessive ? Système ? « Quoi ? »

Une fossette se creuse sur sa joue. « Ce n'est pas grave. Ne bouge pas, je reviens tout de suite. »

Il disparaît. Je frotte mes yeux ensommeillés et me touche la tête avec horreur. Mes cheveux ne sont qu'un tas de nœuds et de mèches électriques. Je porte la même nuisette que dans mon rêve. Mes tétons forment deux pointes dures. Je remonte la couverture jusqu'à mon menton.

Les pas de Channing annoncent son retour. Quand il en a envie, il peut être aussi silencieux qu'un chat... même si je ne le comparerais jamais à un chat, à moins de vouloir l'agacer.

Il entre dans ma chambre d'un pas bien trop guilleret pour l'heure matinale. « Tiens. » Il me donne une tasse, et je sens une délicieuse odeur de café.

« Merci, dis-je en marmonnant. J'ai trop dormi. Mon réveil...

— Je l'ai éteint. » Channing lisse la couverture d'une main. Il tient une part de pizza froide dans l'autre.

« Tu as quoi ?

— Tu avais besoin de sommeil, répond-il en prenant une bouchée de pizza.

— Je n'arrive pas à te croire. » Je me lève, oubliant ma tenue. « Je suis en retard pour le travail.

— Tu décides de tes horaires, non ?

— Je ne peux pas... tu ne peux pas... Je...

— Du calme, me dit-il d'une voix apaisante. J'ai emmené Geo au collège. Ne t'inquiète pas, on n'a pas pris ma moto. Il n'avait pas envie d'y aller en bus, ce matin, alors on a pris la camionnette. Je suis surpris que le bruit du moteur ne t'ait pas réveillée. Tu avais vraiment besoin de dormir, hein ? »

Je suis une personne éloquente. Je peux m'exprimer de façon rationnelle, argumenter. Pourtant, quand j'ouvre la bouche, rien ne me vient.

« Bois ton café. » Channing m'encourage de sa main qui tient la part de pizza. Sans réfléchir, je baisse le nez vers la tasse. L'odeur m'aide à me réveiller. « Bonne fille », dit-il avec un sourire en coin. Et cette fossette.

Oh, mon Dieu. Je n'arrive pas à croire qu'il m'a dit *bonne fille*. Pire, je n'arrive pas à croire ma réaction à ces mots.

Il sautille jusqu'à mon placard et ramasse mon panier de linge sale. Il fredonne une chanson... on dirait un des derniers tubes de Taylor Swift.

Lorsqu'il me surprend en train de le regarder fixement, il me salue avec la part de pizza. « La pizza au petit déjeuner, je t'assure. » Il sort de la chambre avant que je puisse décider comment le tuer.

Je m'assieds à mon bureau à l'heure pour ma première réunion avec M. van den Berg. Comme je ne disposais que de quelques minutes pour m'habiller et dompter ma chevelure, je n'ai pas eu le temps de trouver Channing pour l'étriper. Mais j'ai l'intention de le faire. Dieu merci, j'avais planifié l'envoi automatique de mon résumé de la réunion d'hier soir avant de le laisser rentrer chez moi et de perdre tout contrôle sur moi-même.

Infiltrera-t-il chaque centimètre de ma maison ? De ma vie ? C'est assez terrible d'avoir fait un rêve sexuel avec lui. Chaque fois que je ferme les yeux, je le revois, nu.

Et depuis quand fait-il la lessive ?

Son odeur flotte dans mon bureau. Est-il venu ici ?

Je me tiens en face mon ordinateur et essaie d'avoir un air professionnel pour la caméra.

« Julia, me salue M. van den Berg. J'ai accepté toutes les modifications. Le contrat devrait se trouver dans votre boîte de réception.

— Merci, monsieur. » De forts cognements couvrent ma réponse. Quelqu'un donne des coups de marteau sur mon toit. Je lève l'index. « Excusez-moi, un instant. »

Je coupe mon micro et m'approche de la fenêtre, hors de vue de la caméra. Je me bats avec le vieux châssis avant de réussir à l'ouvrir. Avec Geoffrey, nous avions prévu de remplacer les fenêtres, mais je n'ai jamais trouvé le temps de m'en occuper. Je crie : « Silence ! Je suis en réunion ! »

Les coups de marteau cessent.

Je me lisse les cheveux et plaque un sourire calme sur mes lèvres. Quand je me rassieds à mon bureau, mon employeur semble soucieux.

« Je suis désolée pour le bruit, lui dis-je. Ça ne se reproduira plus.

— Ce n'est pas un problème. Vous avez engagé des couvreurs ?

— En quelque sorte. C'est mon beau-frère. Il s'occupe de quelques travaux de bricolage dans la maison, mais je n'avais pas compris qu'il réparerait les bardeaux aujourd'hui. » Dans le retour de ma caméra, je vois ma paupière tressauter. J'inspire profondément. Calme, rationnelle, maîtresse d'elle-même... c'est moi.

« Votre beau-frère est toujours là ?

— Oui, il va rester avec nous quelque temps. C'est une longue histoire. » J'espère ne pas avoir à la raconter, mais M. van den Berg a l'air curieux.

« Je n'avais pas réalisé que vous étiez si proches.

— On ne l'avait pas vu depuis presque dix ans. Pas depuis l'enterrement de Geoffrey. » Normalement, je ne partagerais pas tant d'informations personnelles avec un collègue, mais il s'agit de mon patron, et il m'a énormément soutenue.

« Je vois, dit-il après une pause. Pardonnez-moi si ce n'est pas ma place, mais la situation vous convient-elle ? Sa présence est-elle... » Il hésite, comme s'il choisissait soigneusement ses mots. « Bienvenue ?

— Oh, oui, bien sûr, dis-je, touchée par son inquiétude.

C'était une surprise, mais nous sommes contents qu'il soit là.

— Tant mieux. Dites-moi si vous avez besoin d'aide avec quoi que ce soit, Julia. Ma porte est toujours ouverte.

— Merci, monsieur. »

Je sens qu'il souhaite ajouter quelque chose, mais il change de sujet et passe aux étapes suivantes des contrats. Je ne suis que trop reconnaissante de me concentrer sur le travail.

Dès que la réunion est terminée, je vais tuer Channing et l'enterrer derrière la terrasse, une part de pizza froide dans la bouche.

Quelques secondes après m'être déconnectée de la réunion avec M. van den Berg, quelque chose tombe avec fracas sur le toit. Channing saute dans le bureau par la fenêtre ouverte.

Torse nu, il ne porte qu'un jean et des chaussures. Pas de T-shirt. Une fine couche de sueur fait scintiller son torse.

« Je t'ai manqué ? » demande-t-il, révélant ses fossettes.

Je me lève de ma chaise et pointe l'index vers son torse nu. « Je vais te tuer.

— Qu'est-ce que j'ai fait ? » Il penche la tête et prend son expression penaude.

J'énumère en comptant sur mes doigts : « Tu as éteint mon réveil. À cause de toi, j'étais en retard. Tu as commencé à donner des coups de marteau au milieu de ma réunion avec mon patron.

— Ouais, désolé. Je peux attendre pour terminer les bardeaux plus tard. Comme ça, Geo pourra m'aider.

— Channing Eugene Armstrong, tu ne feras pas monter mon fils sur le toit...

— Tu sais qu'il est pratiquement indestructible, non ? demande-t-il en penchant la tête. Les métamorphes cicatrisent... » De la fumée doit me sortir par les oreilles ; il secoue les mains. « Très bien, pas de toit. À qui est-ce que tu parlais ?

— Quoi ? » Le brusque changement de sujet me donne le tournis.

« Le vieux qui a l'air d'avoir un balai dans le cul.

— Pas du tout, dis-je en bafouillant. Monsieur van den Berg est mon employeur, et il nous a beaucoup aidés.

— C'est-à-dire ? demande Channing d'un air méfiant.

— Il me paie un excellent salaire avec des avantages généreux. Et il m'aide à inscrire Geo dans une nouvelle école.

— Et qu'est-ce qu'il te demande de faire, en échange ? » Il pose la question tout bas, d'un ton doux et dangereux.

« Seulement mon travail. Tu te fais des idées. Nos interactions sont complètement appropriées. Professionnelles.

— À part qu'il a commencé à s'intéresser à Geo et à ta vie personnelle, lâche-t-il entre ses dents.

— Il a été très gentil. Je suis sûre que tu n'imagines pas à quel point c'est difficile d'élever un enfant seule, mais je peux t'assurer que j'avais besoin de son aide. »

Channing tressaille, et je me sens coupable d'avoir sorti l'artillerie lourde.

« Je sais », dit-il doucement. Il s'est approché de moi, et une nouvelle vague de son odeur de plein air me fait tourner la tête.

Je lève la main pour le tenir à distance. « Je n'avais pas seulement besoin de liasses d'argent sale issues du trafic de drogue. Je suis avocate. Je gagne bien ma vie. J'avais besoin d'un autre genre de soutien. »

La fossette est de retour. « Pour info, je n'ai jamais travaillé pour un dealeur. En revanche, j'en ai abattu quelques-uns.

— Ça suffit. »

Lorsque Channing m'adresse un sourire espiègle, une vague de chaleur m'envahit. Ma paume est restée au niveau de son torse nu. J'écarte la main et croise les bras pour ne plus être tentée de le toucher. En avoir autant envie est honteux. « Où est ton T-shirt ?

— J'ai eu chaud sur le toit, répond-il en haussant les épaules. D'ailleurs, en parlant de ça, c'est quand, ta prochaine réunion ? J'aimerais clouer ces bardeaux avant la tombée de la nuit. »

J'ai envie de l'envoyer se faire voir, mais j'imagine que les bardeaux ont effectivement besoin d'être remplacés. « Attends ma pause déjeuner. Je devrai aller à l'épicerie.

— Je vais m'occuper des commissions. Dis-moi ce que tu veux acheter. J'ai déjà passé une commande avec Geo. Elle sera livrée. »

J'ouvre la bouche. La referme. Si je ne me calme pas, ma tête va exploser.

Je viens d'affirmer que j'avais besoin d'aide, non ? Donc, je ne peux pas vraiment lui dire que je ne veux pas qu'il m'apporte son assistance. La lessive et les courses étaient en tête de ma liste, aujourd'hui.

Il est tellement serviable que c'en est exaspérant. Je ne peux même pas le tuer. Comment plaiderais-je ma cause au tribunal ? *Il a nettoyé ma maison et a commandé à dîner, alors je lui ai tiré dessus ?*

De toute façon, lui tirer dessus ne fonctionnera pas. Je n'ai pas de balles d'argent.

Au lieu d'étrangler Channing, je me tiens à quelques centimètres de son torse nu, le foudroyant du regard comme une folle. Il lui serait si facile de s'approcher. Il me serrerait dans ses bras, j'enlacerais sa taille de mes jambes et me frotterais contre son corps dur, comme dans mon rêve...

Channing se penche jusqu'à ce qu'il soit face à moi. « Détends-toi, Julia. » Ses lèvres sont juste au-dessus des miennes. Un centimètre, et elles entreraient en contact.

« Sors d'ici », dis-je en grognant. Il rit à voix basse et recule jusqu'à ce qu'il soit assis sur le rebord de la fenêtre. Puis il se laisse basculer en arrière et disparaît.

Je me précipite vers la fenêtre, m'attendant à le voir étendu sur la pelouse, en train de gémir, mais il va bien. Il se tient à ma gouttière d'une main. Jusqu'à ce qu'elle craque sous son poids. Il chute, emportant les gouttières avec lui. « Désolé ! Je vais réparer ! » me crie-t-il.

Je ferme la fenêtre en la claquant. Je serre si fort les dents que Channing doit les entendre grincer depuis la pelouse devant ma maison.

* * *

Lorsque j'entre dans la cuisine pour déjeuner, je fulmine toujours. Channing ne plaisantait pas quand il a parlé de faire livrer des courses. Peu après midi, une voiture est arrivée, et un adolescent dégingandé, identique au livreur de pizza, a porté d'innombrables sacs en papier dans la maison. Je m'attends à moitié à trouver la table couverte de sacs de courses avec des pots de glace fondue, mais Channing en a rangé la plupart.

Geo n'y est pas allé de main morte lorsqu'il a choisi quoi commander. Le congélateur est rempli de frites gaufrées et de mini pizzas surgelées. Je compte douze boîtes gigantesques de céréales sucrées, les marques que je n'achète jamais, sauf quand nous partons camper. Je l'ajoute à la liste des péchés de Channing, mais en ouvrant le réfrigérateur, je découvre une forêt brillante de salade verte et rouge. Il y a même du basilic frais. Un élégant plateau de fromages se trouve à côté de la cafetière, le genre que j'achèterais pour apporter à une fête, ainsi que des paquets de trois sortes différentes de crackers. Et un pot de mes olives vertes préférées. Quand j'étais enceinte, je mangeais un pot d'olives Castelvetrano par jour. J'en mourais d'envie, et Geoffrey parcourait la ville pour faire le tour des épiceries fines qui les vendaient.

Channing a dû s'en souvenir. Il a emménagé avec nous lorsque Geo était bébé. Il était adolescent, et allait et venait à toute heure. Je n'aurais jamais imaginé qu'il l'avait remarqué, ou qu'il s'en souciait.

Je commence à prendre conscience que je ne connais pas du tout Channing.

* * *

C*hanning*

L*e soleil est haut, et il fait chaud sur le toit. Je mettrais bien un T-shirt par respect pour Julia, mais il serait trempé de sueur en six secondes. J'ai appelé Buddy, mon ami métamorphe qui vit dans la région. Il a le temps de m'aider avec ces travaux. Il peut aussi m'avoir de nouvelles fenêtres à un bon prix.*

Je devrais parler de tout ça à Julia. Ce matin, ma présence la stresse et l'agace. La mettre devant le fait accompli sera plus facile que lui demander sa permission. Et plus amusant, aussi. Elle est tellement mignonne quand elle est en colère.

Je sors mon portable en le sentant vibrer. Le nom de

Deke s'affiche sur l'écran. Je réponds en souriant. « Je te manque, papa ?

— Non. »

J'attends, mais il n'ajoute rien. Je demande donc : « Qu'est-ce qui se passe ?

— Je viens de déposer les triplés à la montagne de Bad Bear.

— Seulement maintenant ? » J'effectue un rapide calcul mental. « Ça fait trente-six heures.

— Je sais. Longue histoire. » La voix de Deke promet un monde de souffrance à celui qui insisterait pour avoir des détails. Je ne pose pas d'autres questions. « J'ai mené ma petite enquête. Apparemment, les Trois Terribles ont entendu parler du club de combat sur une nouvelle application. Il y a un salon de discussion secret fréquenté par des métamorphes, des ados pour la plupart.

— D'accord.

— Je leur ai demandé de me montrer l'application et j'ai lu les messages. Ce mec, Hannibal ? Il l'utilise. Et il a mis plusieurs adolescents métamorphes au défi de l'affronter. Les triplés ont mordu à l'hameçon. »

Un frisson me traverse. « Il les a attirés là-bas.

— Exactement. Il mijote quelque chose. Je ne peux pas le prouver, mais mon instinct me l'affirme.

— Je le savais. Je n'arrivais pas à sentir son animal.

— J'ai demandé à Kylie de pirater l'application et de fouiner un peu pour voir ce qu'elle trouve. Je te demanderais bien de l'aide, mais je sais que tu es en mission.

— Ouais, dis-je en regardant le bardeau que je tiens. Elle est plus complexe que je m'y attendais. Mais fais signe si tu as besoin de moi.

— Ça marche. En attendant, ouvre l'œil et tends l'oreille », me dit-il avant de raccrocher.

Je frotte ma poitrine nouée. Une application pour les adolescents métamorphes ? Ce n'est pas surprenant. La puberté est une période difficile. Il doit être très utile d'avoir un groupe d'amis qui comprend à quel point c'est dur, surtout pour des métamorphes comme Geo, qui ne vivent pas avec des membres de leur espèce.

Mais c'est dangereux. Les applications peuvent être piratées, ou quelqu'un comme Hannibal peut en profiter pour s'attaquer à des ados peu méfiants. La technologie change tout.

Un grondement vibre dans mon torse. Mon loup a envie de chasser. Je ne sais pas quelle sorte de métamorphe est ce taré d'Hannibal, mais je le boufferais volontiers. Surtout si je le trouve à traîner aux alentours de Flagstaff. Notre rencontre s'est située un peu trop près de chez Julia à mon goût.

La voix stressée de celle-ci me parvient. Elle se trouve dans la cuisine et parle à quelqu'un au téléphone. Cette femme a deux téléphones, un pour le travail et un pour les appels personnels, mais elle passe la plus grande partie de la journée pendue à son portable professionnel.

Je range mon téléphone et me balance pour descendre du toit. Elle me tourne le dos, et ses épaules sont si crispées qu'elles sont remontées au niveau de ses oreilles.

« Je comprends que c'est le début d'année, dit-elle d'une voix calme, mais frustrée. Je vous demande de me fournir le relevé de notes jusqu'à maintenant. Non, je ne souhaite pas attendre jusqu'à décembre. Non, je... Oui, je peux patienter. » Elle soupire et grogne à voix basse.

Mon loup remarque avec satisfaction qu'elle a mangé quelques tranches de fromage et la moitié du pot d'olives. Il a envie de la nourrir.

J'ouvre la porte et traîne volontairement les pieds sur le paillasson pour qu'elle m'entende.

Elle me jette un coup d'œil et lève la main. Lorsque la personne au bout du fil se remet à parler, elle se frotte le front. « Oui, le dernier relevé de notes disponible... »

J'entends le ton sec de l'administratrice agacée qui lui cause des ennuis au bout du fil. « Je n'ai aucun Sanchez dans le système.

— Sanchez, c'est mon nom de famille. Son nom de famille est Armstrong. A-R-M-S-T-R-O-N-G. »

Le téléphone professionnel de Julia se met à sonner. Elle le sort de la poche arrière de son jean et regarde l'écran, les sourcils froncés.

« Passe », dis-je en tendant la main pour qu'elle me laisse parler avec l'administration du collège.

Elle recule en secouant la tête, serrant les deux portables dans ses mains.

Je déteste la voir si stressée. Elle porte le poids du monde sur ses épaules, sans personne pour l'aider. Je déteste me dire que c'est ma faute. Mon loup meurt d'envie que je la prenne dans mes bras et que je la réconforte. Mais elle ne m'y autoriserait jamais.

Je me déplace à l'aide de ma vitesse métamorphe et lui prends le portable des mains.

* * *

J*ulia*

. . .

Alors que je me fais balader par l'administratrice du collège, dont la voix m'évoque une éponge à récurer contre de la vaisselle, je parle tout à coup dans le vide.

Tout en écoutant Channing d'une oreille, je réponds à l'appel de Kim, l'avocate de l'entreprise opposée dans l'acquisition que souhaite réaliser mon employeur.

« Allô ? Bonjour, qui est à l'appareil ? » demande-t-il en tenant le portable contre son oreille. Il m'adresse un clin d'œil et esquisse ce sourire révélant ses fossettes qui lui permet sans doute de coucher avec n'importe quelle femme. « Bonjour, Barbara. Comment allez-vous ? susurre-t-il d'une voix de velours. Je sais que vous êtes occupée aujourd'hui, mais permettez-moi de vous dire que vous avez une très jolie voix. »

Je lève les yeux au ciel et me détourne, certaine qu'il est capable de s'occuper de Barbara. « Monsieur van den Berg n'est pas disposé à négocier sur ces termes. Il est possible de trouver une entente sur les indemnités de licenciement, mais pas plus, dis-je à Kim. Je vais examiner vos marges, mais je peux déjà vous dire que ce n'est pas négociable. »

J'entends Channing charmer Barbara jusqu'à ce qu'elle accepte d'envoyer le relevé de notes dans les plus brefs délais. « C'est très gentil, Barbara. Envoyez-le à... » Il me regarde. Je lui montre l'adresse de Woodman, inscrite sur les documents posés sur le comptoir.

La tête penchée, il a pris son expression penaude. Elle fonctionne même à travers un téléphone. Merde alors.

Kim me dit qu'elle va en discuter avec son employeur.

« Super. Si vous pensez qu'une réunion en personne entre les principaux acteurs peut être utile pour tout mettre à plat, je pourrai sans doute accompagner monsieur van den Berg à New York la semaine prochaine. » Je n'arrive pas à croire que je propose de me déplacer. Je déteste voyager, à cause de toute la planification nécessaire pour organiser la garde de Geo, mais certaines négociations n'ont pas lieu uniquement entre avocats. Il faut réunir les principaux inté-ressés dans la même pièce.

Je termine l'appel avec Kim au moment où Channing raccroche avec Barbara-à-la-voix-grinçante. Ses fossettes m'éblouissent.

Je secoue la tête. « Une femme de plus ensorcelée par ton charme.

— À ton service. » Channing envahit mon espace. Il me prend mon portable professionnel des mains et le pose sur le comptoir avant de me faire reculer. Il est torse nu. Quand je sens l'odeur de sa sueur, propre et virile, mon bas-ventre se contracte.

« Ça ne marche pas sur moi. » C'est un mensonge.

« Tu en es sûre ? » Sa question, posée d'une voix grave, se répercute directement dans mon entrejambe.

Je me détourne, mais je suis à présent bloquée entre le comptoir de la cuisine et son corps. Pire, je n'ai pas envie de bouger.

« Je me débrouillais très bien sans ton aide.

— Je connais ton problème », me susurre-t-il à l'oreille. Pourquoi l'ai-je tant laissé s'approcher ? Il pose les mains sur mes épaules et les masse. C'est si agréable que j'étouffe un gémissement. « Tu cherches toujours à tout contrôler. »

Bien sûr, il a raison. La plupart des avocats sont des obsédés du contrôle. Organisés. Aux commandes. « Je suis une mère célibataire. Je dois assurer. » Mon argument est affaibli par la façon dont ma tête roule pour se poser contre son cou tandis que j'accepte volontiers son massage.

« Tu as besoin de te détendre. Je peux t'aider.

— Tu me casses les pieds, dis-je en grommelant.

— Je pourrais te faire autre chose. »

J'ouvre les yeux. Son sexe est niché entre mes fesses. Quand je me tourne vers lui, il me regarde d'un air innocent. « Pardon ?

— Quoi ?

— Recule. » Je prends le risque de poser la main sur son torse pour le repousser. Sa peau me brûle la paume. Il fait un pas minuscule en arrière. « Je ne veux pas de ton aide.

— Je suis désolé, dit-il en levant les deux mains. Je sais que tu t'es débrouillée seule toutes ces années. Je t'ai vraiment laissée en plan. Tu t'es incroyablement bien sortie. Mais je suis là, maintenant, et j'ai envie d'aider. Ce ne serait pas sympa de te détendre et de laisser quelqu'un d'autre prendre le relais ? » Je ferme les yeux pour mettre de la distance entre nous, mais sa voix grave vibre à travers moi. « Ce serait si facile. Il te suffit de te détendre et de me laisser faire tout le travail. »

Des images m'emplissent la tête — celles de mon rêve, Channing nu, et d'autres images nouvelles ; moi dans toutes les positions, obéissant à ses moindres ordres.

« Détends-toi, Julia », murmure-t-il. C'est ce que je fais, en respirant son odeur.

Je l'entends prendre une inspiration avec difficulté, comme s'il était aussi excité que moi. Possiblement aussi troublé par son désir que moi.

Je le sens m'effleurer les cheveux du bout des doigts pour les écarter de mon visage.

« Je suis désolé, murmure-t-il de nouveau. Je n'ai jamais voulu te faire souffrir en restant à distance. Je n'avais pas conscience... que j'étais si important que ça. »

J'ouvre les yeux et vois son magnifique visage, rendu flou par mes larmes. « Bien sûr que tu étais important, Channing. Tu faisais partie de notre famille. De ma famille. Tu es l'oncle de Geo. Je t'aimais comme mon propre frère. »

Au moment où je prononce ces mots, je prends conscience de mon erreur.

L'expression vulnérable de Channing se transforme, et le visage de guerrier impassible que j'ai vu hier soir sur la terrasse est de retour.

À cet instant, je comprends que cette attirance n'est clairement pas à sens unique. Channing la ressent, lui aussi. Je ne me faisais pas d'idées.

Et par inadvertance, je viens d'y mettre un terme brutal en lui disant que je le considérais comme un frère.

Il m'adresse un sourire crispé, sans la moindre fossette. Puis il s'écarte, et je me retrouve seule, à désirer ce que je viens de refuser.

Je fais tourner mon alliance. La regarde.

Suis-je prête à tourner la page ? Je n'ai pas couché avec un homme depuis des années. Après avoir été avec quelqu'un comme Geoffrey, un métamorphe, les humains ordinaires ne me paraissaient pas intéressants le moins du monde.

Mais Channing n'est pas un humain ordinaire. C'est un métamorphe. Un homme, avec un grand H. Il fait accélérer mon pouls et m'échauffe le sang. Je ne peux nier que depuis qu'il est arrivé dans mon allée, j'ai imaginé comment ce serait de coucher avec lui.

Si quiconque sur cette planète est capable de satisfaire ce besoin en moi, de combler ce vide, je pense que ça pourrait être Channing.

Je retire l'alliance, regarde mon annulaire sans elle, puis la remets en place.

Je ne sais pas. Tourner la page est plus effrayant que s'accrocher à la souffrance du passé.

Je tends l'oreille et entends Channing se déplacer dans la maison. Il vérifie que les verrous sont fermés, range des choses. Et je m'aperçois que la souffrance du passé s'est déjà changée en autre chose.

Du désir.

De l'impatience pour mon avenir.

Chapitre sept

C hanning

Pendant deux jours, je reste concentré et fais tout mon possible pour aider dans la maison. J'ai réparé le toit. Aujourd'hui, je ponce la terrasse couverte et les fauteuils de jardin. Demain, je les lasurerai. La voiture de Julia a besoin d'une vidange d'huile et d'un entretien complet. Buddy va venir avec ses outils pour m'y aider.

Et pendant tout ce temps, je me rappelle que Julia m'aime *comme un frère*.

Tellement génial. Ce sera bien plus simple de m'en aller une fois que je serai sûr que Geo peut muter sans problème.

Je me rappelle ce fait trente fois par jour pour m'empêcher de la toucher. Un frère. Un frère. Un frère. Seulement son frère. Je me sers de tout ce que je peux pour me retenir de la marquer d'une morsure. Pour me retenir de trahir la mémoire de mon frère en revendiquant sa compagne.

Pourquoi le destin nous ferait-il tous les deux tomber amoureux de la même humaine ? J'ai entendu parler de certaines meutes métamorphes inhabituelles, dans lesquelles les mâles s'unissent par paires, mais jamais entre frères. Et il s'agit d'une espèce de loup légèrement différente de la mienne.

Il est intéressant de noter que je n'ai pas éprouvé le besoin de la marquer avant la mort de Geoffrey. Je la trouvais séduisante. J'aimais passer du temps avec elle. Mais ce n'est qu'au moment des obsèques que le besoin de la marquer et de la revendiquer s'est emparé de moi. Comme si le destin m'avait désigné comme remplaçant. Mais je n'avais que dix-neuf ans. Je faisais beaucoup la fête, je traînais avec Buddy. Pour gagner un peu d'argent, je travaillais dans une pizzeria locale et je participais à des courses de voitures à côté. En gros, je ne faisais rien de ma vie.

Julia avait dix ans de plus que moi. Elle était avocate. Beaucoup trop bien pour moi. Et elle pleurait la mort de mon frère. Je savais que je n'avais pas les épaules pour prendre sa place. Loin de là. Ce ne sera jamais le cas.

Alors, j'ai intégré l'armée, pour m'éloigner de la tentation de Julia et pour grandir. Inconsciemment, j'imagine que j'ai choisi de suivre les traces de Geoffrey pour me rendre digne d'elle. Mais j'ai rapidement appris que je ne pouvais pas être Geoffrey. Je ne suis ni sérieux ni déterminé. Je suis un pitre. Je prends les choses comme elles viennent. J'adore rire. Je n'ai jamais eu aucun désir de commander. Je suis un excellent soldat.

Puis j'ai été recruté par le colonel Johnson pour intégrer une équipe spéciale de métamorphes... c'est aussi lui qui avait recruté Geoffrey. Et... les années ont passé. Il était plus facile de rester à distance que de venir et de risquer de salir la mémoire de mon frère en séduisant sa compagne.

Julia n'avait certainement pas besoin de moi pour compliquer les choses.

Je ne me doutais pas que mon absence la faisait souffrir. Qu'elle aurait voulu que je sois là.

Mais *comme un frère*. Comme un oncle pour Geo.

Pas comme un compagnon.

Quand j'entre dans le salon, je la trouve sur un tapis de yoga, les fesses en l'air. Je ne sais pas pourquoi elle n'est pas en train de travailler. Elle prend une pause ?

Tout ce que je sais, c'est qu'elle me tue.

Je jure sur le ciel qu'elle essaie volontairement de me tenter depuis le jour où elle m'a dit qu'elle m'aimait comme un frère. Elle se promène dans la maison vêtue d'un short et d'un peignoir en soie la nuit. Elle gémit quand elle est seule dans son lit.

Hier soir, lorsque j'ai entendu son vibromasseur s'allumer, j'étais à deux doigts de défoncer sa porte pour la rejoindre.

Tout ce que je peux dire, c'est que je remercie le ciel que Geo ait besoin de courir dans les bois tous les soirs. C'est la seule chose qui m'aide à me calmer.

Là, elle porte une brassière et un mini short moulant. Ses jambes fermes sont sublimes, et ses fesses...

Ah, merde.

Je ne peux retenir le grondement bas qui s'échappe de ma bouche quand elle pousse ses fesses vers moi. Elle recule les mains vers ses pieds et se tient à ses chevilles, puis me regarde entre ses jambes, la tête à l'envers.

C'est là que je la vois. Ou plutôt, que je ne la vois pas. Elle ne porte plus l'alliance à son doigt.

Oh, bordel.

« Bonjour, Channing », me salue-t-elle d'une voix grave, terriblement sexy.

Mon sexe durcit. « Que... » Je m'éclaircis la gorge. « Qu'est-ce que tu fais ?

— Du yoga. De quoi ça a l'air ? »

Je ne peux m'empêcher de m'approcher lentement. Beaucoup trop près. « Tu as besoin d'aide ? » Je n'aurais pas dû dire ça.

Comme un frère.

Elle m'aime *comme un frère.*

Mais elle a retiré l'alliance. Peut-être simplement pour la nettoyer ? Ou parce qu'elle a mis de la crème ? Elle ne la porte peut-être pas quand elle fait du yoga ?

« Non. » Elle enchaîne encore quelques postures, puis se fige dans une position, les fesses levées vers moi.

Je tends les mains vers ses hanches sans même m'en rendre compte. Je serre sa taille entre mes mains, un autre grondement s'échappant de ma bouche.

Je m'attends à mettre Julia en colère. Peut-être à recevoir un coup dans la figure.

Au lieu de ça, elle se fige. Comme si elle attendait de voir ce que je vais faire ensuite.

Putain, je dois reculer. Cesser de toucher la compagne de mon frère. Je me force à la lâcher et à faire un pas en arrière.

Elle se redresse et se retourne. Après avoir eu la tête à l'envers, ses joues sont rouges.

J'opte pour une question légère et dragueuse. Mon personnage de play-boy. « Tu peux lever ta jambe au-dessus de ta tête ?

— Pourquoi ?

— Ça pourrait se révéler utile », dis-je. Je lui adresse un clin d'œil avant de me retourner.

Je sens son désir avant même de comprendre ce qui se passe. Ne pas faire volte-face pour la soulever et la porter dans sa chambre me demande toute ma volonté. Ou encore mieux, l'allonger sur ce tapis de yoga et...

Non. Ça n'arrivera pas.

Mais en fait, pourquoi pas ? Elle dit peut-être qu'elle m'aime comme un frère, mais son corps réagit au mien. Je dois peut-être simplement lui donner un peu de plaisir. Arriver à la faire changer d'avis sur moi.

Oh, bordel.

Depuis sa chambre, j'entends de nouveau le bruit de ce foutu vibromasseur. Un minuscule gémissement.

Je ne peux m'en empêcher. J'ai posé la main sur la poignée de la porte de sa chambre avant même de l'avoir décidé. Et une fois à l'intérieur... je ne peux pas me retenir.

Julia est sur le dos, le vibromasseur enfoncé dans son short de yoga et posé contre son clitoris. Son regard est affolé.

Je m'oblige à marcher lentement. À ne pas bondir pour atterrir sur le lit et m'allonger sur elle.

Elle plonge son regard dans le mien tout en faisant remuer le jouet entre ses jambes. Je sais que mes yeux ont dû changer de couleur. Je sens la chaleur et les fourmillements de la mutation m'envahir. Mon loup souhaite la marquer. Je ne l'ai même pas encore embrassée, pourtant il est prêt.

« Et maintenant, je peux t'aider ? » Ma voix n'a jamais été si rauque.

Elle inspire avec difficulté, mais ne répond pas. Elle se contente de me regarder fixement de ses yeux sombres, maintenant le vibromasseur tandis qu'elle avance les hanches contre lui.

J'ai l'impression que la chambre tourne autour de moi. Mon sexe est plus dur que du marbre.

« À quoi est-ce que tu penses ?

— À rien..., répond-elle en haletant.

— C'est faux. Julia, à quoi est-ce que tu penses quand tu te donnes du plaisir ? »

Elle se fige.

« N'arrête pas », dis-je d'un ton autoritaire. Je n'en avais pas l'intention, mais un peu d'autorité alpha résonne dans ma voix. Elle se remet à bouger avec des gestes désespérés. Elle rejette la tête en arrière et gémit en frottant son bas-ventre contre le sextoy.

« À toi, murmure-t-elle d'une voix rauque. Je pensais à toi. »

De la satisfaction m'envahit de la tête au sexe. J'ai désespérément envie de me glisser entre ses cuisses pour finir le boulot, mais en même temps, je ne souhaite pas changer une seule chose à ce moment. Voir Julia ainsi, sauvage, s'abandonnant, désespérée de jouir en pensant à moi...

« Bonne fille. »

Ses hanches frémissent, comme si mon compliment pouvait suffire à la faire jouir.

« Continue à te toucher. » L'autorité alpha imprègne chaque syllabe. Les humains n'y réagissent habituellement pas comme les loups, mais Julia trouve ça sexy, semble-t-il. Elle doit aimer un peu de domination dans la chambre à coucher.

Je me tiens au pied du lit, dévorant ma belle femelle du regard.

Je tends le bras et lui baisse son short de yoga pour voir son entrejambe.

De petits sons avides s'échappent à présent de sa gorge. Elle pousse des gémissements passionnés. Le besoin de jouir s'entend dans chaque cri.

« C'est bien, Jules. Montre-moi comment tu te donnes du plaisir, mais ne jouis pas. »

Elle geint.

« Je sais que tu es prête, mais je profite encore du spectacle. Tu es tellement belle quand tu te laisses aller. »

Elle gémit encore un peu plus.

« Pose ton autre main sur ton sein. » Sans lâcher le vibromasseur, elle lève l'autre main et la glisse dans sa brassière pour se caresser le sein.

« Pince-toi le téton. Montre-moi comment tu peux le faire durcir, ma belle. »

Elle se cambre et sanglote tout en serrant son mamelon entre ses doigts.

J'ouvre les agrafes à l'avant de la brassière, et les pans de tissu s'écartent, libérant sa poitrine. Je baisse la tête et suce son autre téton pendant qu'elle continue de se donner du plaisir. Ses doigts serrent son mamelon, le sextoy entre ses jambes.

Je lui prends le jouet et m'en sers pour la pénétrer, cherchant son point G avec l'extrémité. « Caresse-toi le clito. »

Elle le frotte et décrit des cercles de ses doigts. Son ventre frémit à chaque inspiration sanglotante. « S'il te plaît... Channing... j'ai besoin de jouir. »

Oh, bordel. Combien de milliers de fois ai-je fantasmé sur ce moment ? D'entendre Julia me supplier de la laisser jouir de sa belle voix, aussi douce que du miel ? Ce parfum de lilas et de lavande se mêlant à celui de son désir pour créer l'odeur la plus magique au monde ?

J'embrasse les vergetures sur son ventre. Donne un coup de langue dans son nombril. Puis je lui capture les doigts et les repousse pour refermer la bouche autour de son clitoris gonflé. Je la torture pendant trente bonnes secondes, en faisant aller et venir le vibromasseur en elle tout en lui léchant le clitoris tandis qu'elle se pince les deux tétons.

Je lève la tête. « Maintenant, Julia. Jouis pour moi, ma douce. »

Elle hurle. Ses hanches se soulèvent du lit et ses genoux me frappent les épaules tandis qu'elle jouit en se déhanchant, prise de spasmes.

Ce spectacle est si beau qu'il me fait presque pleurer. Il a mis si longtemps à arriver. Si parfait.

Julia, qui jouit pour moi.

Elle n'est pas à moi, pas encore, mais elle se donne à moi.

Elle me permet d'assister à son plaisir. D'y participer.

J'ai envie de lui avouer mon amour. De lui dire que je la désire depuis si longtemps. À quel point elle compte pour moi. Mais je ne suis pas doué pour ce genre de choses. Je suis le mec qui fait des plaisanteries pour alléger l'atmosphère. Pas celui qui devient sérieux et met son âme à nu.

Je me contente donc de caresser son corps, de toucher sa peau. De la vénérer. De lui montrer combien elle est importante pour moi avec mes actes, mes caresses.

Elle se redresse sur les avant-bras, essoufflée. Si belle. « Eh, ben.

— Je vais aider beaucoup plus par ici », lui dis-je en une promesse taquine.

Un rire monte dans sa gorge, puis s'échappe de ses lèvres. Elle jette un oreiller dans ma direction. Elle est à la fois hilare et exaspérée. « Channing ! »

Ce n'est pas du tout ce que j'aurais dû dire.

« Sors d'ici. » Elle sourit, mais me montre la porte.

Pour ne pas tirer sur la corde, je m'écarte du lit après avoir déposé un dernier baiser sur son ventre.

« Beaucoup plus », dis-je de nouveau en reculant vers la porte.

Son sourire est lumineux, chaleureux. Mais elle secoue la tête, comme si j'étais toujours l'ado incorrigible qui rentre à six heures du matin et réveille Geo trop tôt.

Je sors de sa chambre et ferme la porte. Je m'appuie un moment contre le bois, pour mémoriser chaque détail de la scène qui vient d'avoir lieu avant de retourner à mon activité de ponçage à l'extérieur.

* * *

J*ulia*

C'est incroyable qu'un orgasme avec une autre personne soit si différent de ceux que je me procure seule. Et Channing ne m'a même pas pénétrée.

Je me douche, puis entrouvre une fenêtre — je ne sais pas à quel point l'odorat de Geo s'est développé. Je n'ai pas envie qu'il sache que j'ai pris du bon temps avec Channing pendant qu'il était au collège.

Je ne sais même pas ce que je pense de ce qui vient de se passer entre nous, et encore moins comment le présenter à mon fils.

Oh, au fait, j'ai décidé de coucher avec ton oncle. Ce n'est pas bizarre, si ?

Enfin, je n'ai pas vraiment couché avec lui. Mais j'ai envie de plus, c'est certain. Tellement plus...

Mais je ne peux totalement m'empêcher de paniquer à propos de ce développement.

Enfin, je ne suis pas vraiment le genre de personne à prendre les choses comme elles viennent. J'ai tendance à trop réfléchir. Et mes pensées mènent toutes à la même conclusion : il s'agit d'une mauvaise idée. Je sais que coucher avec Channing serait fantastique, mais je ne suis pas vraiment du genre à dissocier le sexe de l'amour.

Et je ne peux pas ouvrir mon cœur à quelqu'un qui risque de s'en aller cinq minutes plus tard, puis de ne pas revenir pendant dix ans de plus. Et je ne peux certainement pas ouvrir mon cœur à quelqu'un qui participe à des missions risquées, au cours desquelles il tire sur des dealeurs et cause des explosions, entre autres choses qu'il fait pour gagner sa vie.

Et tout ça, sans même tenir compte du fait qu'il a dix ans de moins que moi et qu'il est le frère de mon mari décédé !

Étrangement, je ne me sens pourtant pas déloyale envers Geoffrey. En étant avec Channing, j'ai plutôt l'impression de lui rendre hommage. Channing faisait partie de notre vie ensemble. Geoffrey l'aimait profondément. Moi aussi, je l'aimais, mais d'une façon différente à l'époque.

Désormais, je le vois comme un homme. Un homme sublime, débrouillard et extrêmement attentif. Un homme que mon corps désire presque autant que mon cœur solitaire.

Ce matin, j'ai retiré mon alliance et l'ai rangée dans ma boîte à bijoux. Geo pourra peut-être la donner à sa compagne un jour. J'ai pris conscience qu'il était temps pour moi de tourner la page, que ce soit pour m'autoriser à prendre du plaisir avec un autre homme ou pour quelque chose de plus.

Ma journée de travail se poursuit. Une heure après le retour de Geo à la maison, je sors de mon bureau. Channing est dans le jardin. Il se nettoie à l'aide du tuyau, torse nu. *Encore.*

Je l'observe par la fenêtre de la cuisine. Pendant qu'il parle à mon fils, de l'eau ruisselle sur ses muscles sculptés.

Seigneur, cet homme n'est-il jamais habillé ? Il me torture !

Bien sûr, je dois admettre l'avoir un peu torturé, moi aussi, avec cette histoire de yoga. J'ai vu que j'avais touché un point sensible quand j'ai dit que je l'aimais comme un frère, et... j'imagine que je n'ai pas aimé la direction que les choses prenaient ensuite.

Depuis que Channing est là, je me sens de nouveau belle. Vue. Désirable.

Il lève la tête, et nos regards se rencontrent. Je m'attendais à éprouver de la gêne après ce qui vient de se passer. J'avais prévu de le repousser. Je pensais avoir besoin d'air. Mais son regard vert contient une telle promesse sombre que je sens mes genoux faiblir.

Qui l'aurait cru ? Le grand dadais nonchalant a un côté intense. Et, apparemment, un côté semi-responsable, à en juger par sa façon d'aider à la maison et de conseiller Geo.

C'est à cet instant que ça se produit. Même si je pense qu'il s'agit d'une erreur. En dépit de ma réticence. Les portes de mon cœur s'ouvrent brusquement et libèrent des flots de tendresse, qui s'élancent à la rencontre de Channing.

Il doit le voir dans mon expression ; il lève le menton, et son lent et séduisant sourire est teinté d'espoir.

De l'espoir.

Pour moi ?

Est-il possible que ce soit vraiment le cas ? J'ai la tête qui tourne.

Je ne sais pas ce qui se passe entre nous. Channing essaie-t-il de me séduire ?

Non, non. C'est de la folie. Il est venu parce que Geo est entré dans la puberté, et qu'il avait enfin décidé d'assumer ses responsabilités d'oncle. Je dois me rappeler qu'on ne peut pas compter sur cet homme.

Il n'est pas Geoffrey, peu importe à quel point il me le rappelle.

Toutefois, je commence à apprécier sa présence. Et j'ai l'impression que mon corps est de nouveau en vie.

Je place du riz dans le cuiseur et j'allume le four pour faire rôtir un poulet. Ça ne fera sûrement pas assez de viande pour mes loups, mais s'ils ont besoin d'un deuxième dîner après être sortis courir, je pourrai toujours ouvrir l'un des multiples sachets de hotdogs qu'ils ont fait livrer.

Je me déplace dans la cuisine en fredonnant, surprise de me sentir si détendue. C'est n'est pas seulement grâce à l'orgasme... ou peut-être que si. Mais c'est aussi parce que Channing est là.

La situation paraît différente. Deux personnes ne formaient pas vraiment une famille. Tout reposait sur mes épaules. C'était épuisant. J'avais beau résister, c'est agréable d'avoir quelqu'un d'autre dans la maison sur qui compter pour les choses du quotidien.

Je ne sais pas combien de temps il restera, mais je ferais tout aussi bien d'en profiter pendant qu'il est là. Comme des vacances à la maison. Ça ne semble pas si terrible.

Channing et Geo entrent par la porte à l'arrière de la maison. Channing a le jean mouillé après s'être rincé avec le tuyau. Il lui tombe sous la taille, ce qui me donne une très bonne vue du V formé par ses muscles, menant vers la terre promise.

Lorsqu'il me surprend à le regarder, il m'adresse un clin d'œil.

Qu'il m'agace.

Je n'ai pas envie de céder à ce charme. Je ne sais pas à quoi il mène, mais je dois m'en prémunir.

« Je vais me doucher », dit-il en montrant la salle de bains du pouce. Je repousse le désir de le suivre. « Geo a encore des devoirs à terminer avant qu'on puisse aller courir. Au travail, ajoute-t-il à l'adresse de mon fils en montrant l'escalier de la tête.

— D'accord. » Geo grimpe les marches deux à deux, sans bouder ni traîner des pieds. Apparemment, il est partant pour tout ce que Channing lui demande, peu importe ce dont il s'agit.

« Le dîner sera prêt dans quarante-cinq minutes », lui dis-je. Waouh. Comme une vraie famille. C'est si agréable que je suis émue.

Les fossettes de Channing se creusent. « Parfait, je vais me doucher et je viens t'aider. »

Je me sers un verre de vin et prépare une salade. Lorsque Channing sort de la salle de bains, il met la table, puis se sert un verre à son tour.

J'appuie la hanche contre le comptoir pour le regarder.

« Santé. » Il fait doucement tinter son verre contre le mien, puis s'approche de moi. Et me fait perdre la tête.

Je l'observe, puis ne résiste plus à lui poser la question. « Pourquoi tu n'es pas revenu pendant si longtemps ? » Je parviens à ne pas avoir un ton accusateur. Ou aigri.

J'ai simplement vraiment envie de savoir.

De la souffrance déforme son beau visage. La même souffrance que j'ai vue à la mort de Geoffrey. Il baisse la tête et regarde le sol entre nous.

D'une voix douce, je demande : « C'était trop doulou-reux ? Ça te rappelait trop Geoffrey ? »

Quand il lève la tête, il cligne rapidement des yeux et secoue la tête. « Non. Ce n'était pas ça. C'était douloureux, mais... »

J'attends qu'il continue, mais il reste silencieux. Il

regarde la nuit tomber par la fenêtre, les yeux légèrement brillants, ce qui m'indique qu'il discerne bien mieux le paysage que moi dans le crépuscule.

« Mais quoi ?

— Je voulais être là pour toi, dit-il d'une voix rauque.

— Alors, pourquoi tu n'étais pas là ? » Cette fois, ma voix se brise. Je ne peux empêcher mon émotion de transparaître. Un peu de ma colère. « On avait besoin de toi, Channing.

— Vous aviez besoin de Geoffrey, dit-il d'un ton bourru auquel je ne suis pas habituée de sa part. Vous aviez besoin d'un homme. De quelqu'un qui pouvait vous protéger et prendre soin de vous. Quelqu'un de responsable. Je n'étais pas cet homme, Julia. Alors, je suis parti. Je suis parti devenir l'homme qu'était Geoffrey. »

Je penche la tête sur le côté et plisse les yeux, déroutée. « Je n'avais pas besoin que tu sois Geoffrey. J'avais simplement besoin de ma famille. » Mes yeux s'emplissent de larmes. Sous ma colère, c'est au tour du chagrin de faire surface pour s'exprimer. « Tu ne comprends pas... on était en plein deuil... j'ai perdu mon mari, et le père de mon fils. Et ensuite, je t'ai perdu aussi ! Mon seul réconfort pendant que je le pleurais, c'était que Geo aurait au moins un oncle. Et puis on vous a perdus tous les deux. Qu'est-ce qu'on a fait pour mériter que tu nous rejettes ?

— Julia..., dit Channing d'une voix étranglée. Je ne pouvais pas rester. Tu ne comprends pas.

— Explique-moi ! » Je lui frappe le torse.

« Parce que je suis un raté, Julia. Je ne voulais pas mettre aussi le bordel dans votre vie.

— Comment tu pourrais faire ça ? »

Je secoue la tête. Tout ça n'a aucun sens.

Channing enfonce les mains dans ses poches. Ce geste

lui donne davantage l'air de l'adolescent rebelle dont je me souviens. « C'était le jour de l'enterrement. Le cercueil n'était même pas encore en terre quand... » Il déglutit avec difficulté sans terminer sa phrase.

« Quand quoi ?

— Mon loup... » Il inspire, comme s'il manquait d'air dans la pièce. « Mon loup m'a clairement fait comprendre qu'il voulait te marquer.

— Quoi ? » Je recule, choquée. Je cligne des yeux, tentant de comprendre ce que ça signifie. Je pose la main sur l'extérieur de ma cuisse, là où Geoffrey m'a marquée pour m'imprégner de son odeur la nuit où il m'a revendiquée. Les cicatrices sont toujours là, plus permanentes que la simple alliance que j'ai enlevée. L'odeur de Geoffrey reste là, indiquant aux autres loups que j'ai été revendiquée.

Channing hausse les épaules, l'air misérable. « Tu étais la compagne destinée à mon frère... et aussi la mienne. » Quand il me regarde, un éclat vert brille dans ses yeux.

Mon verre de vin glisse entre mes doigts. Il le rattrape grâce à ses excellents réflexes, mais le zinfandel nous éclabousse.

Je suis contente de cette distraction. De cette occasion de mettre de l'ordre dans mes pensées. « Oh, non ! Je suis désolée. » Je prends un torchon et l'applique contre son T-shirt blanc taché.

« Julia. » Il me prend le torchon de la main et le pose sur le comptoir. Lorsqu'il prend mon visage entre ses mains, son expression n'a rien de celle d'un adolescent.

Non, je suis face à un homme.

Ma culotte s'humidifie. Mon entrejambe se contracte.

« Tu comprends, maintenant ? Pourquoi je suis parti et je ne suis pas revenu ? Pourquoi j'avais peur de revenir ? »

Ma respiration est devenue irrégulière. Haletante. Je

suis fascinée par son regard vert brillant. Par l'intensité de sa concentration sur moi. En un murmure, je demande : « De quoi est-ce que tu avais peur ?

— De ça. » Il baisse la tête et m'embrasse. Il s'agit d'un baiser passionné, empli d'amour, de besoin et d'une promesse de plaisir. Ses lèvres remuent contre les miennes. Il possède ma bouche, la caresse. La goûte. Il fait glisser sa langue sur la commissure de mes lèvres et appuie, entreprenant, mais respectueux. Assez lentement pour que je puisse refuser si j'en ai envie.

Je n'en ai pas envie.

Je n'ai jamais autant voulu qu'on m'embrasse de ma vie.

Je n'ai jamais autant souhaité me donner à quelqu'un. Je ne me suis jamais sentie aussi adorée.

Tout ce temps, il m'a attendue.

Channing Armstrong. Qui me désirait.

Se refusait le plaisir de m'avoir.

Voulait grandir pour moi.

J'en ressens l'importance dans le plancher en bois sous mes pieds. Dans le mouvement des arbres par la fenêtre. Dans les murs de la maison.

Geoffrey était merveilleux. Il était séduisant, dominant, et viril.

Channing l'est également, mais avec un héritage de souffrance et de désir qui remonte sur des années. Il s'est torturé à cause de moi.

Je sais ce que ne pas revendiquer sa compagne signifie pour un loup. Je sais que certains mâles peuvent en mourir. Ils succombent au mal de lune.

Channing a failli se donner la mort pour moi.

C'est pourquoi je tends les mains vers sa tête et lui rends son baiser. Je l'embrasse jusqu'à ce que nous devenions fiévreux. Il me soulève par la taille et me fait asseoir sur le comptoir. M'écarte les genoux pour se placer entre mes jambes et glisse les mains sous mon T-shirt.

Et c'est à ce moment que Geo descend l'escalier en courant.

Channing s'écarte brusquement de moi et se frotte la bouche pendant qu'il se tourne vers mon fils. Celui-ci nous regarde fixement avec des yeux ronds.

Je retrouve ma voix. « Tu as terminé tes devoirs ? »

Chapitre huit

Channing

Ma sortie avec Geo est assombrie par la culpabilité. Je ne sais pas si je culpabilise de ne pas avoir toujours été là pour lui, ou d'être arrivé un beau jour et de vouloir revendiquer sa mère. Mon comportement n'a pas été intègre, et j'ai envie de me mettre des baffes.

Dans la cuisine, nous avons prétendu que je n'étais pas sur le point d'allonger sa mère sur le comptoir et de la dévorer jusqu'à ce qu'elle hurle à s'en briser la voix.

Puisque nous sommes vendredi soir, nous courons particulièrement longtemps. Nous nous arrêtons sur la crête pour qu'il s'entraîne à muter. Je lui apprends à suivre une biche, puis l'empêche de prendre en chasse le lynx dont il a senti l'odeur. Bien sûr, il remporterait un combat contre un lynx, mais nous n'avons pas de raison de chasser un autre prédateur.

Après avoir couru, nous reprenons forme humaine, puis nous nous habillons et mangeons un second dîner sur la terrasse fraîchement poncée. Il est tard, et la maison est sombre. Julia est déjà allée se coucher.

Après avoir mangé, nous restons assis ensemble dans un silence tranquille.

Je m'éclaircis la gorge. « Je, euh… Je devrais te parler de ce qui se passe quand un métamorphe trouve une compagne.

— Pas besoin », me répond-il rapidement. Quel gamin a envie de parler de sexe avec un adulte qu'il connaît à peine et qui s'intéresse à sa mère ?

« Les loups s'unissent pour la vie. Chaque loup métamorphe a une compagne qui lui est destinée. Une compagne qui est sa partenaire parfaite. »

Geo cesse de faire mine de m'ignorer et tourne la tête pour rencontrer mon regard.

Je hoche la tête. « Certains loups ne rencontrent jamais la compagne que le destin leur réserve. Ils peuvent quand même s'unir à une louve, fonder une famille et vivre heureux. »

Il me regarde toujours sans rien dire, attendant peut-être que j'en vienne au fait.

« Le jour où tu rencontreras ta compagne, si tu la rencontres, tu le sauras. Tu auras envie de la marquer. »

Son front se plisse de confusion.

« Tes crocs pousseront et se couvriront d'un sérum qui t'est unique. Tu la mordras et tu imprégneras ton odeur dans sa peau de façon permanente. Comme ça, tous les autres mâles sauront que tu l'as marquée et qu'elle t'appartient. »

Geo a un mouvement de recul, stupéfait.

Je me penche vers lui. Il est important qu'il comprenne ces choses. Il est un loup. Un jour, j'espère qu'il trouvera la compagne qui lui est destinée.

« Ta mère… c'était la compagne de ton père.

— Ton frère.

— C'est ça.

— Et toi ? » Le clair de lune se reflète dans ses yeux. J'aime déjà tellement ce gamin. Je ne sais pas comment j'ai pu rester loin de lui si longtemps.

« Ta mère est aussi la compagne que le destin a désignée pour moi, dis-je après m'être éclairci la gorge. C'est pour ça que j'ai gardé mes distances. Je m'en suis aperçu juste après la mort de ton père, et c'était trop tôt. Ta mère avait besoin de temps pour faire son deuil, et moi, j'avais besoin de grandir.

— Tu avais quel âge ?

— Dix-neuf ans. »

Il hoche la tête, assimilant toutes ces informations avec une expression impassible. « Alors, tu vas marquer ma mère ? Ou tu l'as déjà fait ? » À cette question, il grimace avec dégoût. « En fait, laisse tomber. Je ne veux pas savoir. »

Je lui adresse un sourire affectueux. « Ta mère ne m'a même pas encore pardonné d'être resté absent si longtemps. Mais si ça arrive, tu le sauras, lui dis-je en me touchant le nez.

— Ah, oui. Je le sentirai. Beurk. »

Mon sourire s'élargit. « Ça n'a rien de dégoûtant. C'est la nature des loups. C'est l'équivalent d'une alliance de mariage pour nous.

— Cool, dit-il en enlaçant ses genoux de ses longs bras minces.

— Ça ne te dérange pas ? »

Il hausse les épaules. « Non.

— Je ne... Je ne me suis jamais senti digne de prendre la place de mon frère. Je ne pense pas en être capable. Mais... je suis là pour toi, Geo. Peu importe ce qui se passe entre ta mère et moi, tu peux compter sur moi. Je veux que tu le saches. » Je déglutis malgré ma gorge nouée. C'est tellement plus important que mon attirance intense pour Julia. Il s'agit de Geo. Et de ma promesse à mon frère. « Tu es mon sang. Ma famille. Ma meute. »

Geo se lève, comme si je ne venais pas de lui ouvrir mon cœur, d'avouer ce que j'évitais de dire ces dix dernières années. « Cool. Je vais me coucher.

— Bonne nuit, Junior.

— Bonne nuit. »

Je me lève et vais me rincer. Julia apparaît à la porte de la salle de bains, vêtue d'un minuscule short et d'un fin débardeur. Elle pose les mains de chaque côté de la porte, ce qui soulève et écarte ses seins. Ils glissent sous le fin tissu de son pyjama. Il s'agit clairement d'une invitation, et je dois user de toute ma volonté pour ne pas la revendiquer sur place.

Elle inspire brusquement, sans doute lorsqu'elle remarque que mes iris ont changé de couleur.

« On dirait que tu as peut-être encore besoin de mon aide, dis-je en un grondement.

— En effet. » Un sourire sensuel lui courbe les lèvres.

* * *

*J*ulia

*C*hanning me regarde en pliant l'index. Je m'avance, les bras contre les flancs. Dès que je suis assez proche pour qu'il me touche, il pose les mains sur ma taille.

Être touchée de nouveau est si agréable.

Je n'avais pas conscience d'en avoir besoin à ce point.

En toute sincérité, j'ignore ce qui va se passer entre Channing et moi. Il m'a choquée plus d'une fois. Il a disparu. N'est pas revenu pendant dix ans. Il est réapparu et prétend que je suis sa compagne.

J'ai du mal à concilier le tout. Je crois que je dois simplement oublier le jeune homme qui est parti il y a si longtemps, et apprendre à connaître ce Channing-là.

Le Channing adulte, dominant dans la chambre à coucher, protecteur envers mon fils.

Quelqu'un dont je ne connais rien.

Nous devons repartir de zéro.

Il me soulève, me fait tourner et m'assied sur le comptoir de la salle de bains.

« Bon, où en étions-nous ? » demande-t-il d'une voix grave. Il se place entre mes jambes et soulève mon débardeur en un mouvement fluide. Mes tétons durcissent sous son regard brûlant. Il effleure mes mamelons qui pointent en me mordillant l'oreille.

Je serre son T-shirt entre mes doigts. « Ah, maintenant, tu portes un T-shirt, dis-je d'une voix plaintive. La seule fois où j'aimerais que non.

— Heureux de résoudre ce problème. » Il saisit le col de son T-shirt pour le retirer d'une main en un geste élégant. Il m'embrasse dans le cou tandis que je passe mes paumes sur son torse bronzé.

Il a dû coucher avec des centaines de femmes. Moi, je n'ai eu que trois partenaires. En tout et pour tout. Deux avant Geoffrey, et aucun depuis. Être intime avec quelqu'un après une si longue période sans sexe, et après n'avoir pratiquement connu qu'un seul homme avant est... un peu gênant.

Je ne sais même pas si je suis douée. Si je me rappelle comment faire.

Geoffrey était tellement dominant qu'il prenait le contrôle dans la chambre à coucher. Channing est un peu plus respectueux. Ou peut-être qu'il se retient, tout simplement.

De l'index, je suis le contour de ses abdominaux. « C'est... ça fait beaucoup. Toi. Moi. Ça.

— Je sais. » Il prend mon visage entre ses mains et le lève vers le sien. Ses lèvres effleurent les miennes, explorant ma bouche avec douceur. Il me mordille. Me goûte. « On peut prendre notre temps. S'habituer l'un à l'autre. Pour voir si tu arrives à me supporter. » Il m'adresse son sourire le plus charmeur, et mon bas-ventre se contracte.

Je serre sa taille entre mes jambes pour l'attirer vers moi.

« J'arrive à te supporter », dis-je en un murmure.

Il glisse son avant-bras sous mes fesses et me soulève du comptoir pour me porter dans la chambre.

Lorsqu'il m'allonge sur le dos au milieu du lit, je deviens nerveuse. J'avoue : « Hum, ça fait longtemps pour moi. »

Channing fait glisser sa paume entre mes seins, puis il descend vers mon ventre autrefois ferme. À présent, la peau est trop lâche, et les vergetures sont toujours présentes après ma grossesse, quatorze ans plus tôt.

« Je vais y aller lentement », me promet-il. Il me retire mon short, puis grogne en découvrant que je me suis rasée cet après-midi.

« C'était pour moi ? » Il m'embrasse le pubis, passe son pouce sur la fente de mon sexe, sans en écarter les lèvres pour l'instant, se contentant de me titiller avec des caresses légères comme des plumes. Je sens mon entrejambe s'humidifier.

Mes muscles internes se contractent, et je frissonne.

« Eh bien, je ne sais pas ce qui est à la mode de nos jours, et...

— C'est parfait. Putain, j'adore. Tellement joli », répond-il en se figeant, l'index sur mon sexe. Comme pour le prouver, il m'écarte les genoux, puis s'agenouille entre mes jambes pour mordre et embrasser l'intérieur de ma cuisse.

Je pousse un gémissement bas. Il place ma jambe sur son épaule et me donne un coup de langue, puis lèche l'intérieur des lèvres de mon sexe. Je me tortille et me presse contre sa bouche pour qu'il continue.

« Non, vilaine fille. Ce n'est pas toi qui commandes. » Il me saisit les poignets et les plaque contre mes flancs.

Oh, Seigneur. Son côté pitre nonchalant est ridicule, mais adorable. Mais quand il devient un amant dominant ? Le désir me fait tourner la tête. Mon sexe est trempé, ma peau est si chaude que je me sens fiévreuse.

Channing le remarque. Il lève la tête avec un sourire satisfait. « Tu aimes quand on t'enlève le contrôle, pas vrai, Jules ? Comme ça, tu peux te laisser aller et profiter, pour changer ? » Il baisse la tête et fait tourner sa langue autour de mon clitoris.

Est-ce vrai ? Mon premier réflexe est de nier. J'ai besoin d'avoir le contrôle. Ça m'aide à me sentir en sécurité, me donne l'impression d'être débrouillarde et organisée. C'est comme ça que j'ai réussi à terminer mes études de droit. Comme ça que j'ai élevé un enfant seule, tout en travaillant.

Mais je ne peux pas nier la réaction de mon corps lorsqu'il m'a plaqué les bras contre les flancs. À l'idée que Channing fera tout ce dont il aura envie entre mes cuisses, et que je n'ai pas mon mot à dire sur comment et quand j'atteindrai l'orgasme.

Ça apaise peut-être aussi ma nervosité. Mon appréhension au moment de coucher avec quelqu'un après si long-temps. Je n'ai rien à prouver, je n'ai qu'à laisser Channing prendre le contrôle.

Il lève de nouveau la tête. Dans l'obscurité, un éclat vert fait briller ses yeux. « Tu aimerais que je t'attache, Jules ? Oui, je pense que tu as besoin d'être attachée. »

Je m'humecte les lèvres, plus excitée que je n'aurais jamais imaginé pouvoir l'être. Channing me fait lever les bras et rassemble mes poignets dans sa main.

« Ne bouge pas. » Une fois de plus, il emploie ce ton particulier, et son ordre se répercute à travers tout mon corps.

Je suis secouée par un violent orgasme. Juste comme ça, sans contact physique. Seulement grâce à sa voix grave et grondante.

Il hausse les sourcils et prend une expression faussement sévère. « Je rêve, ou tu viens de jouir ? »

J'ai du mal à garder la tête droite. Mon cerveau a court-circuité sous l'effet de cet orgasme inattendu. « Non... je veux dire, oui. Oh, mon Dieu. »

— Est-ce que j'ai dit que tu pouvais jouir ? »

Je laisse échapper un rire essoufflé. Il veut le jouer comme ça ?

Il me tue.

J'adore ce Channing. Tout mon corps est vivant. Il vibre, impatient de découvrir toutes les dépravations qu'il a envie de me faire.

« Désolée ! Enfin, pas vraiment », dis-je en riant pendant qu'il va ouvrir un tiroir de ma commode.

Il revient avec l'une de mes chaussettes montantes, dont il se sert pour m'attacher les poignets.

« Pas vraiment ? Tu aimerais peut-être réfléchir à une autre réponse. » Il me fait rouler sur le ventre et me frappe le derrière, assez fort pour que je sursaute et pousse un cri perçant.

« Aïe ! » Je remue les fesses en pouffant pour qu'il recommence.

Il m'administre encore trois tapes vives, puis glisse les doigts entre mes jambes. Je mouille tellement, je suis si prête que ses doigts s'enfoncent en moi, guidés par ma chair rebondie.

« Hum, tu aimes bien être punie aussi. Je découvre toutes sortes de choses à ton sujet. » Il glisse son pouce entre mes fesses et le pose contre mon anus pendant qu'il me mordille l'épaule.

Je retiens un cri. La sensation me pousse à serrer les fesses. Cette caresse terriblement intime m'excite de plus belle, même si je me tortille pour y échapper.

« Tut-tut-tut », me réprimande Channing. Il presse son pouce contre mon anus tandis que ses doigts effectuent des va-et-vient dans mon sexe trempé.

Je suis de nouveau prête à jouir. Je ne sais pas si c'est parce que je n'avais couché avec personne depuis si longtemps, ou...

Non, c'est Channing.

C'est un expert en la matière, et mon corps réagit comme s'il lui appartenait.

Les poignets attachés au-dessus de la tête, j'ai le visage pressé contre la couverture. Je la mords en me déhanchant.

Je le préviens : « Je vais encore jouir.

— Non, certainement pas. » Il se sert de cette voix autoritaire qui fait naître des picotements dans mon bas-ventre.

« Channing, s'il te plaît. »

Il continue d'explorer mon sexe trempé tout en massant mon petit trou. « Mmm. J'aime quand tu me supplies.

— S'il te plaît. Oh, mon Dieu, je t'en prie.

— De quoi est-ce que tu as besoin, Jules ? »

J'ai besoin de le sentir plus profondément. Ou plus sur mon clitoris. Ou simplement qu'il me donne la permission... Une seconde, suis-je vraiment en train d'attendre sa permission pour jouir ? Moi ? L'obsédée du contrôle ?

Oui, j'imagine que oui. J'ai abandonné tout le contrôle à Channing, et il s'agit d'une sensation merveilleuse. Je me sens plus légère, libérée. Même pendant que le désir m'étourdit.

« Encore, dis-je en chantonnant. J'ai besoin de plus. »

Channing retire ses doigts et me caresse le clitoris. Un frisson me traverse. Je suis si proche de l'orgasme.

Mais il ne me donne toujours pas ce que je souhaite. Ce dont j'ai besoin.

« J'ai besoin de jouir. S'il te plaît, Channing », dis-je d'une voix plaintive.

Puis j'arrive à ce dont j'ai réellement besoin. Ce que je désire de tout mon être.

« J'ai besoin de toi. »

Son grondement de satisfaction retentit à travers la chambre. Il écarte la main et me frappe les fesses. Peut-être pour m'avertir que ma demande signifie que les choses vont devenir intenses. Fougueuses.

J'ai hâte de découvrir Channing lorsqu'il se montre totalement dominant. De voir ce qui se passe quand son côté charmeur et décontracté disparaît pour me laisser apercevoir le prédateur derrière les fossettes.

Je l'entends enlever son jean, puis il vient s'installer derrière moi. « J'ai une capote », dit-il. J'entends le froissement de l'emballage lorsqu'il le déchire.

« Écarte les jambes, Julia. » Il m'a donné un ordre d'alpha. Du moins, il me semble que c'est ce dont il s'agit. Ce timbre de voix particulier qui me rend faible et me pousse à me soumettre. Qui me fait mouiller.

J'écarte les jambes. La couverture irrite mes tétons durcis. J'ai toujours les bras levés au-dessus de la tête.

« Bonne fille. » Son grondement grave me fait frissonner.

« S'il te plaît », dis-je en gémissant. Je n'ai plus aucune fierté, je suis prête à le supplier.

Channing serre mes fesses dans ses mains, d'une poigne dure et possessive. Il les écarte et reste un instant immobile, comme s'il se délectait de me voir ainsi ouverte, exposée pour lui.

« Putain, tellement belle », gronde-t-il.

Mes appréhensions, mon inquiétude de dévoiler mon corps de presque quarante ans, après avoir eu un enfant, ou mes doutes quant à être capable de coucher avec une nouvelle personne... tout s'évanouit.

Quand Channing me regarde, je me sens belle.

Je lève les hanches en une invitation, me cambrant encore plus.

« Je baiserai très bientôt ce cul », promet-il en m'écartant les jambes pour approcher son sexe entre mes cuisses.

Au moment où il frotte son gland dans mon humidité, je me mets presque à pleurer. « Oui !

— Tu as besoin de moi ici ? » Il continue de jouer avec moi. Sans me pénétrer, il frotte son érection contre mon sexe.

« Oui. »

Il plonge en moi, en un merveilleux et satisfaisant coup de bassin.

« Oh, mon Dieu, oui ! » Son sexe est épais, long et trop gros, mais si parfait.

« C'est de ça que tu avais besoin, Julia ? Que je te baise, fort et longtemps ? »

Je sens qu'il m'étire, m'envahit. L'union de nos corps, cet accouplement me paraît vital et nécessaire. Comme si c'était ce qui m'avait manqué toute ma vie. « Oui. Channing... »

Lorsqu'il se fige, j'ai l'impression que je vais mourir. Puis il s'enfonce profondément en moi d'un coup de reins brutal. « Dis-le encore, demande-t-il d'une voix rauque.

— Oui. » Puis je comprends ce qu'il veut dire. « Channing. Oui, Channing.

— De quelle bite tu as besoin ? » Un autre coup de hanches brutal, puis il se fige.

« De la tienne. S'il te plaît. »

Il craque. Je l'entends pousser un gros soupir pendant qu'il appuie le poing à côté de ma tête et me tient fermement la nuque de l'autre main. Il me maintient comme si j'étais sa poupée sexuelle. « Je vais te donner ce dont tu as besoin, Julia. »

Il me pénètre d'un coup de reins, puis trouve un rythme qui peut me mener jusqu'à l'orgasme : assez fort, assez rapide. Assez brutal.

Je peux jouir à tout moment, mais j'attends.

Je scande : « Channing... Channing... »

Chaque fois, il grogne. Comme si m'entendre prononcer son prénom l'affectait physiquement.

Sa voix est si grave, si bestiale que je comprends à peine les mots. « Tu as besoin de jouir, Julia ?

— Oui », dis-je en un sanglot. J'en ai désespérément besoin, mais je n'ai pas envie que le moment se termine. C'est si bon...

Tout ce dont j'ignorais avoir besoin.

Channing s'écarte, me tirant un geignement déçu. Il me fait rouler sur le dos.

Je tends mes mains liées vers lui, mais il les repousse contre le lit et s'allonge sur moi.

« Je veux voir ton visage quand tu jouis, ma belle. Mais pas avant que je te le dise. C'est compris ?

— Oui. » *Non.* Je ne comprends pas, mais je suis prête à dire n'importe quoi pour obtenir l'orgasme dont j'ai besoin.

« C'est bien, tu es une bonne fille. »

Je dirais n'importe quoi pour recevoir un autre compliment de Channing. Je ne suis pas le genre de personne à avoir besoin d'approbation, mais chaque fois qu'il me félicite, une flamme m'illumine, me réchauffe de l'intérieur.

Channing me fait lever les jambes et pose mes chevilles sur ses larges épaules musclées. Il approche son érection de mon sexe, puis me pénètre d'un coup de hanches.

Sa brève absence entre mes cuisses rend la sensation d'autant plus incroyable et satisfaisante. « Oui ! S'il te plaît, Channing.

— Pas encore, Jules. » Son ton est autoritaire. Il enflamme toutes mes terminaisons nerveuses. S'infiltre dans mes os.

Me revendique.

Sa *voix* me revendique.

Si c'est ce que je ressens lorsqu'il me revendique avec le timbre de sa voix, que ressentirais-je s'il me revendiquait entièrement ?

Mais non, je ne suis pas prête. L'idée est beaucoup trop compliquée à envisager.

Ces pensées se dissipent, chassées par le poids délicieux de la main de Channing sur mes poignets, de ses hanches qui viennent heurter les miennes. De son énorme et merveilleuse érection qui va et vient en moi.

« Encore », dis-je, bien qu'il me pénètre déjà fort et vite.

Il pousse mes jambes vers mes épaules, et je me retrouve dans la posture de la charrue. Il se redresse devant moi. À chaque aller-retour, il s'écarte désormais avant de replonger en moi. « J'adore le yoga », gronde-t-il. Pas de clin d'œil, ses fossettes n'apparaissent pas. Il est trop concentré pour ça.

Et j'adore le voir dans cet état. Dans les affres de la passion. Pour moi. Channing qui perd le contrôle à cause de moi.

Il ralentit, me fait rouler sur le flanc et ramène mon genou vers ma poitrine pour me posséder dans cette position. L'angle est délicieux, tout comme le fait de sentir Channing collé contre mon dos, sa main puissante serrant l'arrière de ma cuisse assez fort pour y laisser un bleu.

Sa respiration devient irrégulière. Il augmente la force de ses coups de reins.

« Channing...

— Dis-le encore. » Il halète. Ses mots sont hachés, divisés en syllabes.

« Channing.

— Encore une fois.

— Channing ! »

Il me donne des coups de bassin sauvages, brutaux. Son membre est brûlant. « Jouis pour moi, Julia. » Il s'enfonce en moi et se fige, ses hanches contre les miennes, tandis qu'un orgasme puissant le fait voler en éclats.

Mes muscles internes se contractent pour agripper son sexe. Chaque vague consécutive de plaisir mérité me fait frémir et trembler.

« Channing », dis-je encore une fois en un souffle pendant qu'il ralentit ses mouvements. Il fait glisser sa main jusqu'à ma poitrine pour me serrer le sein tandis que nous faisons durer notre plaisir ensemble, profitant de chaque frémissement et tremblement.

* * *

Channing

Je m'écarte de Julia pour aller jeter le préservatif dans la poubelle près du lit avant de revenir la prendre dans mes bras.

Les câlins, ce n'est pas mon truc. Je ne suis pas non plus du genre à m'éclipser juste après avoir couché avec ma partenaire, *merci m'dame, bonsoir*. Je suis respectueux. Je donne à une femme ce dont elle a besoin. Et je lui fais un numéro de charme avant de partir.

Mais putain, tenir Julia dans mes bras après avoir couché avec elle est un *honneur*.

Le but de ma vie.

Plus que je ne mérite. Tout ce que je désire.

Ne pas la marquer pendant que je la possédais était une foutue torture, mais j'ai gardé les mâchoires fermées. J'ai empêché mes crocs de s'enfoncer dans sa délicate chair humaine.

Je n'ai pas le droit de la revendiquer.

À mes yeux, et aussi aux siens, j'en suis sûr, elle appartient toujours à Geoffrey. C'est pourquoi mon désir de la marquer me fait éprouver de la culpabilité. Et je ne parviens pas à me libérer du sentiment de ne pas être à la hauteur.

Mais je peux lui donner du plaisir. Je peux alléger son

fardeau pendant que je suis là. Donner à Geo les conseils dont il a besoin.

Je ne resterai plus absent aussi longtemps. Merde, je pourrais effectuer le trajet entre Flagstaff et Taos chaque semaine, si elle en a envie. Mais infiltrer le territoire de Geoffrey, marquer sa compagne pour en faire la mienne... ce ne serait pas correct.

Et surtout, je suis certain que ce serait mal accueilli.

Elle vient à peine de commencer à me pardonner d'avoir été un oncle merdique.

« C'est tellement bizarre, murmure-t-elle, ses lèvres douces contre mon torse.

— Je sais. » D'après sa confession, je devine que ça faisait longtemps qu'elle n'avait couché avec personne et qu'elle n'avait pas eu de partenaire depuis Geoffrey.

Je me sens un peu comme un enfoiré d'avoir interféré dans cette loyauté. Mais elle mérite de prendre du plaisir. Elle mérite de pouvoir se reposer sur un homme. Un compagnon. Même s'il n'est pas aussi méritant et honorable que Geoffrey.

Je ne dirais même pas que je suis le meilleur choix suivant, parce que je suis loin d'arriver à la cheville de mon frère. N'importe quel loup de ma meute est sûrement plus digne que moi d'une femme comme Julia. Mais c'est moi qui suis ici. C'est moi qui suis prêt à mourir pour elle, à lui dédier ma vie.

C'est moi qui ferais n'importe quoi pour les protéger, Geo et elle.

Je lui embrasse les cheveux, inspirant son parfum de lavande et de lilas.

« Bizarre, mais agréable », ajoute-t-elle. Mon cœur bat un peu plus fort.

« Très agréable », dis-je, réussissant je ne sais comment à garder une voix calme.

Mon loup m'encourage à en dire plus, mais je l'ignore. C'est suffisant pour l'instant. Ma compagne est là, dans mes bras. Nue. Satisfaite. Aimée.

Pas encore revendiquée, mais ça peut attendre.

J'attendrais une vie entière pour cette femme.

Chapitre neuf

ulia

Le mardi matin, je me réveille avant Channing et enfile une robe de chambre chaude. Ne souhaitant réveiller personne, je mets mes chaussons, puis je sors regarder le jour se lever sur la terrasse couverte.

Aujourd'hui, c'est le jour du décès de Geoffrey. Je ne sais pas si Channing s'en souvient. Geo ne s'en rappellera pas. En général, je n'en fais pas toute une histoire.

Ces quatre derniers jours, Channing a mis mon monde sens dessus dessous. D'une bonne manière. Il me prépare du café le matin, s'assure que Geo est prêt avant de partir au collège. Il a invité son ami métamorphe, Buddy, et ensemble, ils ont accompli tous les petits projets de bricolage qui s'étaient accumulés au fil des ans dans la maison.

Buddy est un personnage étrange. Un type baraqué qui conduit une vieille Charger cabossée. Son épaisse chevelure est noire, à part une mèche blanche au milieu. Je me demande quel est son animal, mais je ne suis pas sûre qu'il soit poli de poser la question. Quand je l'ai rencontré, il m'a regardée en clignant des yeux d'un air endormi sans décrocher un mot. Il s'est contenté d'aider Channing à remplacer toutes les fenêtres de la maison en silence.

« Il n'est pas très bavard, m'a dit Channing par la suite. Mais c'est le meilleur pour la surveillance.

— Tu lui avais demandé de garder un œil sur nous ? »

Channing m'a regardée avec un sourire secret. J'ai protesté, mais au fond, j'adore savoir qu'il s'est donné tant de mal pour nous protéger. Pour veiller sur moi.

Channing a réparé tout ce qui était cassé dans la maison.

Y compris ma vie sexuelle.

C'est ce qui a été le plus incroyable. Chaque nuit, il me fait hurler de plaisir. Hier soir, il m'a maintenue au bord de l'orgasme pendant plus d'une heure avant de m'ordonner de jouir, enfin.

Je n'ai jamais joui si fort de ma vie.

Il est génial avec Geo. Il s'assure qu'il a fait ses devoirs. Il l'emmène courir après la tombée de la nuit. Il m'a dit que mon fils est désormais capable de passer sans problème de sa forme humaine à sa forme de loup.

Ce qui me rend anxieuse.

Parce que je ne sais pas si Channing restera encore longtemps. Il m'a dit que je suis sa compagne, mais nous n'avons absolument pas discuté de ce que ça signifie. De ce dont il a envie.

Mais aujourd'hui, tout me paraît difficile.

D'habitude, je passe le jour de la mort de Geoffrey en randonnée dans la nature. Dans la forêt où il adorait courir. Chaque année, cette journée est à la fois un peu plus simple et un peu plus dure. Plus simple, parce que le chagrin est moins intense. Mais plus dure, parce que son souvenir s'efface un peu plus. Je ne veux pas perdre tous les petits souvenirs et les rappels qui me piquaient et me faisaient souffrir.

J'aimerais les garder pour toujours. Afin d'honorer tout ce que Geoffrey représentait pour moi.

Cependant, cette année, je ne sais pas quoi penser.

Channing est là. J'ai couché avec lui. Plusieurs fois.

Ce qui paraît être un manque de respect à la mémoire de Geoffrey, mais ne me semble pourtant pas entièrement quelque chose de mal.

La porte s'ouvre en silence derrière moi, et Channing sort sur la terrasse. Il ne porte que son boxer.

« Salut. » Le mot est doux. Teinté d'inquiétude.

Alors, il s'en souvient, lui aussi.

Il s'approche dans mon dos pour me serrer dans ses bras. L'une de ses mains est fermée.

Je déplie ses doigts et découvre les plaques d'identité militaires de Geoffrey. Je les prends et les retourne. Les voir est comme un coup de poing dans le ventre. C'est l'armée qui m'a pris mon mari. « Où est-ce que tu les as trouvées ?

— Je les ai prises à sa mort. Je... J'avais besoin de quelque chose pour me souvenir du genre d'homme que je voulais devenir. » J'entends un océan de souffrance et de regret dans sa voix.

Je place les plaques dans sa paume. Je ne me retourne pas ; je suis déjà au bord des larmes. Parler est plus facile sans contact visuel. Unis, mais sans l'intensité ajoutée d'être face à face.

Je regarde le ciel changer de couleur, passer de teintes de gris à du rose et orange.

« Il serait tellement fier de ce que tu es devenu, Channing.

— Je n'en suis pas sûr », dit-il après s'être éclairci la gorge.

À présent, je me retourne. Je dois le faire. Est-il toujours persuadé de ne pas être à la hauteur ?

Et... Oh, mon Dieu. Ai-je renforcé cette conviction en le traitant comme le raté qu'il était à l'époque, quand il est revenu ? J'ai l'impression que mes poumons se compriment.

« Pourquoi tu dis ça ?

— Je ne suis pas Geoffrey, répond-il en haussant les épaules. Je ne suis pas le chef de mon équipe. Je suis un vendu. J'ai quitté l'armée pour vendre mes services. Je reste quelqu'un qu'on invite plus volontiers à une fête qu'à avoir une discussion sérieuse.

— Channing... » Ma gorge se noue. « Tu n'es peut-être pas censé être Geoffrey. Tu es censé être toi-même. »

Il ferme les yeux et secoue la tête.

Je prends son visage entre mes mains. « Je suis sérieuse, dis-je avec assez de conviction pour qu'il ouvre les yeux. Tu n'es pas Geoffrey. Tu penses différemment. Tu as fait des choix de vie différents. Mais ça ne veut pas dire que tu es moins courageux. Ou que tu as moins bon cœur. Ou moins d'honneur. » Pendant que je parle, je pense à toutes les fois où nous savons tous les deux qu'il n'a pas été à la hauteur. Les fois où je lui ai fait des reproches. Et où il s'en est fait aussi, semble-t-il.

« Écoute, Channing. Oui, je t'en ai voulu de nous avoir abandonnés. Mais maintenant, je comprends que tu ne l'as pas fait. Pendant tout ce temps, tu veillais sur nous. Tu nous envoyais de l'argent. Tu installais des systèmes de sécurité. Qu'as-tu fait d'autre que j'ignore ? » Je pose la question sans idée précise, espérant qu'il trouvera quelque chose.

Il lève la tête pour regarder la lisière de la forêt par-dessus mon épaule. « J'ai acheté ce terrain pour que Geo puisse courir.

— Quoi ? » Je me retourne vers la ligne d'arbres.

Il hoche la tête.

« Hein ? C'est toi qui as acheté tout le terrain autour de la maison ?

— Les loups ont besoin d'espace pour courir. Vous en aviez, mais j'avais peur que quelqu'un achète le terrain pour construire. Je me suis assuré que ça ne puisse pas arriver. »

Mes yeux s'emplissent de larmes. J'enlace Channing et pose la joue contre son torse. D'une voix tremblante, je reprends : « Tu vois ? Tu es une version différente de Geoffrey. Une version plus jeune et plus imprudente, mais ton cœur a toujours été pur. Il m'avait dit que tu serais là pour nous, et tu l'étais. Même si je ne le savais pas, à l'époque.

— Il t'a dit que je serais là pour vous ? demande-t-il d'une voix rauque en me massant la nuque.

— Oui. Il m'a laissé une lettre dans le coffre-fort. Je l'ai trouvée quelques mois après... » J'ai la gorge trop nouée pour continuer.

« Qu'est-ce que... » Channing s'éclaircit la gorge. « Qu'est-ce qu'il a écrit ? »

* * *

C*hanning*

« V iens, tu peux la lire toi-même », dit Julia en me prenant la main.

Elle m'entraîne jusqu'à la chambre et sort une lettre pliée du tiroir du bas de sa boîte à bijoux. J'y laisse les plaques militaires. Elle devrait les avoir.

La lettre est rédigée sur du papier jaune ; simple et direct, comme Geoffrey. L'encre s'est éclaircie sur la feuille lignée. Les bords de la feuille sont abimés et effrités, comme si Julia l'avait sortie et lue au moins une centaine de fois.

Mes mains tremblent un peu lorsque je la prends.

Geoffrey était comme un père pour moi. Notre vrai père était un connard fainéant et égoïste, et je ne me souviens même pas de notre mère, qui est partie quand j'avais cinq ans. Nous faisions partie d'une meute dans un trou paumé du Kentucky, dont la principale source de revenus se constituait de toutes les activités illégales imaginables.

Geoffrey souhaitait une meilleure vie. Il est parti et s'est engagé dans l'armée. Ce qui signifie que j'ai été livré à moi-même. À l'âge de Geo, j'étais ingérable. Je volais des voitures. Je mettais la pagaille. Je parvenais à me tirer de presque tous les ennuis dans lesquels je me fourrais grâce à mon bagout, mais j'avais des résultats scolaires minables. Lorsque Geoffrey l'a appris, il m'a fait venir vivre avec lui en Arizona, alors qu'il venait de s'unir à sa compagne et qu'ils avaient eu un bébé. Il m'a laissé habiter avec eux et m'incruster dans leur nouvelle vie de famille. Pour m'éloigner de la tentation de m'attirer des problèmes et me donner une chance de devenir une meilleure personne.

Je pense rarement à mon père ou à ma meute d'origine. En revanche, je pense à Geoffrey tout le temps. Aux leçons qu'il m'a enseignées. À sa protection. À son amour.

Je lisse la lettre froissée et la lis en diagonale. Elle était destinée à Julia. Une expression de son amour pour elle et leur enfant. De son regret de ne pas être là pour prendre soin d'eux. Elle contient des détails pratiques, des mots de passe et le numéro d'un contrat d'assurance-vie.

Puis vient un passage à propos de moi.

Tu peux compter sur Channing. Il tient autant à vous que moi, et je sais qu'il sera toujours là pour vous. C'est le seul à qui je ferais confiance pour veiller sur vous et s'assurer que vous ne manquiez de rien.

Je cligne des yeux, que des larmes brûlent. Je suis assailli par une montagne d'amour et de chagrin mêlés.

Et de regret. Parce que je n'ai pas veillé sur Julia et Geo comme ils en avaient besoin. Je ne me suis pas assuré qu'ils ne manquaient de rien.

Je pensais bien agir, mais, comme d'habitude, j'ai tout foiré.

« Julia..., dis-je d'une voix étranglée. Je suis désolé d'avoir tout foutu en l'air.

— Tu n'as pas tout foutu en l'air, Channing. » Elle m'enlace la taille et se colle contre moi. « J'étais blessée parce que je ne comprenais pas. Mais tu n'étais qu'un gamin, toi aussi. Et toi aussi, tu pleurais la mort de ton frère. Tu as fait de ton mieux. Et je t'aime tel que tu es. »

Je tente de déglutir, mais échoue. À toute vitesse, j'essaie de déterminer si elle m'aime comme le frère de son mari, ou autre chose. Quelque chose de plus.

Et espérer qu'il s'agit de la deuxième possibilité paraît inapproprié, en ce jour dédié à la mémoire de Geoffrey.

Mais son parfum de lilas et de lavande qui m'emplit les narines me rend fou. Et puis, il y a longtemps que j'ai arrêté de me comporter en beau-frère.

Je lui caresse le dos jusqu'à ce que mes mains soient collées sur ses fesses, musclées par le yoga. Je serre les doigts, faisant remonter ses hanches contre ma jambe pour qu'elle puisse me chevaucher la cuisse et se frotter pendant que je l'embrasse dans le cou.

Souhaitant être respectueux, je demande en un murmure : « Tu es d'accord ? » Elle aussi se sent peut-être coupable de ce qui se passe entre nous, aujourd'hui.

Mais sa réponse devient évidente lorsqu'elle glisse la

main sous l'élastique de mon boxer et enfonce ses ongles dans ma fesse.

« Ouais ? » Quand je la soulève, elle serre ma taille entre ses jambes et m'enlace le cou. Elle m'embrasse comme si elle était affamée. Comme si elle avait autant besoin de moi que j'ai besoin d'elle.

Je l'étends sur le lit et m'allonge sur elle, puis je fais glisser le peignoir sur ses épaules. Elle enlève ses chaussons pendant que je retire mon boxer. D'ordinaire, je suis un amant attentionné, mais j'ai toujours la gorge nouée et je suis bouleversé. Mes émotions sont à vif. J'ai besoin de Julia autant que j'ai besoin de respirer.

Avant même d'en avoir eu l'intention, je me suis enfoncé en elle et donne des coups de reins éperdus, comme pour atteindre une destination. Là où nous serons tous deux guéris. Du décès de Geoffrey. De s'être perdus ensuite.

Elle s'accroche à mes épaules en me griffant, ses chevilles croisées derrière mon dos pour me maintenir contre elle et m'encourager à continuer. À avancer. Le rythme effréné nous bouleverse. Le besoin se fait de plus en plus puissant.

« J'ai besoin de toi, souffle-t-elle en faisant écho à mes pensées.

— Je suis là. Toujours, Julia. Je suis à toi. »

Je vois des larmes dans ses yeux, mais suis incapable de ralentir suffisamment pour les chasser d'un baiser. Pour lui demander si elle se sent bien. Si elle a besoin d'autre chose, à part cette union dans l'urgence. Cette communion nécessaire entre deux cœurs brisés, mais liés.

Nos hanches bougent de concert. Les siennes montent pour venir à la rencontre des miennes, puis descendent sous la force de mon coup de bassin, avant de remonter. J'ai l'impression que l'univers se rétrécit pour ne contenir que ce moment.

Son visage encadré de mes mains à plat sur le lit.

Son regard larmoyant plongé dans le mien. Comme si nous traversions l'œil d'un cyclone ensemble.

« J'en ai besoin, halète-t-elle. J'ai besoin de toi. »

Chaque fois qu'elle le dit, elle apaise une blessure en moi.

« Moi aussi, j'ai besoin de toi. » Mes crocs s'allongent pour la marquer, mais je serre les lèvres. Je respire rapidement par le nez pour faire taire l'instinct de la marquer.

Elle jouit, ses muscles se contractant autour de mon sexe. Mes yeux se révulsent. Mes testicules se resserrent.

Puis je me rappelle que je ne me suis pas protégé ; je m'écarte et éjacule partout sur son ventre. La marquant d'une façon plus temporaire.

Ça ne suffit pas.

Pas pour mon loup.

Je devrai bientôt la revendiquer. Sinon, je devrai m'en aller.

Chapitre dix

Channing

Le lendemain soir, mon portable vibre. J'ai passé les dernières heures à bricoler sur la voiture de Julia avec Buddy ; nous venons de nous rincer et d'ouvrir une bière. Je réponds automatiquement et sors sur la terrasse couverte.

« Comment se passe la mission ? demande Deke.

— Bien. » Je n'ai pas vraiment envie d'entrer dans les détails. Techniquement, j'ai fait ce pour quoi j'étais venu : aider mon neveu au cours de ses premières mutations, jusqu'à ce qu'il n'ait plus peur de le faire seul. Mais chaque minute qui passe, il m'est plus douloureux de songer à partir. Comment le pourrais-je, après avoir entendu Julia dire qu'elle a besoin de moi ?

Mais Deke ne m'appellerait pas pour prendre des nouvelles. Échanger des banalités n'est pas son genre. « Qu'est-ce qui se passe ?

— On a des infos sur Hannibal.

— Vous l'avez trouvé ?

— Pas encore. Mais on a des preuves qu'il a parlé avec d'autres jeunes dans des conversations privées.

— Pour les pousser à participer à un combat ? » Mon loup s'agite, et ma voix devient grondante. Hannibal doit être arrêté.

« On n'est pas encore sûrs. Kylie fouille toujours l'application. Jackson aussi, sous un angle différent. Il veut découvrir qui la finance. »

Mon sang se glace. Jackson King est à la tête d'une entreprise d'informatique et de cybersécurité basée à Tucson. S'il ignore qui a créé l'application, c'est qu'il ne s'agit pas d'un autre métamorphe. Ce qui signifie que de jeunes métamorphes communiquent sur un forum non sécurisé géré par des humains.

Les adolescents métamorphes ne sont pas réputés pour leur discrétion. Il leur suffirait de quelques publications pour exposer toute la communauté métamorphe. « Elle appartient à des humains ? Ou peut-être une sangsue ? Un dragon ? » Les vampires et les dragons ont les milliards nécessaires pour financer une start-up.

« On ne sait pas encore. Au début, on pensait que c'était peut-être un autre jeune métamorphe, mais la sécurité est de trop bon niveau. Kylie a du mal à pirater l'appli. Mais elle y arrivera. Elle essaie d'obtenir les localisations de certains utilisateurs, dont Hannibal. »

Je sens mes griffes s'allonger. Je les enfonce dans mes paumes. « Préviens-moi quand vous saurez où il se trouve.

— Bien sûr. Reste prudent. Il est peut-être toujours près de toi. »

Je l'espère. J'aimerais l'interroger personnellement.

Je range mon portable dans ma poche et rentre juste à temps pour entendre Geo demander à Julia :

« Maman, je peux aller dans un *fight club* ? »

Oh, merde. Julia lève brusquement la tête pour me regarder. « Un quoi ?

— Un club de combat. Pour les métamorphes. Les amis de Channing l'organisent. Ils vont ouvrir un club temporaire à Flagstaff. »

Oups. Je lève les mains. « Il m'a entendu en parler avec Buddy. »

Julia me regarde en secouant la tête, mais sa voix reste douce lorsqu'elle répond : « Non, ça ne semble pas une bonne idée.

— Tant pis. J'irai quand j'aurai dix-huit ans », répond Geo avec un haussement d'épaules.

J'articule une excuse silencieuse à Julia pendant que nous prenons place à table. Elle a préparé des pâtes et invité Buddy à se joindre à nous, puisqu'il m'aide à réparer sa voiture.

Après quatre assiettes de spaghettis, je recule ma chaise de la table et la fais tenir en équilibre sur les deux pieds arrière. L'effort m'oblige à contracter les abdominaux. De l'autre côté de la table, Geo m'imite. Il place sa chaise sur deux pieds en se tenant à la table jusqu'à ce qu'elle tienne en équilibre. Il paraît enchanté.

On ne peut pas en dire autant de Julia. « Vous pouvez arrêter, s'il vous plaît ? »

Geo et moi laissons retomber nos chaises lourdement.

« Merci. Vous vous êtes bien amusés aujourd'hui, tous les trois ?

— Oh, ouais, lui répond Geo. Channing m'apprend à conduire. Et à démarrer une voiture sans clé, aussi.

— Pardon ? demande Julia en haussant les sourcils.

— On ne sait jamais quand on peut avoir besoin d'une caisse pour prendre la fuite. » Geo répète ma plaisanterie mot pour mot.

Je grimace.

La façon dont les lèvres de Julia se pincent m'indique qu'elle me réprimandera plus tard. Un autre ajout à la liste de mes péchés.

« C'est comme quand tu étais à Bangkok en mission, continue Geo. Et que ces types te tiraient dessus. »

Julia inspire doucement.

« Ce n'était pas à Bangkok, dis-je. Et ils ne nous tiraient pas dessus. Ils voulaient simplement... avoir une discussion. Avec des armes.

— J'imagine que tu lui as parlé de certaines de tes missions. » Elle n'a pas l'air contente.

Geo continue : « Au moins, cette fois, ils ne tiraient pas avec des balles d'argent. Elles peuvent tuer un métamorphe, tu sais. Comme la fois où Rafe s'est fait tirer dessus en Italie...

— Geo », dis-je entre mes dents. Je fais mine de me trancher la gorge pour lui demander de se taire.

« Enfin, bref, ton travail est super cool, conclut-il en marmonnant.

— Channing. Je ne pense pas que conduire ou démarrer une voiture sans clé fasse partie des choses que Geo a besoin que tu lui apprennes, dit Julia.

— Je comprends. Désolé. »

Elle inspire, puis soupire. « Je dois me rendre à New York pour le travail, la semaine prochaine. Un voyage de deux jours. Je n'irais pas si je n'étais pas obligée, ajoute-t-elle sur un ton d'excuse en regardant Geo.

— Un voyage professionnel ? » Je garde un ton calme, mais mon loup a envie de hurler. « Avec monsieur van der Beurk ? »

Geo ricane pendant que Julia me foudroie du regard.

« Van den Berg », rectifie-t-elle, comme si je m'étais simplement trompé.

Buddy garde la tête baissée, concentré sur sa troisième assiette de pâtes, mais je sais qu'il enregistre le moindre détail de la scène et serait en mesure de rapporter la conversation mot pour mot.

« Geo, j'ai appelé la famille de Justin pour que tu dormes chez eux, comme la dernière fois.

— Je ne peux pas rester ici ? Avec oncle Channing ? »

Je rencontre le regard de Julia et hoche discrètement la tête. Bien sûr que je suis d'accord. J'adorerais passer plus de temps seul avec lui, entre hommes. Je lui ai déjà appris à vidanger l'huile de la voiture de Julia, et je lui ai acheté un rasoir avec de la crème à raser pour le duvet sur sa lèvre supérieure.

« Peut-être la prochaine fois », répond Julia.

Aïe.

Je ne devrais pas laisser sa réponse me déranger. Le fait qu'elle ne me considère pas comme quelqu'un d'assez fiable pour rester seul avec Geo. Qu'elle ne me fasse pas confiance. Je capte : je ne suis pas le meilleur exemple.

« C'est juste plus simple comme ça, me dit-elle avec un regard d'excuse. Il n'a pas besoin de changer sa routine habituelle. Je me suis déjà organisée avec la mère de Justin. » Elle se tourne de nouveau vers Geo. « Elle te récupérera avec Justin à la sortie du collège.

— Mais...

— Ça marche », dis-je, coupant court à la protestation de Geo. Mon rôle est de faciliter la vie de Julia, pas de la compliquer. « Tu resteras chez ton ami. Si tu as besoin de quoi que ce soit, tu n'as qu'à m'appeler. Je ne suis pas loin. »

Le soulagement qui passe sur l'expression de Julia ne devrait pas me blesser si profondément.

Merde.

Elle m'a peut-être pardonné, mais je n'ai pas encore prouvé que j'étais digne de confiance.

Il est possible que je n'y arrive jamais.

* * *

J*ulia*

Channing s'occupe de la vaisselle avec Geo, puis il vient me trouver pendant que je réponds à quelques e-mails tardifs dans mon bureau.

« J'ai presque fini de réparer ta voiture. Elle sera prête quand tu seras revenue de ton voyage. Je peux t'emmener à l'aéroport.

— Pas besoin. Mon patron envoie une voiture. On prend son jet.

— Eh ben, il est vraiment pété de fric », dit-il en haussant les sourcils.

Je lui lance un regard noir.

« Je ne l'aime pas.

— C'est intéressant. Il ne t'aime pas. »

Il s'appuie contre la porte. Cette nouvelle ne le perturbe pas du tout. « Tu es en colère contre moi.

— Je ne suis pas en colère, je...

— C'est parce que j'ai appris à Geo à conduire ? Ou à démarrer une voiture sans clé ? Ou parce que je lui ai parlé de mes missions ? » Il prend son air penaud, ce qui m'empêche de rester agacée.

Toutefois, quelqu'un doit poser des limites. De toute

évidence, Channing ignore ce qui est approprié ou non avec Geo.

« Pour tout ça. Rends-moi service, évite les leçons sur les activités criminelles et concentre-toi sur le fait de l'aider à gérer son loup ? Laisse-moi le reste de l'éducation.

— Ça marche, chérie. » Même si son expression ne change pas, je crains de l'avoir blessé. Il me prend dans ses bras et m'étreint. Mes mots durs sur l'éducation semblent oubliés, mais je me sens coupable. Surtout quand je sais que Channing a l'impression d'être un raté.

Mais Geo est mon enfant. *Mi vida.* Il est tout pour moi. Je sais que je me montre sans doute surprotectrice, mais je me dois de l'être. Je suis une mère célibataire. Je n'avais ni village ni meute pour m'aider à élever cet enfant.

J'ai de la famille, mais elle vit à Nogales, du côté mexicain de la frontière. Nous n'avons pas l'occasion de les voir aussi souvent que je le souhaiterais.

« Laisse-moi me faire pardonner. » Channing esquisse ce sourire capable de faire fondre n'importe qui. Je me sens encore plus coupable.

Il baisse les mains et les plaque sur mes fesses. Je lui enlace le cou et saute pour serrer les jambes autour de sa taille, certaine que mon poids ne le fera pas basculer. Avec lui, je me sens de nouveau jeune. Souple. Attirante.

Il me porte dans la chambre. Ses beaux muscles saillants ondulent pendant qu'il m'allonge au milieu du lit. Mais je ne reste pas sur le dos en le laissant tout faire. Cette fois, je suis l'instigatrice. J'ai peut-être envie de me rattraper après avoir admis que je ne lui fais pas confiance. Et l'avoir sûrement blessé.

Je me redresse sur les genoux et déchire son T-shirt, puis baisse les mains vers le bouton de son jean. Sa respiration s'accélère tandis qu'il enlève ses chaussures.

Je trouve fascinant que ce jeune homme viril me trouve si attirante. Qu'il me désire toujours, même si je l'ai vexé. J'ouvre sa braguette et referme les doigts autour de son membre. Lorsque je baisse la main, je m'émerveille de voir son érection bondir et s'allonger encore plus dans ma paume.

Je l'encourage à s'installer sur le lit, sur le dos, afin de ramper sur ses jambes et de prendre son sexe dans ma bouche.

« Oh, par le ciel », murmure-t-il d'une voix rauque au moment où ma langue touche son gland. Je le prends contre ma joue plusieurs fois, puis m'écarte et le parcours de ma langue. « Jules. »

Je le prends de nouveau dans ma bouche et fredonne, le poing serré autour de la base de son sexe. Puis je fais aller et venir ma main en rythme avec mes lèvres pour lui donner l'impression que son érection est entièrement dans ma bouche.

Il pose les mains sur ma tête, enfouit brusquement les doigts dans mes cheveux, puis les lâche et me masse le crâne, comme s'il venait de se rappeler d'être doux.

J'adore ça.

J'adore obtenir cette réaction de sa part. Lui rendre un peu la pareille. Lui donner autant de plaisir qu'il m'en procure.

Je lui masse les testicules d'une main et aspire en creusant les joues.

Sa respiration devient rauque et irrégulière. Du plat de la main, il frappe le matelas à côté de sa jambe. « Monte sur moi, Jules, halète-t-il. Je veux que tu jouisses avec moi. »

Je ralentis, lui lèche les testicules, suis la veine qui remonte sous son membre. Puis je me lève pour enlever mon legging.

Channing prend un préservatif sur la table de chevet et le déroule sur son sexe. Il s'est de nouveau redressé sur les genoux, mais je lui pousse le torse, le forçant — comme si c'était possible — à se rallonger sur le dos.

Il se laisse faire. Ses yeux verts brillent dans l'obscurité.

Je le chevauche et descends sur son érection. Après l'avoir sucé, je n'ai pas besoin de préliminaires supplémentaires. Son désir suffit à éveiller le mien. Mes muscles internes se contractent avec satisfaction, et Channing gronde. Il pose les mains sur mes hanches pour me faire descendre. Pour me pénétrer plus profondément.

« Oh, mon Dieu. » Je pose les mains sur ses épaules larges et me déhanche au-dessus de lui en frottant mon clitoris contre son bas-ventre.

Ses doigts se crispent sur mes hanches, et il m'aide à bouger d'avant en arrière en trouvant un rythme durable. « C'est bien, Jules. Prends-moi profondément. Cherche ton plaisir. »

Je rejette la tête en arrière. Montre les dents. J'imagine que je suis une louve qui prend ce dont elle a envie. Je ne sais pas pourquoi cette pensée m'aide à me sentir libérée, mais c'est bien le cas. Comme si je réussissais à libérer ma nature animale. Non que j'aie une nature animale. Pas comme Channing.

Je remue le bassin au-dessus du sien, de plus en plus excitée. Plus sauvage. Plus libre.

Puis ça ne suffit plus.

À l'instant où j'ai besoin de changement, Channing semble s'en rendre compte ; il nous retourne avec des gestes agiles pour se placer au-dessus de moi. Il me pénètre brutalement dans cette position, en se tenant si fort à la tête de lit qu'elle craque, ce qui l'oblige à déplacer les mains pour s'appuyer contre le mur.

Puis nous jouissons. J'atteins l'orgasme, et il me suit. La chambre tourne. S'emplit d'arcs-en-ciel. De poussière d'or. D'étoiles filantes.

Il ralentit le rythme, mais continue ses va-et-vient jusqu'à ce que je sois vidée de plaisir, jusqu'à la dernière goutte. Même lorsqu'il nous fait rouler sur le côté, il n'arrête pas ses mouvements, et d'autres vagues d'extase me traversent.

Son baiser sur mon front est affectueux. Comme si j'étais importante pour lui.

« Je suis désolée pour cette histoire avec Geo, dis-je à voix basse dans l'obscurité une fois qu'il est allé jeter le préservatif et que je suis blottie contre son torse.

— Pas de souci », répond-il automatiquement.

Sans savoir pourquoi, cependant, je suis certaine que c'est faux.

Chapitre onze

*J*ulia

Le matin de mon départ pour mon voyage professionnel, j'arrive sur la petite piste d'atterrissage vêtue de mon plus beau chemisier en soie et de mon tailleur, détendue après un orgasme explosif de bonne heure grâce à la langue de Channing. C'est la première fois que je monte dans un jet privé, mais je n'arrive pas à être enthousiaste. J'aimerais être à la maison avec Geo. Et Channing.

Ça ne fait que quelques semaines, mais je n'arrive pas à imaginer la maison sans sa présence.

« Par ici, madame », m'indique le chauffeur en prenant mon petit sac de voyage.

Je soupire et me concentre. Je suis ici pour travailler.

L'intérieur du jet est aussi luxueux que je l'imaginais.

« Julia, bienvenue à bord », me salue M. van den Berg, confortablement installé sur un canapé, un verre de whisky à la main. Il me fait signe de m'asseoir. Je prends place dans l'un des canapés en cuir blanc.

« Et comment va le jeune Geo ? »

J'ai beau essayer, je ne parviens pas à sourire. « Il mange comme un ogre, ces temps-ci », dis-je, sachant que je le ferai rire.

Il s'esclaffe à voix basse. « Je vous remercie d'avoir proposé cette réunion en face-à-face. J'espère que Geo arrivera à se débrouiller sans vous.

— Bien sûr.

— Il n'est pas assez grand pour rester seul, maintenant ? »

J'hésite. Dans ma tête, j'entends l'avertissement de Channing : *Je ne l'aime pas.* Par nature, les loups sont protecteurs, mais ils ont aussi un excellent instinct. Je me souviens que c'était le cas de Geoffrey. S'il se méfiait de quelqu'un, il avait généralement raison.

Mais il s'agit de mon patron, et il pose des questions sur mon fils pour se montrer poli, rien de plus. Pour faire la conversation. Je repousse mes doutes. « Oh, non, il reste chez un ami. »

Le steward me propose une coupe de champagne, que j'accepte. Je fais mine de la siroter, mais l'anxiété me noue le ventre.

« Alors, le frère de votre mari est parti ? »

Je suis sûre que ses questions sont amicales, rien de plus. Et en temps normal, j'apprécie son intérêt pour ma vie personnelle. Pourtant, sans pouvoir l'expliquer, aujourd'hui, ses questions me paraissent intrusives. Je réponds vaguement : « Il va et vient. Son emploi est flexible. »

M. van den Berg hoche la tête en buvant une gorgée de whisky.

Pour éviter toute autre question, je sors mon ordinateur portable et l'ouvre pour réviser le contrat.

* * *

C hanning

G eo est chez son ami. Julia est partie. Je pourrais aller courir, mais mon loup n'en a pas envie. Il préfère traîner dans la maison et s'apitoyer sur son sort, entouré de l'odeur de Julia. Sans elle ni Geo, la maison est trop silencieuse.

Je ferais mieux de m'y habituer. Geo a presque appris à contrôler son loup. D'un jour à l'autre, je ferai forcément une idiotie, et Julia me mettra dehors. J'ignore ce que je ferai ensuite. Retourner auprès de ma meute ? Continuer à prendre part à des missions ? Ça a marché une décennie, mais plus maintenant. Il faudra un acte du destin pour que je reste loin de Julia une deuxième fois.

Vers vingt et une heures, je reçois un message. *Fight club ce soir. Tu en es ?*

Le numéro n'est pas enregistré, mais je sais qu'il s'agit sans doute de Trey ou Jared depuis un portable prépayé.

Je réponds : *Pas possible ce soir. Je suis de babysitting.*

Du babysitting ? envoie l'expéditeur. Sans doute Trey ; nous passons notre temps à nous charrier. *Une des filles que tu as mises en cloque a fini par te retrouver ?*

Ouais, c'est Trey.

Je souris. Pas parce que ma réputation de séducteur est intacte ; parce que mon loup aime imaginer Julia comme la mère de mon enfant. Je pourrais peut-être demander à quelqu'un de l'appeler comme ça. Elle le tuerait sur place.

Je réponds : *Quelque chose du genre.*

Il faut être désespéré pour te demander de l'aide, m'envoie Trey.

Renee Rose & Lee Savino

Je perds mon sourire et range mon portable dans ma poche. Je sais qu'il s'agit d'une plaisanterie, mais elles ne sont amusantes que parce qu'elles contiennent un soupçon de vérité. Même mes amis savent qu'il ne faut pas me confier un enfant.

Je sors bricoler la voiture de Julia. Il me manque encore une pièce pour réparer la boîte de vitesses, mais je peux finir le reste à la lumière du projecteur portable. Buddy m'a emprunté la camionnette et a laissé sa voiture garée de l'autre côté de l'impasse. Il sera de retour avec la pièce mécanique et des pizzas.

Quelques heures plus tard, un autre message fait vibrer mon portable. Je l'ignore, surtout parce que je soupçonne qu'il s'agit d'une nouvelle pique de Trey. Ce soir, mon loup est agité, incapable de se détendre.

Mon instinct me pousse à consulter le message. Il vient de Geo. *Tu peux venir me chercher ?*

Un grand froid m'envahit tandis que je l'appelle. Il répond dès la première sonnerie.

« Allô, dit-il à voix basse, comme s'il se cachait pour téléphoner.

— Qu'est-ce qui ne va pas ? » Je passe rapidement en revue tout ce qui pourrait mal tourner. Le loup de Geo devenu ingérable et se révélant à la famille. Geo blessé. Geo blessant quelqu'un par accident.

« Je ne sais pas, dit-il d'un ton hésitant.

— Tu es sur les nerfs ? » Par *tu*, je parle de son loup. « Tu as oublié de faire tes devoirs ? » *Je dois faire mes devoirs,* c'est le code qui signifie que son loup est à cran, qu'il a besoin de s'isoler et peut-être de muter.

« J'ai oublié mes médicaments. » Il répète le code que je lui ai appris. Celui-ci signifie que son loup a besoin d'être sorti de là aussi vite que possible.

180

« Ça marche, Geo. J'arrive tout de suite, dis-je en commençant à descendre l'allée. Envoie-moi l'adresse par message.

— Merci. Qu'est-ce que je dis à madame Meyers ? »

Je regarde mon portable. Il est vingt-trois heures. « Je lui expliquerai. Et à ta mère. Sors tout de suite de la maison.

— D'accord. Je crois que ça va.

— Mieux vaut ne pas prendre de risque. Fie-toi à ton instinct. Tu veux bien me rendre service et appeler ta mère ? Dis-lui que tu as oublié tes médicaments. Elle connaît le code.

— Merci, oncle Channing.

— Pas de problème. Tu as bien réagi, Geo. Rappelle-moi, au besoin. »

Je ralentis le pas en m'approchant de ma moto. J'ai prêté la camionnette, et il manque des pièces sur la voiture de Julia. Je pourrais prendre celle de Buddy, mais il ne m'a pas laissé les clés, donc je devrais prendre le temps de la démarrer avec les fils. Mais même si je le fais, ce mec n'a jamais d'essence dans le réservoir, et le moteur n'a rien de fiable. Dois-je tout de même tenter le coup, au risque de rentrer à la maison avec Geo en sentant la marijuana ?

Mieux vaut prendre ma moto. Ce n'est pas comme si j'allais décrocher le prix du parent de l'année, de toute manière. Quand Julia l'apprendra, elle me tirera dessus. Elle devra se fabriquer une balle spéciale si elle espère me faire le moindre mal, mais ça ne l'empêchera pas d'essayer. Elle fera fondre des couverts en argent.

Peu importe. Je dois tirer Geo d'une situation difficile.

C'est peut-être pour ça que mon loup s'est agité toute la soirée. Il savait que quelque chose n'allait pas.

Mon instinct avait peut-être vu juste, tout compte fait.

* * *

Je m'arrête devant chez l'ami de Geo et sors mon portable. J'ai essayé d'appeler Julia plusieurs fois, mais les appels ont été immédiatement transférés sur sa messagerie.

Geo sort silencieusement de l'ombre autour de la maison, son sac sur le dos. Dès que je le vois, mon mauvais pressentiment s'apaise. Il semble calme et détendu. Il ne lutte pas du tout contre le loup. Il avait peut-être simplement envie de passer du temps avec moi.

Cette pensée me réchauffe le cœur.

Quand je lui tends le casque, il sourit. « Maman va péter un câble.

— Il y a des circonstances atténuantes, dis-je en lui rendant son sourire. Il vaut toujours mieux demander pardon que la permission. Tu as faim ? »

Son ventre gargouille assez fort pour résonner à travers le quartier. C'est peut-être pour ça qu'il n'arrivait pas à dormir.

« Monte, avant que les voisins ne s'imaginent qu'on vend de la drogue. » Il s'exécute. « On va s'arrêter acheter du chinois. »

Rouler la nuit fait partie de mes activités préférées. L'air frais, l'obscurité infinie. C'est grisant.

Je ne m'attendais pas à ce que la première fois de Geo sur une moto se passe ainsi, mais il s'agissait d'une urgence, alors pourquoi ne pas en profiter pour apprécier le moment ?

Geo s'agrippe à moi et se penche dans les virages comme un pro. Je devrais lui apprendre à piloter la moto. Il est assez grand pour y arriver. Assez âgé pour comprendre les mesures de sécurité. Pas légalement, mais qui se préoccupe de ce détail ?

Alors que nous sommes presque arrivés au restaurant, je remarque le SUV noir qui s'insère sur la voie derrière nous. Ce qui ne serait rien s'il n'y en avait pas un autre, identique, devant nous sur la route. Et je le vois depuis que nous avons quitté le quartier résidentiel de l'ami de Geo.

Je m'arrête au feu rouge. Puis, au lieu de tourner vers le restaurant, j'effectue un brusque demi-tour et repars en sens inverse.

« Hé ! Le restaurant était là-bas, me crie Geo à l'oreille.

— Changement de programme. » Le SUV qui nous suit effectue le même demi-tour. Mon instinct ne s'est pas trompé. « On est suivis. »

Geo me serre la taille.

Le véhicule noir sait qu'il s'est fait repérer. Il accélère pour s'approcher, sans prendre la peine de cacher qu'il nous suit. De près, il est évident que le SUV a été modifié. Qui aurait une raison de conduire un véhicule blindé dans les rues ensommeillées de la petite ville de Flagstaff, en Arizona ?

J'ai un mauvais pressentiment. Vraiment mauvais.

« Accroche-toi », dis-je à Geo, bien qu'il le fasse déjà. J'accélère et tourne en prenant un sens interdit. Si une voiture de police me voit et allume ses gyrophares, il s'agira du cadet de mes soucis. À ce stade, un flic pourrait nous aider. Je pourrais laisser Geo avec lui et foncer pour affronter ces mecs sur mon propre territoire.

Un autre SUV noir arrive à toute vitesse et rejoint les deux autres. Qui sont ces types ? Ils sont pleins aux as, s'ils ont les moyens de posséder autant de véhicules blindés.

Tandis que je zigzague dans les rues en grillant des feux

tricolores pour essayer de les semer, je me creuse les méninges. Qui me ciblerait ainsi ? Parmi toutes les missions auxquelles j'ai participé, tout le sang que j'ai versé, tous les ennemis que j'ai éliminés... je n'en vois aucun qui me traquerait de la sorte.

Ça n'a pas d'importance. Tout ce qui compte, c'est de faire sortir Geo vivant de cette situation.

« J'essaie de semer ces mecs, lui dis-je. Accroche-toi, d'accord ?

— Compris. » J'entends un léger grondement dans sa voix. Son loup comprend que nous sommes en danger.

« Si j'ai un accident, ou si on se fait arrêter, tu dois muter et prendre ta forme de loup, dis-je en criant contre le vent. Et courir aussi vite que tu peux, t'éloigner dans la nature. Ton loup saura quoi faire. Promets-le-moi, Geo.

— Et toi ?

— Il ne m'arrivera rien. Dès que possible, j'appellerai du renfort. »

Mes manœuvres me permettent de traverser la ville sans escorte. J'accélère sur la route déserte, en ouvrant l'œil à la recherche de nos poursuivants. Au moment où je suis sur le point de déclarer que nous pouvons rentrer à la maison sans risque, un autre SUV noir apparaît devant nous. Il traverse la voie et s'arrête au milieu de la chaussée, essayant de me pousser à repartir en arrière et à me jeter dans les bras de son pote, qui attend. Comme si j'étais stupide à ce point.

Je lui donne l'impression que je m'apprête à effectuer un demi-tour, puis fonce à côté de lui au dernier moment en passant sur la bande d'arrêt d'urgence. Sur notre passage, les pneus de la moto projettent des graviers sur le SUV arrêté.

Je continue de rouler, mais je ne suis pas dupe ; je sais que je ne les ai pas semés. Ils ont des yeux dans le ciel, ou un autre moyen de me suivre. Si Geo ne s'accrochait pas à moi, je chercherais un drone.

Et maintenant ? Je n'ose pas les mener chez Julia. J'aurais plus de possibilités si j'étais seul. Pour commencer, je serais moins prudent. Toutes les cellules de mon corps sont concentrées sur le petit corps agrippé à mon dos.

J'ai besoin de renfort.

J'attends d'arriver sur une bande de route droite pour sortir mon portable. J'appuie sur l'appel d'urgence, celui qui transmet un SOS à notre centre de commandement. Je ne peux pas trop compter sur les membres de ma meute. Ils se trouvent à Taos, à des kilomètres d'ici.

Mais j'ai des amis dans la région. Ce soir, ils sont tous réunis au même endroit.

Julia me tuera si elle apprend où nous sommes allés. Mais elle l'apprendra, parce que nous rentrerons à la maison vivants.

Après un autre virage, je prends la direction de la zone commerciale abandonnée, où m'attendront Trey, Jared et un tas de métamorphes impatients de se battre.

* * *

J*ulia*

Le poids qui me comprime la poitrine s'allège un peu quand le véhicule s'arrête devant ma maisonnette.

Je sors de la voiture et assure au chauffeur que je n'ai

pas besoin d'aide pour prendre mon petit sac. Je le remercie avant de remonter l'allée.

Je ne sais pas pourquoi j'ai ressenti le besoin de rentrer plus tôt. Tout mon instinct maternel était en alerte. Je me suis sentie bête quand j'ai réservé le vol pour rentrer de New York en dernière minute. Je n'ai même pas prévenu Geo. Il dort chez son ami, et je ne voulais pas qu'il s'inquiète.

J'ai pris un covoiturage en arrivant à l'aéroport. Mon portable s'est éteint pendant qu'il était en mode avion, et dans ma précipitation pour faire ma valise, j'ai laissé le chargeur à l'hôtel. Toute mon intuition m'affirmait que je devais rentrer à la maison.

Maintenant que j'y suis, j'ai l'impression que quelque chose ne va pas.

Les fenêtres sont sombres et tout est silencieux, mais le projecteur dont Channing se sert pour bricoler la nuit est allumé, dirigé vers ma voiture. Des pièces mécaniques et diverses clés sont éparpillées autour du véhicule. Ne pas ranger ses outils ne lui ressemble pas. Ou alors, est-ce que ça lui ressemble ? Au fond, je ne le connais pas si bien que ça.

Je mets mon portable en charge. Il se met à vibrer dès qu'il s'allume. Je consulte tout de suite mes messages. J'ai manqué plusieurs appels de Channing et Geo.

J'essaie de les rappeler, mais aucun ne décroche. Tous mes appels tombent sur leurs messageries.

Il est plus de minuit. Où peuvent-ils être ? La camionnette de Channing est là, mais pas sa moto.

Je vais le tuer. Dès que je saurai où se trouve Geo.

Je prends un instant pour écouter le message vocal de mon fils. *J'ai oublié mes médicaments.* Le code que Channing nous a appris pour communiquer en présence d'humains. Je me sens terriblement coupable. J'aurais dû laisser Geo rester à la maison avec Channing.

Je m'approche de la porte en entendant un horrible vacarme métallique dehors. Buddy gare sa vieille Charger le long du trottoir.

« Buddy ! Où est Channing ? Il est allé chercher Geo ?

— Je viens de rentrer. Je ne les ai pas vus », me répond-il, surpris.

Un frisson me parcourt. Geo a laissé le message il y a plus d'une heure. Ils devraient déjà être rentrés. Auraient-ils muté non loin de chez Justin ? En urgence, peut-être ?

Je m'enlace la taille en frissonnant. Mon intuition me hurle que quelque chose ne va pas.

Avant de paniquer complètement, je me souviens de l'application de suivi que j'ai installée sur le portable de mon fils. Je peux voir où il se trouve, et inversement.

« Reste là », dis-je à Buddy. Je cours chercher mon portable dans la maison et tapote sur l'écran jusqu'à ce que la carte s'affiche. Un point lumineux clignotant m'indique la localisation de Geo. Il n'est ni chez son ami Justin ni aux alentours. Non, on dirait qu'il se trouve aux abords de Flag-staff, dans un quartier que je ne connais pas très bien. Il n'y a rien de ce côté de la ville, à part des entrepôts. Je ne sais pas du tout où Channing emmène mon fils, mais je peux le deviner.

« Je vais le tuer », dis-je en grommelant. Je prends mon téléphone, sors de la maison et me dirige directement jusqu'à la voiture de Buddy contre le trottoir. J'ouvre la portière passager. Plusieurs canettes de soda et des emballages de fastfood dégringolent. Je fais tomber ceux qui restent sur le siège au sol de la voiture pour m'asseoir. « Emmène-moi là-bas, dis-je en montrant la carte sur mon portable. Tout de suite. »

* * *

C hanning

L e vent me fouette le visage pendant que je me penche dans un visage. Derrière moi, Geo se penche aussi. Mon portable vibre sans arrêt dans ma poche. Dès que j'ai un moment de libre, je le sors et l'approche de ma bouche.

« Je suis un peu occupé !

— On dirait que tu te diriges vers le club temporaire », dit calmement Lance. Depuis que sa compagne est tombée enceinte, il est de plus en plus souvent le responsable des communications. Je l'imagine là-bas, tenant sa fille minuscule emmaillottée dans ses bras, la berçant en marchant quand elle pleure. Pour une fois, cette image ne s'accompagne pas de souffrance. Lance a réussi à fonder une famille et à être heureux. Il reste peut-être de l'espoir pour moi.

Penser à ce genre de choses pendant une course-poursuite à folle allure est bizarre, mais mon esprit fait ça, parfois.

« Ouais, je vais rendre visite à Jared et Trey. Mais j'ai de la compagnie. » Les trois SUV me suivent toujours. Ils sont plus lents que moi, mais ils paraissent savoir où ma moto se trouvera avant que je le sache moi-même.

« Bien reçu. Deke est en route, mais il en aura pour six heures. J'ai averti Jared et Trey que tu arrives aussi vite que possible et que des intrus te collent aux basques. Ils vous attendent.

— Super. Ces connards ont besoin d'un comité d'accueil.

— Combien ?

— Trois caisses. Peut-être plus. Ils sont partout. » Un quatrième SUV débouche d'une route secondaire et rejoint les autres. Je lâche une succession de jurons. « Correction. Quatre.

— Tiens bon. Rejoins le club de combat. Je suis ta progression. »

Je range le portable dans ma poche sans raccrocher et accélère encore afin de distancer les véhicules qui me suivent. Jusque-là, je suis resté prudent parce que Geo est derrière moi et par peur de tomber en panne d'essence, mais plus maintenant.

« On y est presque, dis-je à Geo. Tu t'es bien débrouillé. »

Il me serre plus fort. Ce gamin s'accroche à ma taille de toutes ses forces. Si j'étais humain, j'aurais des bleus sur les côtes. « C'est qui, ces types ?

— J'aimerais bien le savoir. Mais bientôt, ça n'aura plus d'importance. » Dès qu'il sera en sécurité, j'ai l'intention de rayer ces mecs de la surface de la Terre. Ils ont essayé de déconner avec moi, et ça a impacté ma famille.

Alors que nous sommes presque arrivés à l'embranchement qui mène à la bande commerciale où Jared a organisé le club de combat, un vrombissement assourdissant résonne dans la nuit.

Une dizaine de Harley ont rejoint la course.

Je me risque à jeter un coup d'œil derrière moi. Le visage du motard en tête m'est familier. *Hannibal.*

Bon, aucun doute, ce sont des ennemis. À présent, je comprends mieux ce qui se passe. Hannibal veut se venger. En revanche, j'ignore comment il a financé l'armée de SUV et de motos. Il est peut-être soutenu par un riche partenaire ?

J'y réfléchirai plus tard. Les SUV ne pouvaient pas suivre ma moto sportive, mais Hannibal en est capable. J'accélère encore, au-delà de la vitesse où je suis à l'aise. Avec Geo sur la moto, je me montre moins imprudent.

Je ne peux pas laisser Hannibal et ses copains motards me dépasser. Ils s'arrêteront pour me barrer la route, et nous n'aurons aucune chance de nous échapper. Je ne peux pas tous les affronter.

Mais mes amis au club de combat le peuvent.

Je passe entre les entrepôts, en direction de ma destination finale. La moto d'Hannibal vrombit derrière moi.

Parce que Lance m'a dit que Jared et Trey préparaient un comité d'accueil, je repère le piège devant moi. La lune fait briller le fil barbelé tendu en travers de la route. L'obscurité dissimule le piège en grande partie... ainsi que la rampe placée pour moi sur le côté.

« Accroche-toi ! » dis-je à Geo. Après cette nuit, le pauvre gamin aura besoin d'un psychologue.

Hannibal est si proche que je peux sentir son parfum de clou de girofle. Je fonce vers le fil barbelé et vire sur la droite à la dernière seconde. Nous roulons sur la rampe, puis décollons.

Nous nous envolons par-dessus le fil. Une longue bande de route noire encadrée d'entrepôts se trouve devant nous. Celui où a lieu le club de combat est tout au fond, le plus proche de la forêt. J'aperçois des feux contre la ligne d'arbres. On dirait que Trey et Jared ont préparé une fête de bienvenue, avec des feux d'artifice en prime.

Je dois simplement arriver là-bas. Le ciel soit loué, ma moto atterrit sur les pneus, et je continue sans ralentir. J'entends le rire surpris de Geo résonner dans mon dos.

Il s'en remettra peut-être. Peut-être que je réussirai à nous sauver et à rendre tout le monde fier. Que Julia me pardonnera, et que nous pourrons former une famille. Lance et Deke ont réussi à s'unir à une compagne. Ça ne peut pas être si compliqué, non ?

Derrière nous, le fil barbelé a réussi à arrêter la cavalerie. Il ne les stoppera pas tous, cependant. Les véhicules blindés n'ont aucun mal à le passer.

Une moto accélère sur ma gauche, puis sur ma droite. Quelques Harley ont réussi à franchir le fil barbelé, semble-t-il. Ils prennent de l'avance sur nous, jusqu'à ce que plusieurs silhouettes sortent de l'ombre en ricanant, si vite qu'elles deviennent floues. Les hyènes métamorphes font tournoyer des tuyaux en plomb et percutent le torse des motards. Les Harley tombent, et je suis libre d'accélérer dans le parking en zigzaguant entre les feux de bois.

Je m'arrête devant l'entrepôt au moment où Trey et Jared en sortent. Ils sont pieds et torse nus. Prêts à muter.

« C'était trop génial ! s'écrie Geo en descendant gauchement de la moto.

— Tu vas bien ? » L'adrénaline fait toujours siffler mes oreilles.

Il lève le pouce. Le gamin s'en remettra sans problème.

« Sympa, le fil barbelé, dis-je. Comment vous avez su qu'il y aurait des motos ?

— On a un visuel depuis les airs, répond Jared en montrant le ciel. On a pu suivre les motos qui vous pourchassaient en temps réel. Les guépards ont eu quelques secondes pour tendre le fil.

— Qui est-ce que tu nous amènes, mon frère ? demande Trey.

— Une dizaine de Harley avec des métamorphes. Je ne sais pas de quelle espèce. » Je parle rapidement. Au loin, une hyène métamorphe pousse un cri perçant. « Hannibal, leur chef, a une dent contre moi. Il m'a défié au dernier *fight club*. Je ne connais pas son animal. Et il y a aussi au moins quatre SUV, des espèces de véhicules blindés. » Hors de vue, mais non loin, des moteurs vrombissent.

« Compris. » Trey échange un signe de tête avec Jared, qui s'éloigne pour faire un geste à un groupe de guépards métamorphes au fond du parking. « Merci pour le rapport, mais je parlais du gamin.

— Oh, lui ? » Je pose la main sur l'épaule de Geo. « C'est Geo, mon neveu.

— Ils arrivent », annonce une hyène métamorphe qui sort de la nuit en courant.

Les guépards métamorphes démarrent leurs motos et s'éloignent vers l'agitation. Pour l'instant, aucun signe d'Hannibal. Je parie que cet enfoiré a survécu, malgré le fil barbelé.

Je m'adresse à Trey et Jared, qui est revenu. « Le grand type, Hannibal. Il est à moi.

— On s'occupera des autres. On a du renfort. » Ils hochent la tête.

D'autres ombres se détachent du côté de l'entrepôt et entrent dans la lumière. Deux grands types, et trois plus petits qui avancent derrière eux. Tous des métamorphes. Ici pour le club de combat.

« On est prêts », dit le plus baraqué d'entre eux. Je crois le connaître. Je fixe son visage couvert de cicatrices pour essayer de me souvenir de son prénom.

Je reconnais le métamorphe qui se tient à côté de lui. Caleb, qui se caresse la barbe avec une expression songeuse.

« Oh, salut, mon pote, dis-je en m'approchant pour lui serrer la main. Tu te joins à la fête ?

— Je suis venu me battre. Autant en profiter. » Comme Trey et Jared, il est pieds nus. « Tu connais Grizz ? »

Je ravale un cri stupéfait. Caleb et Grizz sont des légendes. Le seul combattant plus célèbre qu'eux est Nash. Si les métamorphes avaient des figurines de collection, les trois feraient partie des personnages les plus rares.

Je me tourne vers Grizz. « Je croyais que tu avais pris ta retraite ? » C'est un grand type à l'air mauvais et au visage ravagé. Merde, je ne sais pas contre qui il s'est battu pour garder de telles cicatrices, et je n'ai pas envie de le savoir.

Il hausse les épaules.

Des hurlements résonnent, entrecoupés des rafales d'une mitraillette. Les guépards métamorphes ont trouvé les ennemis. Heureusement que nous sommes au milieu de nulle part, sinon la police et les pompiers seraient déjà sur place.

« Les gars, on va bientôt avoir de la compagnie, dit Trey en me donnant un coup de coude.

— C'est vrai. Geo, il va y avoir un gros combat, dis-je en lui serrant l'épaule. On va les affronter. Mais j'ai besoin que tu restes caché. »

Il écarquille les yeux. Un éclat métamorphe les fait briller. « Je veux vous aider.

— Je sais. J'ai besoin que tu restes en vie et en sécurité, pour que tu protèges ta mère s'il m'arrive quelque chose. Tu acceptes ta mission ? »

Il hoche la tête, si sérieux que j'ai un aperçu de l'homme qu'il deviendra. Comme mon frère.

« Et toi, qu'est-ce que tu vas faire ?

— Je vais me battre. » Normalement, je sourirais et dirais un truc du genre : *je vais prendre du bon temps,* mais avec Geo ici, le danger semble réel. Je dois rester sérieux.

Me comporter comme un alpha. Veiller sur le louveteau sous ma protection.

« Viens, par ici », dit l'un des métamorphes plus petits. Un Irlandais aux cheveux noirs, l'un des preneurs de paris. Ses deux autres camarades, également des bookmakers — celui aux cheveux grisonnants et celui qui éternue des plumes — sont déjà à la ligne d'arbres.

« Va avec eux, dis-je à Geo en le poussant doucement. Tu dois rester caché et te tenir prêt à muter pour t'enfuir si le vent tourne pendant la bataille. Ça n'arrivera pas, mais c'est bien d'avoir un plan de secours. Écoute-les, et fais ce qu'ils te disent. » Du menton, je désigne les trois bookmakers.

J'attends que Geo soit presque arrivé à la forêt avant de rejoindre mes amis.

« La sécurité de Geo est ma priorité, leur dis-je.

— Entendu, répond Jared. S'il arrive quoi que ce soit, Laurie l'exfiltrera par la voie des airs. »

Je suppose que Laurie est le métamorphe entouré de plumes.

« Personne ne le touchera », gronde Grizz. Je ne le connais pas, mais je le crois. Il est prêt à se battre et à mourir pour mon neveu. À cet instant, nous formons une meute.

Comme un seul homme, Grizz, Caleb et moi retirons nos vestes en cuir et les posons contre l'entrepôt. Puis nous enlevons nos T-shirts et nos chaussures. Pieds nus, nous marchons sur du verre brisé lorsque nous rejoignons Jared et Trey pour nous diriger vers l'autre côté du parking. Nous passons devant un petit feu de bois. Jared se penche et allume une longue allumette. Il avance sur quelques pas, puis approche l'allumette du sol, là où, d'après l'odeur, je dirais que quelqu'un a tracé une ligne d'essence. Des flammes s'élèvent vers le ciel et se précipitent le long de la ligne pour éclairer notre chemin.

« Que la fête commence ! » s'écrie joyeusement Trey.

Caleb et Grizz restent silencieux, concentrés. Je prends place à côté d'eux. D'habitude, je pousserais un cri de guerre enthousiaste avec Trey, mais ce soir, les enjeux sont trop importants. Plus que jamais.

Un guépard avance à toute allure à moto sur la route, pourchassé par trois Harley. Il les mène en une trajectoire sinueuse entre les feux de bois, mais ils se dirigent droit sur nous. Le comité d'accueil.

Les Harley sont presque à notre hauteur.

« À gauche, déclare Caleb.

— Je prends la droite », propose Trey. Jared et lui se déportent sur le côté.

« Je m'occupe du centre. » Grizz fait craquer les articulations de ses mains. Le bruit m'évoque des coups de feu.

Les guépards métamorphes passent devant nous à toute vitesse. Les Harley sont si proches que je peux voir le blanc de l'œil des motards. Leurs yeux brillent — chacun d'entre eux est un métamorphe.

À la dernière seconde, Trey et Jared bondissent en avant. Trey saute, puis, d'un coup de pied, il fait chuter le motard vers Jared, qui s'occupe de le neutraliser.

Caleb plonge sur le côté et empoigne son adversaire. Il le soulève de la Harley et le jette à terre. J'entends un craquement et me détourne avant d'assister au trépas de l'ennemi.

Grizz ne bouge pas. Il attend que la Harley arrive à son niveau pour empoigner le guidon en rugissant. En une incroyable démonstration de force, il soulève la lourde moto au-dessus de sa tête et lâche l'appareil, qui se fracasse au sol.

Le conducteur tombe et rebondit sur la chaussée, s'immobilisant près de moi. Je tends la jambe pour lui envoyer mon pied dans la figure, assez fort pour lui briser la nuque.

En trois secondes, tout est terminé. Nous avons éliminé la première ligne d'ennemis sans avoir eu besoin de muter. L'insulte suprême.

Trey se redresse après avoir fouillé un cadavre, une arme à la main. Un énorme revolver. Un éclat de la couleur du mercure liquide brille dans ses yeux. « Ils ont des balles d'argent.

— Ce sont des métamorphes. » Jared hume l'air. Le parfum de clou de girofle lui emplit le nez et le fait tousser. « Je ne sais pas de quelle espèce.

— Ils sont là pour tuer quelqu'un, déclare Caleb en examinant l'arme qu'il a prise à son adversaire à terre. La seule raison d'avoir des balles en argent, c'est pour tuer un métamorphe. »

Tout le monde me regarde.

« Désolé, les gars. Je ne sais pas ce que j'ai fait pour les mettre en rogne.

— Peu importe comment ça a commencé. On va y mettre fin. Cette nuit », dit Grizz. Sa voix grave habituelle est avalée par le grondement de son ours.

Je me promets de ne jamais me mettre Grizz à dos. Entendre le rugissement de son ours suffirait à stopper le cœur d'un homme moins courageux.

Une explosion retentit. La source n'est pas en vue, mais elle était assez forte pour faire trembler le sol. Un rire effrayant résonne autour de nous.

« Les hyènes ont des gros calibres ?

— Non », me répond Trey. Je ne l'ai jamais vu aussi sérieux. « Je pense qu'il s'agissait de tes amis.

— Ce ne sont pas mes amis. Après ce soir, ils peuvent courir pour recevoir une carte de vœux à Noël. »

Ma remarque le fait ricaner.

Un SUV apparaît, fonçant sur la route, poursuivi par des guépards à moto. L'un d'eux se place devant le véhicule et l'emboutit, sacrifiant sa moto pour arrêter le SUV. Le guépard roule au sol, indemne, mais le véhicule blindé roule sur la moto et continue sans ralentir.

Au sifflement familier d'un tir de roquette, les poils se dressent sur ma nuque.

« En approche ! » crie Caleb. Nous nous dispersons. La roquette file à côté de nous et atteint l'entrepôt. *Boum !*

« Attention ! » dis-je tandis que des débris pleuvent sur nous. La façade de l'entrepôt s'écroule, sa structure métallique se plie en un grincement.

J'entends les cris surpris de Geo. « N'approche pas ! » lui dis-je en secouant le bras. Il est pétrifié au niveau de la ligne d'arbres. Je fais signe aux bookmakers, qui tentent de le tirer en arrière. « Sortez-le de là !

— On décolle ! » crie l'Irlandais.

Le métamorphe grisonnant approche les doigts de ses lèvres et émet un sifflement perçant.

Un hibou métamorphe géant descend d'un arbre et saisit Geo par les bras. Il le soulève du sol. Ses ailes immenses battent tandis qu'il emporte Geo. Il sera en sécurité au milieu des bois.

J'entends un crissement métallique. Un ours énorme a attaqué le SUV blindé. Ses griffes géantes ont entaillé les parois.

Trey et Jared arrachent les portières et font sortir le conducteur ainsi que les passagers. Des coups de feu retentissent, et des corps s'effondrent. Puisque l'ennemi a apporté des balles d'argent, il serait dommage de ne pas les utiliser.

D'autres formes sombres apparaissent à pied sur la route. Aucun signe d'Hannibal dans l'air chargé de fumée.

Toujours sous forme humaine, Grizz marche en direction des combats. Je le rattrape, et nous nous mettons à courir.

J'entends un battement de tambour dans ma tête, une bande-son pour la guerre. Les guépards vont et viennent à toute vitesse, leurs motos bourdonnant comme des guêpes furieuses. Deux SUV supplémentaires apparaissent à travers la fumée et percutent la ligne de guépards à moto sans s'arrêter.

Grizz et moi nous séparons. Je prends de l'élan et bondis sur le toit d'un des SUV, le marquant de mes griffes. Le métal crisse lorsque le toit s'ouvre comme une boîte de conserve pour me laisser extraire les ennemis à l'intérieur.

On me tire dessus. Quand une balle me frôle, l'argent me brûle. Je me détends et laisse venir mon loup.

Le passager se dresse et vise avec son arme, mais il reçoit ma patte et mes griffes dans la tête. Sous ma forme de loup, je bondis et referme mes mâchoires autour de son crâne. *Crac.*

Le conducteur se lève sur le siège et me vise. Nez à nez avec le canon, je regarde la mort dans les yeux.

Un éclair blanc descend du ciel. L'énorme hibou referme ses serres sur les épaules du conducteur, puis le soulève. Il prend de la hauteur en battant des ailes, sans lâcher l'ennemi qui se débat entre ses serres. Le conducteur pousse un cri de panique et tire au hasard. Avant qu'il ne réussisse à viser, le hibou le lâche en glapissant.

L'ennemi s'écrase contre la terre. Un coup de patte du loup de Caleb met fin à ses jours.

Je lâche ma victime et descends sur le parebrise pour continuer le combat.

Le SUV arrêté par Grizz est à l'envers, ses roues tournant dans le vide. Un ours massif s'en éloigne lourdement, sa fourrure tachée d'essence et de sang. Sa taille me coupe le souffle. D'après la légende, l'ours de Grizz a une épaisse fourrure, comme un ours kodiak sous stéroïdes. Un ours capable de soulever un poids lourd. Il se dresse sur ses pattes arrière et rugit. Autour de moi, les guépards jappent et les hyènes ricanent.

La fumée pique les yeux de mon loup.

Une silhouette se forme dans la purée de pois. Un géant vêtu d'une veste en cuir. Hannibal, le visage déformé. Ses vêtements commencent à se déchirer pendant que son animal lutte pour se libérer. Lorsqu'il me voit, il rugit. « Revanche ! »

Je fonce vers lui en grondant.

Il sort un fusil et me tire dessus, mais j'esquive les balles sans cesser de courir. Elles effleurent ma fourrure. J'accélère et bondis, visant sa gorge de mes crocs.

Il explose hors de ses habits, prenant la forme d'un monstre massif. Il est énorme et musclé, avec deux cornes géantes. Je lui percute le torse, ce qui le fait reculer d'un pas. Mes crocs lui griffent l'épaule, mais il a la peau épaisse, et je ne parviens pas à la pénétrer. Je me retourne et m'éloigne d'un bond.

Le provoquer jusqu'à ce qu'il mute a ses avantages. Il a lâché son arme et l'a laissée glisser sur le côté. Sans la menace des balles d'argent, je suis libre de me défouler sur lui.

Il est terriblement fort et rapide, mais pas aussi rapide que moi. Je me faufile entre ses jambes pour le mordre plusieurs fois. Il pousse un cri rageur et essaie d'écraser mon loup sous son pied, mais je lui passe entre les jambes et lui mords l'intérieur des genoux. Le premier sang a été versé.

Mais je suis trop lent à m'éloigner ; il referme les bras autour de mon corps. Je me retourne, mes crocs cherchant sa gorge. Il serre les bras. Mes os craquent tandis qu'il me comprime.

Je reprends forme humaine. Je suis soudain beaucoup plus petit que l'animal qu'il tenait. Il perd l'équilibre. Je tombe sur le dos, l'entraînant à ma suite, et lui donne un coup de mes deux pieds pour le projeter au-dessus de ma tête. Il s'écrase sur le bitume à trois mètres derrière moi.

Trois guépards métamorphes lui sautent dessus. Un instant plus tard, ils volent dans les airs.

Merde, comment vais-je vaincre ce mec ?

Une roquette passe à côté de moi en sifflant, puis un SUV explose. Des morceaux de métal enflammés pleuvent sur nous.

Je perds Hannibal de vue dans la fumée épaisse. Mes oreilles sifflent. J'entends à peine la détonation d'une arme, suivie d'un hurlement de douleur.

Sur ma gauche, l'ennemi tente un ultime acte de résistance. L'ours géant de Grizz décime leurs rangs. Ses griffes sont si grosses qu'il lui suffit d'un coup de patte pour faire rouler leurs têtes. Leurs corps s'effondrent. La décapitation est le moyen le plus simple d'éliminer un métamorphe. Grizz élève la tâche épouvantable au rang de forme d'art.

Il lève le pouce en me regardant, puis révèle des crocs de la taille de mon avant-bras lorsqu'il pousse un rugissement. Je suis presque sûr que ce dernier signifie : « Bien joué, mon pote ! »

Le fusil d'Hannibal est toujours sur le bitume. Je le ramasse et me mets en chasse. Je suis le chemin de guépards morts jusqu'à ce que je le trouve. Reconnaissables entre toutes, ses cornes émergent de la fumée.

« Hannibal ! » Je boite. J'ai dû être touché par une balle. La blessure brûle, comme le fait l'argent.

Je vérifie le chargeur du fusil, mais il n'a plus de balles.

Je le jette entre nous. Voilà. À présent, nous nous affronterons animal contre animal.

Il tape du pied contre le sol à la manière d'un taureau. Mon loup est prêt à prendre le dessus, mais j'entends soudain un grand sifflement derrière moi.

Un groupe de hyènes métamorphes a pris le contrôle du dernier SUV. Elles se sont approchées et se servent du lance-roquettes pour viser Hannibal... et moi.

Je crie : « Non, attendez ! » Trop tard. Une hyène tire en glapissant.

Je me plaque à terre, quitte à bouffer des graviers. La roquette passe au-dessus de moi. Le sifflement se mêle aux rugissements d'Hannibal.

La détonation m'assourdit. Je me relève dès que possible, mais je ne vois Hannibal nulle part. Là où il se tenait, il n'y a qu'un cratère et un cercle de suie.

Je lâche un juron.

À part le crépitement des feux de bois et les cris lointains d'une hyène, le parking est silencieux. La bataille est terminée.

Trey et Jared ont repris forme humaine. Leurs corps sont tachés de rouge. Ils ne boitent pas ; j'en déduis que la plus grande partie du sang n'est pas le leur.

Je leur demande : « Hannibal ? Un grand type avec des cornes ?

— Il est parti, répond Trey en secouant la tête.

— C'est quoi ce truc, marmonne Jared, un putain de Minotaure ?

— Je ne sais pas. Mais ce n'est pas terminé. »

Je me retourne en entendant crier. Geo s'approche en courant. « C'était trop cool ! Quand tu es devenu un loup et que tu as bondi sur cette voiture...

— Ça t'a plu ? » Je suis sur le point de lui dire qu'il

adorera me voir combattre un autre loup, mais un son qui s'approche me donne la chair de poule.

Une vieille Charger arrive en cahotant, évitant les piles de débris fumants. Jared tourne la tête en direction de la voiture.

« Ce sont des amis », dis-je d'une voix forte pour éviter toute violence défensive.

Que fait Buddy ici ?

Quelqu'un pousse un cri aigu, et la portière passager s'ouvre. Julia sort du véhicule, le visage blême.

Oh, merde.

« Geoffrey ! s'écrie-t-elle d'une voix larmoyante.

— Maman ! » Le ton de Geo donne l'impression qu'il vient de passer la journée dans les montagnes russes d'un parc d'attractions. Julia ravale un sanglot en le prenant dans ses bras. « Ça va, maman. Je vais bien. »

Buddy sort du véhicule du côté conducteur et s'approche de moi. « Désolé. Elle avait un traceur sur le portable de Geo. Je ne pouvais pas l'arrêter, alors je me suis dit qu'il valait mieux que je l'accompagne. »

Je balaie ses excuses de la main. Je n'avais pas l'intention de dissimuler la vérité à Julia. Mais qu'elle assiste aux répercussions de ma vie dangereuse n'est pas idéal.

« Je vais bien, continue de lui répéter Geo. On va bien. »

Mais je vois le parking du point de vue de Julia. Des feux de bois brûlent devant un entrepôt démoli. Des cadavres de métamorphes, amis comme ennemis, parsèment le bitume brûlé. Un groupe de hyènes métamorphes fait des tours dans le SUV volé en secouant des armes à feu et en poussant des cris de joie. Et son précieux fils se trouve au milieu de ce chaos. J'ai fait tout ça pour sa sécurité, mais ça présente mal.

Il est temps de faire face aux conséquences.

Geo en a assez que sa mère le couvre d'attention. Il s'écarte et me crie : « Hé, oncle Channing, on t'a tiré dessus ?

— Tiré dessus ? répète Julia, choquée.

— Ouais, maman, ils avaient des balles d'argent. Ils en avaient après oncle Channing. »

Elle me jette un coup d'œil, mais ne rencontre pas mon regard. Son visage n'est qu'un masque de peur et de colère. « Qu'est-ce qui s'est passé ?

— Ces voitures ont commencé à nous suivre », explique Geo en montrant les SUV détruits. Julia écarquille les yeux. « Il y en avait un tas. J'étais derrière oncle Channing sur la moto, et il a commencé des manœuvres d'évacuation.

— J'avais la camionnette, ajoute Buddy. C'est pour ça que Channing a pris la moto. » C'est gentil de me défendre, mais ça ne suffira pas pour convaincre Julia que je ne suis pas totalement irresponsable.

« Et ensuite, on est arrivés ici, et boum ! Ils ont fait exploser l'entrepôt... » Geo continue un récapitulatif graphique de la bataille, sans oublier les effets sonores. À chaque phrase, il creuse un peu plus profondément ma tombe.

Mais bon, ce n'est pas comme si je ne le méritais pas.

Le regard de Julia se pose sur le bâtiment détruit, sur le visage de son fils, puis sur les traces de brûlé au sol. Quand Geo termine son récit, elle regarde dans ma direction.

« C'est vrai ? me demande-t-elle.

— Ouais. C'est bien résumé. » Inutile d'essayer de me défendre. En un sens, c'est un soulagement d'endosser la responsabilité.

« Monte dans la voiture, dit-elle à Geo d'une voix tremblante.

— Mais... »

Deux guépards métamorphes passent en courant, un bidon d'essence à la main. Ils le jettent sur le feu de bois le plus proche et hurlent pendant que les flammes montent vers le ciel.

« Écoute ta mère », lui dis-je. Geo traîne des pieds, mais il va s'installer sur la banquette arrière de la Charger.

J'attends que Julia soit assise à côté de lui avant d'approcher. « Julia.

— Non. » Elle lève la main pour devancer mon explication. Elle ne rencontre pas mon regard.

« Geo va bien. Je n'aurais jamais rien laissé lui arriver.

— Ils nous pourchassaient, maman, dit Geo de l'autre côté. On devait s'enfuir !

— Ils nous ont suivis depuis chez Justin. J'ignore comment. J'ai appelé de l'aide, mais je ne pouvais l'emmener qu'ici. Au moins, ici, j'avais du renfort. » Du menton, je désigne Trey et Jared, qui discutent avec Grizz et Caleb. Tous les quatre sont nus comme des vers.

Elle détourne les yeux. « C'était à cause de toi ? demande-t-elle à voix basse. À cause de ton... travail ? » Elle effectue un geste de la main.

Je sais ce qu'elle demande. J'ai réussi à garder Geo en vie, mais s'il se trouvait en danger, c'est uniquement à cause de moi.

C'est ma faute. J'assumerai. « Oui. »

Elle hoche la tête, toujours sans me regarder.

« Ramène-les à la maison, dis-je à Buddy. Je ne vais pas tarder. »

À l'expression de Julia, je ne suis plus le bienvenu chez eux. Mais je monterai la garde sur la terrasse couverte, cette nuit. Mon loup ne me permettra pas de faire moins.

Mais demain matin, je m'en irai. Je laisserai Buddy et les caméras veiller sur Geo et Julia. Ce sera mieux pour eux si je pars, si je m'en vais loin d'eux. Je ne me pardonnerai jamais d'avoir amené le danger jusqu'à leur porte.

« Pourquoi tu fais cette tête ? demande une hyène métamorphe en riant. On a gagné ! » Ses amis poussent des cris joyeux.

Un geignement de mon loup se bloque dans ma gorge pendant que je suis des yeux la Charger qui s'éloigne.

J'ai gagné une bataille et perdu la guerre.

* * *

J*ulia*

J e tremble et transpire pendant tout le trajet jusqu'à la maison. C'est trop. Je n'arrive pas à m'y faire. Arriver sur cette scène a cimenté en moi la certitude que la place de Channing n'est pas auprès de nous.

Il travaille dans un secteur à haut risque.

Il adore le danger. Ça a toujours été le cas. Tout comme ses amis.

Et je tiens trop à lui pour réussir à accepter sa profession. Non seulement ça, mais de plus, il est hors de question que je le laisse infecter Geo avec son mode de vie dangereux et imprudent.

Absolument hors de question.

Mon fils est tout ce que j'ai. Il est tout mon univers. Penser que Channing l'a entraîné dans... cette situation, quelle qu'elle ait été, me brise le cœur.

Ça me tue qu'il n'ait pas fait preuve de plus de discernement.

Qu'il n'ait pas réfléchi. Qu'il n'ait pas pris le temps de se demander si entraîner un garçon, de seulement treize ans, bon Dieu, dans ce genre de pagaille serait une bonne idée.

Enfin, je comprends qu'il a été surpris alors que Geo se trouvait avec lui.

Mais ça signifie que les ennuis le suivent.

Et je ne peux pas les laisser nous trouver en le suivant.

Je ne peux tout simplement pas.

Peu importe à quel point j'aime cet homme.

Peu importe à quel point j'avais envie qu'il reste.

Il est temps pour Channing de s'en aller.

Je ne resterai pas à la maison pendant que mon partenaire est en mission, à retenir ma respiration et à redouter qu'on vienne frapper à ma porte pour m'apprendre qu'il n'a pas survécu.

Je l'ai fait une fois.

Je ne peux pas recommencer.

* * *

C*hanning*

Quand j'arrive à la maison, Julia attend sur la terrasse couverte. Elle a enfilé une robe de chambre par-dessus sa tenue. Une faible odeur de fumée se dégage de ses cheveux.

Je ne me pardonnerai jamais pour ce soir.

Je pose le pied sur la marche de la terrasse, mais ne m'approche pas davantage. Elle semble si perdue et fatiguée que j'aimerais la prendre dans mes bras. Mais ce n'est pas ce dont elle a envie, tout de suite.

« Je ne sais pas comment être avec toi, dit-elle. Quand Geoffrey était déployé, je croyais qu'il serait immunisé contre le danger parce qu'il était métamorphe. Quand on est venu m'annoncer sa mort, j'ai cru qu'il y avait erreur. Geoffrey était invincible. Il ne pouvait pas être mort. » Sa voix s'étrangle. Pieds nus, sans maquillage, elle a l'air jeune et vulnérable. Aussi fragile qu'elle l'était le jour des obsèques. « On a enterré un cercueil vide. J'ai continué à croire qu'il reviendrait. » Elle se frotte les yeux, mais ils sont secs. Comme si elle avait déjà trop pleuré.

Je m'assieds sur la marche, laissant une trentaine de centimètres entre nous.

« Je ne peux pas le refaire », murmure-t-elle. Je sais ce qu'elle veut dire. *Je ne peux pas être avec toi.*

« Je sais. » Je regarde fixement la nuit pendant que mon loup hurle en moi. Il est enfermé dans une cage que j'ai créée. Je ne le laisse pas ébranler mon expression impassible.

Je dois être fort. Pour elle. « Julia... je suis désolé.

— Merci d'avoir aidé Geo. Je n'oublierai jamais tout ce que tu as fait. » Elle se lève et rentre dans la maison, fermant la porte derrière elle.

Et, tout à coup, c'est terminé.

Je reste assis sur le perron, pétrifié. Je reste immobile jusqu'à la fin de la nuit, jusqu'à ce que les premières lueurs de l'aube illuminent le ciel. Buddy se réveille dans sa Charger. Je jette les clés de la camionnette sur le siège passager. Le véhicule est au nom de Julia. Elle pourra l'offrir à Geo pour son anniversaire. Ou pas.

Je serai parti depuis longtemps. Je dois m'en aller.

Julia a raison. Hannibal m'a pris en chasse. Geo s'est

retrouvé en danger par ma faute. Je ne supporterais pas que le danger déborde de mon travail pour leur faire du mal, à lui ou à Julia.

Il vaut mieux que je garde mes distances.

* * *

J*ulia*

Allongée dans mon lit, mon oreiller mouillé de larmes, je me demande si j'ai pris la bonne décision. Channing est toujours là, assis sur la terrasse couverte, à monter la garde. Je sens sa présence.

Il serait si facile de lui demander d'entrer et de m'égarer dans son odeur, ses caresses.

Mais quand je ferme les yeux, je vois le champ de bataille sur le parking de l'entrepôt, jonché de cadavres, et mon fils de treize ans au beau milieu de la scène.

Comment Channing peut-il nous protéger alors que sa vie entière est dangereuse ? Si je me base sur ce qui s'est passé cette nuit, ses missions sont un millier de fois plus risquées que celles de Geoffrey.

Je ne peux pas de nouveau aimer quelqu'un comme lui. Quelqu'un que je risque de perdre. Et je ne peux pas mettre mon fils en danger. Si ça fait de moi une lâche, tant pis. Mieux vaut rester seule qu'endurer encore une fois un deuil aussi terrible.

Le réveil à côté de mon lit indique trois heures du matin. Je roule sur le côté et touche quelque chose de doux. Le T-shirt de Channing. Il porte son odeur de nature boisée. Je le serre contre ma poitrine en laissant l'odeur m'apaiser, puis je parviens enfin à m'endormir.

Au matin, Channing est parti. Je dis à Geo qu'il a une mission et qu'il sera occupé les temps qui viennent. Mon fils accepte mon explication avec un hochement de tête.

J'ai tellement de mal à me concentrer sur le travail que M. van den Berg me demande si tout va bien après une réunion.

« Pardonnez-moi, monsieur. Nous avons rencontré un... moment difficile à la maison.

— Il s'agit du frère de votre mari ?

— En partie. Il n'est plus là. Il est parti. Pour de bon.

— Est-ce que tout va bien ? me demande mon employeur en me regardant.

— Oh, oui. Tout va très bien. » Si je le dis assez fermement, ça deviendra peut-être vrai.

« Et tout est prêt pour l'admission de Geo à Woodman ? demande-t-il.

— Oui, merci. »

Ces derniers temps, Geo broie du noir. Je l'ai encouragé à sortir courir, mais il dit que son loup n'est pas d'humeur. Un nouveau départ, c'est exactement ce dont il a besoin. Pour Geo, je peux tenir le coup et faire comme si tout allait bien. Je peux nous guider à travers notre routine quotidienne en faisant comme s'il n'y avait pas de trou béant dans mon cœur.

* * *

C hanning

. . .

« Je ne comprends pas pourquoi tu étais une cible », dit Rafe, mon alpha, d'un ton songeur. Je débriefe avec lui et son frère Lance par téléphone.

« Je ne sais pas. » Je me passe la main sur le visage. La bataille a eu lieu il y a trente-six heures, mais mon loup m'a à peine laissé dormir. J'ai demandé à Buddy de surveiller chez Julia, mais je reste à distance, tout en vérifiant le système de sécurité une fois par heure. « Ils avaient des balles d'argent, donc ils savaient qu'ils attaquaient des métamorphes.

— Ils voulaient te tuer, suppose Rafe.

— Dans ce cas, pourquoi ils ne m'ont pas tiré dessus pendant que j'étais sur la moto ? » Je me suis posé cette question tant de fois que j'ai l'impression de devenir fou.

« Tu as de la chance qu'ils ne l'aient pas fait. Tu serais mort. Leur hésitation t'a permis de rejoindre les autres et d'avoir du renfort », me dit Rafe.

Je ne me sens pas chanceux. Je me sens mort. Mais je ne le lui dis pas.

« Tu as remporté cette manche, dit Lance. Mais ce n'est pas fini.

— Je suis d'accord. » Je parie qu'Hannibal prend son mal en patience et se remet de ses blessures, mais qu'il est toujours résolu à se venger.

« J'ai eu des infos de Jared et Trey, qui ont nettoyé le champ de bataille. La personne qui a financé le combat a de sacrés moyens, déclare Rafe.

— Ouais, Channing, pourquoi il a fallu que tu agaces un milliardaire ? » plaisante Lance.

Mon silence lui indique que je ne suis pas d'humeur à rire. Il y a un blanc gêné dans la conversation.

« Une seconde, Deke essaie de joindre l'appel », dit-il. Je l'entends taper sur son clavier.

« J'ai du nouveau, dit Deke d'un air mécontent.

— C'est à propos de l'application ? Kylie a réussi à la pirater ? demande Rafe.

— Pas encore. Mais j'ai fait quelques recherches et j'ai posé des questions autour de moi. Apparemment, plusieurs jeunes métamorphes ont disparu.

— Des fugues ? demande Lance.

— Pour certains d'entre eux. Mais une proportion d'adolescents métamorphes plus importante que la normale a disparu dernièrement. »

Des images me passent en tête, trop horribles pour que je m'y attarde. Des ados comme les triplés ours, attirés loin de chez eux et capturés. Certains pourraient être pris en chasse et tués.

« Ces jeunes utilisaient l'application ? veut savoir Rafe.

— Je ne peux pas le confirmer. Je ne peux pas encore lier les deux informations, mais mes tripes me disent que oui. Je parie qu'Hannibal est impliqué », dit gravement Deke.

Quelqu'un a créé cette application, et des tarés comme Hannibal l'ont infiltrée pour s'en prendre à des adolescents métamorphes.

« On n'a aucune preuve, dit Lance.

— On n'a pas besoin de preuve, dit Rafe. On trouve Hannibal. Il aura les réponses.

— Je m'en occupe, lui répond Deke. Kylie peut pirater n'importe quel système de sécurité aux alentours de Flagstaff.

— Je vais lancer un avis, dit Lance en se mettant à taper sur le clavier à toute allure. Je vais prévenir autant de meutes et de familles métamorphes que possible. Et publier un avis de recherche pour Hannibal.

— Je vais fouiller les environs d'où on l'a vu pour la

dernière fois », dis-je. Je suis toujours à Flagstaff. Je n'arrive pas à me résoudre à partir.

Au fond, j'ai envie de me rendre chez Julia immédiatement et d'empêcher Geo et elle de sortir de chez eux. Voilà qui la convaincra de me pardonner !

J'envoie un message à Buddy pour lui demander de garder un œil sur la maison. En réponse, il m'envoie une photographie de la porte d'entrée de chez Julia. Avec la nouvelle porte et les nouvelles fenêtres, elle a l'air neuve.

Cette image me fait mal.

Je secoue la tête et m'oblige à me concentrer sur les ordres que Rafe me donne avant de mettre fin à l'appel.

« Sois prudent, me dit-il. Si tu vois quoi que ce soit, tu appelles du renfort. »

Je raccroche. Mon loup n'est pas tranquille. Je savais qu'Hannibal ne présageait rien de bon, mais pas à ce point. Un métamorphe comme lui, qui s'en prend à des jeunes ? Je retrouverai ce connard et mettrai fin à ses jours. C'est le but de ma vie.

Ensuite, je demanderai à Rafe de m'assigner une mission à l'autre bout du monde. Quelque chose de dangereux et lucratif, qui demandera toute mon attention. Si je verse assez de sang, j'oublierai peut-être l'odeur de lilas et de lavande.

Chapitre douze

*J*ulia

Lorsque le vendredi arrive, j'ai mal aux yeux à force de fixer l'écran de mon ordinateur. Je m'écarte de mon bureau, ayant terriblement besoin d'une pause. Mon ventre gargouille. Je consulte l'heure sur mon ordinateur : seize heures quarante-neuf. J'ai travaillé toute la journée sans déjeuner. Je n'ai presque rien mangé depuis le départ de Channing. Le chagrin et la nervosité me nouent le ventre.

Depuis que Channing est parti, je continue ma vie, mais machinalement. Je reste concentrée et travaille dur. J'essaie d'oublier à quel point il était agréable de l'avoir à la maison.

Dans mon lit.

Dans mon cœur.

À quel point il était fantastique de me sentir épaulée. Aimée. Protégée.

Mais je lui ai demandé de partir, non ? Le plaisir de l'avoir ne surpasse pas ma crainte de le perdre.

Je ne suis pas sûre que ce soit très logique, mais ça l'était pour mon cœur, sur le moment.

Maintenant, je n'en suis plus si sûre. La peur a pris le dessus. Ce n'est pas le meilleur état d'esprit pour faire un choix.

Je descends rapidement à la cuisine et prends une branche de céleri qui commence à flétrir. Je mâche tout en cherchant de quoi préparer à dîner dans le réfrigérateur. J'ai oublié de faire des courses. Ce sera donc de la pizza surgelée. Geo sera content.

Il est de mauvaise humeur depuis des jours. Il refuse de l'admettre, mais je sais que son oncle lui manque. Mon excuse — que Channing est en mission — commence à ne plus être crédible. Je devrai bientôt l'asseoir et lui expliquer que Channing est parti... pour de bon, cette fois.

J'ai évité la conversation, parce qu'au fond, j'ai envie que ce ne soit pas vrai.

En remontant dans mon bureau, quand je passe devant la chambre de Geo, sa porte s'entrouvre. Étrange. Il est tard. Il devrait déjà être rentré, enfermé dans sa chambre pour faire ses devoirs.

A-t-il prévu de voir Justin sans me prévenir ? J'appelle mon fils, mais l'appel tombe tout de suite sur la messagerie.

Je compose le numéro de la mère de Justin.

Dix minutes plus tard, je suis en panique. Geo n'est pas chez Justin. Ni au collège. En fait, Justin se souvient d'avoir vu Geo monter dans le bus. J'ai aussi appelé le collège, mais le bus n'a pas eu de retard.

J'ai appelé Geo plusieurs fois et je lui ai envoyé une tonne de messages. Rien.

J'ouvre l'application installée sur son portable, celle que j'ai utilisée pour le localiser, mais elle indique la région de Flagstaff sans plus de précisions, comme si elle avait du mal à trouver son portable. Il s'agit peut-être d'un bug, mais j'ai un mauvais pressentiment.

Geo n'est pas à la maison, et pour autant que je sache, il n'est pas avec ses amis. Son portable est éteint, et l'application de traçage ne fonctionne pas. Il est peut-être rentré, puis ressorti courir sans me prévenir ?

Ferait-il quelque chose du genre ?

Je sors de la maison et l'appelle en hurlant jusqu'à ce que ma voix résonne contre la colline.

« Julia ? » Buddy apparaît derrière un sapin. Je ne vois pas entièrement son corps, masqué par un buisson, mais je devine qu'il est torse nu. Était-il sous sa forme animale ?

S'il trouve bizarre de converser avec moi alors qu'il est à poil, il ne le montre pas. Personnellement, ça m'est bien égal.

« Tu as vu Geo ? »

Il secoue la tête. Sa barbe a poussé au cours des derniers jours. Elle est noire, avec une bande blanche au centre, comme sa chevelure. Elle me rappelle la fourrure d'un animal, mais je ne me souviens pas duquel.

« Et avec… son odeur ? Tu peux savoir si elle est récente ? Est-ce qu'il est descendu du bus et qu'il est tout de suite parti courir ?

— Non, répond Buddy. Il n'est pas revenu depuis ce matin. »

Je hoche la tête, abattue. Logiquement, je savais qu'il y aurait des preuves que Geo était passé à la maison avant de se déshabiller, puis de muter pour prendre sa forme de loup. Il aurait laissé son sac à dos et ses vêtements. Or, je n'en vois aucune trace.

Est-il parti chasser en douce avec son oncle Channing ?

Non, m'affirme une petite voix. *Il ne ferait pas ça sans te le dire.*

Ce qui signifie que quelque chose ne va pas.

« Il a disparu, dis-je à Buddy. Je vais appeler Channing. »

Buddy se déplace, mais il ne sort pas de derrière le buisson. « Tu veux que je l'appelle ?

— Non, merci. Tu veux bien continuer d'ouvrir l'œil, au cas où Geo arrive ?

— Bien sûr.

— Merci. » Je me dirige vers la maison et compose le numéro de Channing avant d'être à l'intérieur. Dès que j'appelle, le soulagement m'envahit. Je l'ai repoussé à cause du danger qu'il attire, mais soudain, tout est évident : lors d'une crise, c'est vers lui que je me tourne. C'est en lui que j'ai confiance.

* * *

C hanning

D ès que mon portable se met à vibrer, je me réveille et m'assieds bien droit. Hier soir, j'ai couru dans le Grand Canyon jusqu'à ce que mes pattes saignent. Je ne suis pas rentré avant le milieu de la journée. Je me suis alors étendu sur une table de piquenique humaine, et j'ai dû m'y endormir. Enfin.

Mon loup est affolé. Je comprends que quelque chose ne va pas avant de voir le nom de la personne qui appelle.

« Julia ?

— Geo a disparu. Il est avec toi ?

216

— Quoi ? Non. » Je me lève. « Comment ça, il a disparu ?

— Il n'est jamais rentré du collège. J'ai pensé qu'il avait peut-être fugué ou qu'il était parti à ta recherche.

— Il ne ferait pas ça. Il ne t'inquièterait pas comme ça.

— Je sais. » Sa voix se brise. « Attends une seconde, reprend-elle d'un ton distrait. Quelqu'un vient de se garer devant la maison.

— Julia, attends… »

Elle a raccroché avant que je puisse lui dire de regarder par le judas avant d'ouvrir le verrou. Elle n'est pas idiote.

Néanmoins, je sors mon portable pour afficher la vue des caméras de sécurité. Je vois une berline noire sans signe distinctif garée dans l'allée de Julia. Le conducteur est un mec baraqué avec des lunettes de soleil.

Quand je change de caméra pour passer à celle de sa porte d'entrée, mon corps se change en pierre.

Hannibal se tient sur le perron de chez Julia.

* * *

J*ulia*

L'homme devant ma porte semble plutôt professionnel. Il porte un costume qui doit être taillé sur mesure pour contenir son ossature massive. La voiture dans mon allée ressemble à celle qui m'a conduite à l'aéroport, mais je ne peux pas en être sûre.

J'hésite, les mains sur le verrou. « Qui est-ce ?

— Madame Armstrong ? demande une voix grave à

travers la porte. Monsieur van den Berg vous prie de le rejoindre à son domicile. »

Pourquoi mon employeur a-t-il envoyé un chauffeur me chercher ? Ai-je oublié quelque chose ? J'ouvre la porte d'entrée. « Ce n'est pas le bon moment.

— Je pense que si, madame Sanchez. Il m'a demandé de vous dire que votre fils est avec lui.

— Geo ? Dieu merci. » Je m'appuie contre l'encadrement de la porte, rassurée. Une seconde, mais... pourquoi ? J'essaie de trouver une explication logique. Mon employeur a dû aller le chercher après l'école pour l'emmener quelque part. Ou était-ce en rapport avec son nouvel établissement scolaire ? Je n'y comprends rien, mais au moins, je sais qu'il n'est pas en danger. « Une seconde. Laissez-moi prendre mon sac. » Je me tourne ; j'ai laissé mon portable sur la table d'appoint, avec mes clés. Channing est toujours en ligne. Je l'entends hurler quelque chose.

« Julia ! Ne...

— Vous n'en aurez pas besoin. » Le type baraqué referme la main autour de mon bras pour me tirer en arrière. Avant que je puisse lui demander sèchement de me lâcher, il ramasse mon portable et le réduit en miettes dans son poing.

Je pousse un petit cri pendant qu'il me pousse pour me faire sortir de la maison. « Par là. Mieux vaut ne pas faire attendre monsieur van den Berg. »

* * *

C hanning

· · ·

Furieux et impuissant, je regarde Hannibal traîner Julia hors de la maison et l'installer de force sur la banquette arrière de la voiture. J'ai eu beau crier, elle n'a pas entendu mes avertissements à temps. Même si elle les avait entendus, qu'aurait-elle pu faire, face à Hannibal ? Cet enfoiré pourrait la maîtriser avec un seul doigt.

Je savais que M. van den Berg était louche. Il détient Geo — j'ai entendu la conversation.

La berline disparaît hors du champ des caméras de sécurité, mais j'ai le temps d'apercevoir quelque chose qui me rassure. Une forme poilue noire et blanche qui descend rapidement l'allée.

Buddy. Je peux compter sur lui. S'il arrive à placer un traceur sur la voiture, nous avons une chance.

J'appuie sur l'appel d'urgence de mon portable pour demander du renfort. « Flagstaff. Lieu exact à confirmer. »

Si Buddy s'est bien débrouillé, j'aurai bientôt une localisation.

Je bondis sur ma moto. Après avoir roulé quelques minutes, je sens mon téléphone vibrer quand Buddy m'appelle.

« Dis-moi que tu sais où ils sont, dis-je en guise de salut.

— C'est bon. » Il est essoufflé après avoir poursuivi la voiture, puis s'être éloigné sans se faire voir. « Je vais t'envoyer la localisation.

— Envoie-la aussi au centre de commandement. » Buddy a le numéro du quartier général. Il communiquera avec ma meute pendant que je traquerai Hannibal.

« Ça marche. Je n'ai pas pu les arrêter, ajoute-t-il d'une voix lourde de regret. Je ne pouvais pas affronter...

— Tu as fait ce qu'il fallait. On a une chance de sauver Julia et Geo, grâce à toi.

— Va les chercher, me dit-il.

— Bien reçu. J'y vais. »

J'affiche les coordonnées géographiques que m'a envoyées Buddy. Le véhicule d'Hannibal se déplace, et je peux deviner où il se dirige.

Il est temps de rendre visite au patron de Julia. Il faut simplement que son fils et elle restent en vie jusqu'à ce que je puisse organiser leur sauvetage.

J'accélère au maximum et file sur la moto.

Tiens bon, Julia. J'arrive.

* * *

J*ulia*

L e soleil s'est couché derrière l'horizon quand nous entrons sur la longue allée qui mène à la villa de M. van den Berg. J'y suis déjà venue lors d'une fête de Noël. Illuminée de toutes parts, l'architecture gothique paraissait festive. Maintenant, la pierre importée semble froide et hostile. Une forteresse de pierre. Une prison.

Personne n'a dit explicitement que j'étais prisonnière, mais que puis-je être d'autre ? Un colosse m'a obligée à monter à l'arrière de sa voiture. Et il m'a dit qu'ils avaient mon fils.

Je reste assise en silence, droite et raide. Je porte ma tenue de travail, un pull à col en V et un legging. Pas de chaussures, seulement mes chaussettes d'intérieur en laine. Pas de téléphone. Pas d'arme.

Je n'ai à ma disposition que mon intelligence, et la

conviction que Channing me trouvera. S'il n'a pas entendu ce qui s'est passé par téléphone, Buddy le lui expliquera.

Channing viendra me chercher. On dirait que son instinct avait raison de se méfier de mon employeur. J'aurais dû l'écouter. Il retournera la terre entière pour venir au secours de mon fils et moi. Je dois tenir bon, retrouver Geo et nous garder en vie jusqu'à ce qu'il arrive.

Je pose quelques questions en gardant un ton calme : « Que me veut monsieur van den Berg ? Pourquoi il a enlevé Geo ? »

Le conducteur ne dit rien, pas plus que le géant assis à côté de moi, celui qui m'a forcée à monter dans la voiture. Lorsqu'il me surprend à regarder la poignée de la portière, il la verrouille.

« Non », dit-il d'une voix grondante. Elle est grave, et étrangement anormale. Elle me donne envie de me jeter contre la portière opposée. « Pas de mauvaises surprises.

— Je veux voir mon fils. »

La voiture s'arrête devant l'imposante porte d'entrée, une monstruosité voûtée entourée de statues, modelée d'après la cathédrale Notre-Dame. J'attends que le malabar sorte de la voiture et en fasse le tour pour ouvrir ma portière. Cette fois, il ne m'empoigne pas le bras. Les bleus qui décorent déjà ma peau palpitent pendant que je passe devant lui pour entrer dans la villa.

Mon guide ne m'emmène pas dans l'un des jolis salons ou dans le bureau de M. van den Berg, situé derrière l'immense bibliothèque.

« Par ici. » Il m'entraîne jusqu'à une porte latérale et l'ouvre. Même si j'en étais capable, paniquer serait inutile. Mais je me trouve dans un état au-delà de la panique, au-delà de la peur. À part retrouver Geo, rien d'autre ne compte.

« Descendez », dit l'homme en désignant l'escalier obscur d'un signe de tête. Si je n'obéis pas, il me fera du mal. Mon bras douloureux en est la preuve.

Geo, par pitié, que tu n'aies rien.

J'inspire une bouffée d'air frais avant de descendre. Des lumières s'allument en clignotant sur mon passage. La puanteur n'est pas due à de la moisissure ou à des canalisations souterraines. L'odeur est épaisse, pue le sang et les abats, comme dans une usine de transformation de viande. Je respire par la bouche en continuant à descendre, mon garde sur les talons.

Au pied de l'escalier en pierre, la température a suffisamment baissé pour que je sente le froid à travers mon pull fin. Mon garde tend le bras pour composer un code sur un clavier high-tech à côté d'une lourde porte en pierre.

Le couloir derrière elle semble tout droit tiré d'un cauchemar. Mes pieds se figent sur le sol en pierre lisse. Des portes épaisses se trouvent de part et d'autre du couloir, avec des barreaux au sommet de chacune. Des cellules de prison.

Ma peau déjà glacée se couvre de chair de poule. Pourquoi mon employeur possède-t-il un cachot dans son sous-sol ? Quel genre de personne malade, tordue... La panique fait surface, mais je l'enfouis de nouveau en moi. Je dois rester calme pour Geo.

Mon garde ouvre l'une des portes et me pousse à l'intérieur.

Deux lueurs clignotent ensemble dans l'obscurité épaisse devant moi. Une paire d'yeux.

Geo se lève et me serre dans ses bras. « Maman ?

— *Mijo.* » Je l'étreins de toutes mes forces. Il n'y a pas de plafonnier dans la pièce, mais il me paraît indemne. En un seul morceau.

Derrière nous, la porte de la cellule se referme en claquant. Le garde nous regarde à travers les barreaux.

« Monsieur van den Berg vous rejoindra bientôt.

— Attendez ! » Mais il est parti. Je caresse la tête de Geo pour me rassurer. Il est bel et bien là. « Qu'est-ce qui se passe ?

— Je ne sais pas. Monsieur van den Berg m'attendait devant le collège. Il m'a dit que tu étais chez lui et qu'il venait me chercher. Mon loup savait que quelque chose n'allait pas, mais un grand type s'est faufilé derrière moi et il m'a injecté quelque chose dans le cou. Je me suis réveillé ici. Mais je vais bien. »

La trahison me brûle la gorge comme de l'acide. M. van den Berg s'est insinué dans nos vies. Mais pourquoi ?

Dès que nous nous serons échappés, j'étranglerai mon employeur.

« On va sortir d'ici », dis-je à Geo avec assurance. Je ne parle pas de Channing, parce qu'il y a des caméras dans la pièce et que je ne veux avertir personne de son arrivée. « Tu arrives à retirer les barreaux ?

— J'ai essayé. Ils me brûlent. »

De l'argent.

Oh, mon Dieu. M. van den Berg sait que Geo est un métamorphe. En est-il un aussi ? Que nous veut-il ?

J'entends un claquement lointain, puis un courant d'air. Des pas mesurés résonnent dans le couloir.

Une lumière s'allume en clignotant et s'infiltre à travers les barreaux. Je plisse les yeux, éblouie, et regarde en direction du rectangle lumineux de la porte jusqu'à ce qu'une ombre le masque.

« Julia, je suis si content que vous soyez là. » La voix de M. van den Berg est douce comme du velours, comme s'il

Renee Rose & Lee Savino

me saluait lors d'une réunion de l'après-midi et non dans un cachot.

Je pousse Geo derrière moi pour le dissimuler à mon patron. « Pourquoi on est là ? Pourquoi vous faites tout ça ? Qu'est-ce que vous voulez ?

— Je suis content que vous posiez la question. » Il recule, révélant le garde immense derrière lui. On dirait qu'il s'apprête à donner une conférence. Il ne lui manque que son foutu verre de whisky. « Depuis des générations, ma famille peut s'offrir n'importe quel plaisir qui peut être acheté. Mon grand-père avait coutume de me faire participer à de longues parties de chasse. Il m'a parlé de son arrière-grand-père, qui chassait toutes sortes d'animaux dans ces forêts. Les plus gros cerfs, ours et cougars que vous ayez jamais vus. Désormais, les humains ont fait fuir ou ont tué tous les prédateurs naturels. Saviez-vous que d'énormes loups vivaient autrefois dans ces montagnes ? Maintenant, il en reste moins d'une centaine dans l'État.

— En quoi ça nous concerne ?

— Il n'y a qu'une espèce qui soit encore une menace pour les humains. Digne d'être chassée. L'une de mes connaissances l'a découverte et a fondé un ordre pour les étudier. J'ai récemment été initié dans ses rangs. Et qu'ai-je découvert ? Un métamorphe vivant pratiquement sous mon nez, dit-il en regardant Geo avec envie.

— Vous saviez depuis le début. » Je comprends mieux. L'emploi confortable, les horaires flexibles, le télétravail. Son intérêt inhabituel pour notre vie personnelle.

« Je vous observe depuis un certain temps, tous les deux. J'étais déçu de ne pas réussir à placer des caméras chez vous. Un autre système de sécurité était installé, et le déplacer aurait attiré l'attention sur nous. »

Le système de sécurité de Channing. Je n'aurais jamais pensé être si reconnaissante qu'il l'ait installé.

« Mais ce n'était pas grave. D'après nos informations, il faudrait encore des années à Geo pour devenir assez gros pour être chassé. Pour que son animal s'éveille. Pour avoir enfin accès à son loup.

— Vous êtes un monstre.

— Non, ma chère. Je suis un connaisseur. Et votre fils est un animal. Un animal que nous autres Venatores adorerons chasser. Il sera une excellente source de divertissement, ces prochaines semaines.

— Les Venatores ? C'est comme ça que vous vous surnommez ?

— C'est joli, vous ne trouvez pas ? Et en trouvant une proie parfaite, je deviendrai leur bras droit, leur Lanista. Mais nous rencontrons des difficultés pour faire coopérer Junior, ici présent. Il avait besoin d'être motivé de la bonne manière. Hannibal ? »

M. van den Berg se tourne sur le côté. Le géant se penche pour ouvrir la porte. Puis il vise ma poitrine avec un pistolet.

« Geoffrey, dit M. van den Berg. Si tu ne veux pas que ta mère meure, tu feras ce que je te demande. Mute. »

* * *

C*hanning*

. . .

Renee Rose & Lee Savino

L'employeur de Julia habite dans une grande maison flippante, comme le sale type qu'il est. Voilà le genre de fortune qui finance les activités d'Hannibal.

Je retrouve Buddy à la lisière de la pelouse tondue. Nous voyons un petit parking en contrebas. Trois voitures blindées familières y sont garées. Van der Beurk a dû les acheter en lot.

Buddy est sous sa forme animale. Sa grosse queue poilue tressaute. Une longue bande blanche descend le long de son dos, avertissant quiconque le mettrait en rogne du danger qu'il encourt.

Il n'est pas beaucoup plus gros qu'un putois ordinaire. Pas en gabarit. Mais son jet peut atteindre quinze mètres. Il ne tue pas, mais la victime préférerait sans doute la mort.

Mon loup me dit que je ne peux pas attendre les renforts. Au moins, nous sommes dissimulés par la nuit. « On y va. J'ai besoin que tu coupes le jus. Qu'il n'y ait plus de lumière, plus d'électricité. Si tu arrives à trouver les commandes du système de sécurité, détraque-le. Active les arroseurs automatiques, la totale. Le chaos. Ça couvrira ma progression. »

Le putois de Buddy pousse un petit cri.

Je lui tends une oreillette minuscule. « Tiens. Tu entendras tout ce que je fais. Je te préviendrai si les ordres changent. » Le putois se dresse sur les pattes arrière pour que je puisse la glisser dans son oreille. Je devrai penser à remercier Lance. C'est lui qui a conçu le système de communication assez petit pour être porté par un animal de cette taille.

« Prends ça aussi. » Je lui donne un boîtier de piratage automobile que j'ai trouvé lors d'une opération spéciale. Il le prend dans sa bouche, ce qui lui arrondit la joue. « Pose-le

226

sous un SUV pour moi, O.K. ? » Il nous permettra de pirater l'une des voitures connectées. « Si ta vie est en danger, prends le large. Sauve-toi, c'est compris ? »

Au lieu de crier, il lève la queue. Une menace.

Il me fait comprendre qu'il refuse, qu'il préfère mener la mission à bien que s'en tirer vivant.

Je lui tends le poing, étonnamment ému. « Merci, mon pote. Quand on sera sortis d'ici, tu auras tous les insectes nappés de chocolat que tu veux. Je te les offre. »

Il tape sa patte contre mon poing, ce qui doit constituer le *check* le plus petit au monde, avant de s'éloigner. Je regarde sa vive bande blanche glisser sur l'herbe, puis disparaître sous la voiture. Il lui faudra un moment pour se servir de mon outil afin qu'un véhicule nous attende quand nous devrons partir. Ensuite, il trouvera un moyen de pénétrer dans la forteresse du grand méchant comte von trouduc. Il redécorera un peu pour moi en semant le chaos, comme je le lui ai demandé. À mon signal, il vaporisera des jets pour parfumer l'atmosphère. Il doit y avoir des gardes et des systèmes de sécurité dans la villa, mais Buddy aidera à égaliser les chances.

Hannibal se trouve dans cette maison. Et Geo. Et Julia.

Je m'équipe de mon oreillette, puis me déshabille. Sous mon jean et ma veste en cuir, je porte le boxer conçu pour nous par l'armée.

Je mute et traverse l'étendue herbeuse sans me faire remarquer, mon loup presque couché au sol. Je me recroqueville derrière les SUV, où je trouve des traces discrètes de l'odeur de Buddy : rien de trop fort, juste assez pour me laisser un chemin à suivre, comme des miettes de pain, façon putois.

Les secondes s'écoulent. La lune est un fin croissant au-dessus de ma tête.

De l'autre côté de la propriété, le murmure d'un généra-teur extérieur se tait. Une minute plus tard, toutes les fenêtres éclairées de la maison s'assombrissent.

Je m'élance en direction de la villa.

* * *

J*ulia*

Je regarde le canon du pistolet sans cligner des yeux. Mon monde se résume désormais à ce trou noir et à la chaleur fragile de Geo derrière moi.

Un gémissement s'échappe de sa gorge, mais rien ne se produit.

« Je ne suis pas quelqu'un de patient », grommelle M. van den Berg. L'arme sous mon nez ne bouge pas d'un millimètre.

L'éclairage clignote une première fois, puis une deuxième, et il s'éteint, nous plongeant dans les ténèbres.

La porte devant moi se ferme.

« Qu'est-ce que c'est ? Qu'est-ce qui se passe ? gémit M. van den Berg comme un enfant.

— Monsieur, on doit sortir d'ici, dit le grand type, Hannibal.

— Non, vas-y. Va t'en occuper. »

Hannibal s'éloigne à pas lourds.

Je me blottis contre le fond de la cellule avec Geo. « *Mijo,* à mon signal, j'ai besoin que tu mutes.

— Maman, je ne peux pas. J'ai essayé.

— Bien sûr que si, tu peux. Il n'y a aucun doute. Tu es mon fils. Ton père serait fier de toi. »

Geo pousse un autre gémissement. Je le serre plus fort. « Je suis fière de toi. Tout comme Channing. Il est là, en ce moment, et il a besoin de ton aide. » Il enfouit son visage dans mon cou, tremblant de tout son corps. Je le sens rentrer profondément en lui pour communier avec son loup. Trop longtemps, il a eu peur de son animal. Eu honte d'être si différent de ses amis humains. Il est possible que mes craintes humaines aient contribué à cette honte. Mais à cet instant, je m'en libère.

Channing lui a montré le plaisir de ce qu'il est. Avec Channing, il a apprécié toute la beauté de sa nature de loup. Il a découvert tout un nouveau monde. Puis j'y ai mis un terme. Mais j'avais tort. Mon fils est un loup. Il doit être avec d'autres loups. Et j'ai besoin de Channing.

Voilà. Je l'ai avoué. Je me suis refusé la seule personne qui pourrait changer tout mon monde. Remplir le vide immense laissé par Geoffrey. Alléger le quotidien et le rendre amusant. Me donner du plaisir et de l'amitié. M'aimer.

Tout ça pour quoi ? La sécurité ?

Voilà où ça m'a menée. Nous n'avons jamais été moins en sécurité, et c'est parce que Channing n'était pas avec nous.

« Je sais que tu es là, dis-je à son loup en un murmure. Tu fais partie de notre famille, et là, on a besoin de toi. » Geo acceptera le beau monstre qu'il abrite, tout comme moi.

M. van den Berg tapote son arme contre les barreaux. « Qu'est-ce que vous dites, là-bas ? Taisez-vous, dit-il en me tenant en joue. Vous. Julia. Debout. Il me faut un otage.

— Prépare-toi, *mijo* », dis-je à voix basse en me levant.

La porte s'ouvre.

« Venez », dit M. van den Berg en me faisant signe d'approcher. Je sors dans le couloir, puis bondis sur la droite. Une balle me frôle et s'enfonce dans le mur.

Un grondement résonne dans la cellule, et une ombre fantomatique saute à travers la porte ouverte. M. van den Berg hurle. Son arme tombe bruyamment au sol. Je la ramasse et me redresse.

Un énorme loup se tient au-dessus de M. van den Berg, immobile. Ses mâchoires sont proches de son visage.

« Bon travail. Allons-y. » Je tiens mon employeur en joue pour protéger Geo pendant qu'il vient se placer près de moi. M. van den Berg fait peut-être le mort.

Nous remontons l'escalier sans encombre. Je referme les portes derrière nous, espérant qu'elles se verrouilleront.

Le loup de Geo marche à grandes enjambées à côté de moi. Je garde une main sur son dos, serrée autour de la fourrure épaisse. L'animal est fort et robuste, et je sais que je peux compter sur lui.

Un hurlement se fait entendre au loin. *Channing.* Le loup de Geo court en avant, m'entraînant à sa suite. Je ne lâche pas le revolver et reste vigilante. Je fais confiance à l'odorat de mon fils pour trouver la sortie au bout du couloir.

Une seconde plus tard, il éternue. Une puanteur me parvient également et me met les larmes aux yeux, comme si quelqu'un avait laissé entrer une centaine de putois dans la maison.

Un autre hurlement. Celui-ci paraît plus proche. Channing est quelque part dans la villa. Nous devons le retrouver. Je ne peux pas gagner directement la sortie : elle sera gardée. Nous devons sortir discrètement d'ici.

Je nous fais prendre la direction du hurlement jusqu'à ce que nous arrivions devant une statue. Je la reconnais ; je l'ai vue pendant le tour du propriétaire, le soir de la fête.

« Par là. » J'entraîne Geo vers la droite, et nous traversons une bibliothèque qui sent le cuir et les livres anciens. La porte latérale mène au bureau de M. van den Berg. D'immenses fenêtres se trouvent devant nous. Je m'approche de l'une d'elles en courant et regarde en bas. Nous pouvons l'ouvrir de force et sortir par là. Nous sommes au premier étage, mais des buissons amortiront notre chute.

Des voix résonnent dans le couloir. Je m'accroupis derrière le bureau. Geo se colle contre moi en haletant.

« Par là. » M. van den Berg paraît irrité. Des pas lourds le suivent. « Ne déplacez pas les meubles, lâche-t-il, agacé. Je serai dans mon bureau. J'ai besoin d'un verre. »

La porte du bureau s'ouvre. Mon ancien employeur se dirige vers son minibar. Je retiens ma respiration.

Des coups de feu sont tirés dans une autre partie lointaine de la villa. Les pas se pressent dans cette direction. J'entends d'autres coups de feu.

Puis un grondement grave. Channing se rapproche.

M. van den Berg murmure un juron. Des glaçons tintent dans son verre pendant qu'il décroche un téléphone. « Oui, idiot, il est là, répond-il d'un ton sec à quelqu'un à l'autre bout du fil. Je l'entends tuer tes hommes. » Il raccroche brutalement le combiné et s'approche d'un étui près de la cheminée. « Est-ce que je dois tout faire moi-même ? Je comptais chasser ton neveu, mais tu es bien plus impressionnant. »

D'autres cris. Des balles se logent dans les murs avec des bruits sourds. Un rugissement fait trembler la pièce, suivi d'un hurlement perçant et d'un horrible *splash*. Un grondement nous parvient à travers la porte.

Channing est juste là.

M. van den Berg sort un fusil de chasse de son étui et se redresse pour viser la porte.

Je me lève et me prépare à tirer. « Salut, connard. »

M. van den Berg tourne la tête vers moi.

« Je démissionne », dis-je avant d'appuyer sur la détente.

* * *

C*hanning*

J'entre précipitamment dans le bureau en entendant un coup de feu. Un homme est étendu sur le tapis, immobile, armé d'un fusil de chasse. Julia tient un pistolet à deux mains et respire fort.

Geo apparaît derrière le bureau.

Je reprends forme humaine pour les rejoindre. « Vous allez bien ? Vous êtes blessés ?

— On va bien. » Julia a les yeux écarquillés. Elle tremble et a le teint blême.

Je m'accroupis pour examiner M. van den Berg. Il est mort. Je lui prends son arme.

« J'étais obligée, dit Julia d'une voix tremblante. Il allait te tirer dessus.

— Je sais. Tu as bien fait. Viens là. » Je la serre contre moi. « Vous avez tous les deux bien réagi.

— Il y en a d'autres, dit-elle tout bas.

— Je sais. J'en ai éliminé autant que je pouvais. Buddy se chargera du reste.

— Buddy ? » Elle plisse le nez.

« Il est là. Il nous couvrira pendant qu'on sort d'ici. On s'en va. » Je désigne la fenêtre d'un geste.

Des voix proviennent du couloir. Le loup de Geo fonce

vers la fenêtre et la traverse d'un bond pendant que je protège Julia des éclats de verre. Je la soulève dans mes bras et saute pour atterrir sur la pelouse. Suivi de Geo, je cours vers la forêt.

« Vas-y, Buddy, à toi de jouer », dis-je dans mon micro.

Alors que nous sommes presque arrivés au parking, un rugissement éclate derrière nous. Hannibal se tient à la fenêtre cassée du bureau, encadré par du verre brisé.

Il va nous prendre en chasse. Grâce à ma vitesse métamorphe, j'arriverai peut-être à être plus rapide que lui en portant Julia, mais je préfère ne pas prendre de risque. Hannibal pourrait commencer par attaquer Geo avant de s'occuper de nous.

Je dois rester et l'affronter.

J'aboie à Geo : « Changement de programme. Rejoins le SUV. Buddy, sors d'ici. »

Je pose Julia et passe une main sous le véhicule, où Buddy a laissé le boîtier de piratage. Je m'en sers pour ouvrir la portière sans mal, puis le pose sur le siège conducteur.

« Geo, reprends forme humaine. C'est toi qui conduis.

— Quoi ? Pourquoi je ne conduirais pas ? demande Julia.

— Parce que le tireur doit être passager », dis-je en la guidant vers l'autre portière avant de lui donner l'arme que tenait van der Beurk.

« Et toi ?

— Je vais protéger ma famille. » Je m'accorde un instant pour lui caresser la joue, puis m'écarte du chemin de Geo. « Protège ta mère. Je compte sur toi », lui dis-je pendant qu'il s'installe derrière le volant.

Je me retourne face au monstre qui s'approche lentement de nous. Ses cornes commencent à pousser sur son crâne.

* * *

*J*ulia

Channing traverse la pelouse en courant vers la villa.

Sa démarche est à la fois fluide, comme celle d'un loup, mais aussi incroyablement arrogante.

Le garde massif, Hannibal, sort de l'ombre. Sa tête est surmontée d'énormes cornes. Les coutures de son costume se déchirent en une brusque explosion, et un monstre se trouve soudain à la place de l'homme. Il ressemble à un démon. Et il court vers nous.

« Revanche ! » crie Channing. Il écarte les pieds et prend de l'élan, puis son loup apparaît en une explosion et fonce en direction d'Hannibal. Lorsqu'ils se percutent, le sol tremble.

Je m'accroche de toutes mes forces à la poignée de maintien du SUV tout en tenant fermement le fusil dans l'autre main. Channing et Hannibal sont si rapides que je ne distingue plus que de la fourrure et des cornes.

« J'ai réussi », marmonne Geo, qui manipule l'appareil dont Channing s'est servi pour déverrouiller la voiture. Le moteur s'allume en vrombissant. Sans attendre, Geo appuie sur l'accélérateur. Le SUV avance dans la forêt. Depuis quand sait-il conduire ? Channing lui a-t-il appris ? Je demanderai plus tard.

Je retrouve l'équilibre, ce qui me permet de tenir l'arme à deux mains. Elle est chargée. « Tourne à droite. Je veux être sûre de mon coup.

— Non. J'ai mes ordres. Je dois veiller à ta sécurité. » La voix de mon fils a perdu une octave depuis notre conversation dans la cellule.

Je me dévisse le cou tandis que notre véhicule s'éloigne. Devant la villa, la bête cornue donne des coups de poing vers le sol. Il manque Channing et frappe la terre, laissant un cratère et créant des ondes de choc sous la voiture.

La fois suivante, ses poings percutent Channing. Le loup blanc et brun réussit à s'écarter, mais sa patte arrière le fait boiter.

À pas lourds, Hannibal suit le loup qui clopine.

Un petit corps poilu sort en courant par la porte et bondit pour s'accrocher à la jambe d'Hannibal. Le monstre hurle et frappe l'animal. Le petit corps s'envole.

« Buddy ! » Il est étendu à une cinquantaine de mètres de nous. « On doit l'aider ! »

— On doit s'en aller. C'est ce qu'il voudrait. » La voix de Geo se brise.

Le loup s'est relevé. Il attaque de nouveau en grondant, entraînant la bête cornue dans une danse mortelle. Mais ses crocs et ses griffes ne font rien au monstre. Channing ne peut compter que sur sa vitesse contre Hannibal.

Je dois l'aider.

« *Mijo,* dis-je à voix basse. S'il te plaît. C'est mon compagnon. »

Geo secoue la tête, mais il freine. Le SUV ralentit.

Je lui touche la joue. « S'il m'arrive quoi que ce soit, cours aussi vite et loin que possible. En utilisant toute ta vitesse de métamorphe, d'accord ? Tu peux être plus rapide que n'importe qui. »

Des sanglots lui secouent les épaules pendant qu'il acquiesce.

235

«Je t'aime», lui dis-je avant d'ouvrir la portière du SUV.

* * *

C *hanning*

F ace à Hannibal, je me redresse en m'aidant de mes pattes avant. Il y a une minute, il m'a donné un coup de pied qui m'a brisé le dos. La régénération métamorphe fait picoter ma colonne vertébrale.

La chance ne joue pas en ma faveur pour ce combat. Cet enfoiré n'est pas un métamorphe normal. Il est modifié, je ne sais pas exactement comment. Je n'ai jamais rencontré un métamorphe comme lui. Qui peut faire rebondir une roquette sur son torse et survivre ?

Il est moins rapide que moi, mais je commence à me fatiguer. Mes crocs et mes griffes ne peuvent pas pénétrer sa peau, aussi épaisse qu'une armure. Je dois trouver un moyen de le battre.

Le SUV approche en klaxonnant comme s'il était bloqué dans la circulation new-yorkaise. Il s'arrête en un crissement de pneus entre Hannibal et Buddy.

Bordel, qu'est-ce que... ?

«Hannibal!» crie Julia. Elle se tient sur la pelouse, fragile, sans protection. Elle lève le fusil et vise. *Boum !*

Hannibal pousse un hurlement. Il a pris une balle dans la poitrine.

Elle recharge et vise de nouveau. *Boum !* Une autre

balle, et Julia se tient toujours bien droite. Elle a pris le recul dans l'épaule.

Mon frère serait fier.

Hannibal vacille en tremblant, mais il tient toujours debout. Combien de balles ce fusil de chasse contient-il ? Trois ? Cinq ? J'ai l'impression que van der Beurk attendrait que sa proie soit blessée par ses hommes avant d'intervenir pour donner le dernier coup mortel.

Julia sera sans défense.

Je cours vers Hannibal en rugissant, mais il a déjà commencé à se diriger vers Julia. Elle le regarde froidement et se prépare à tirer ce qui est peut-être le dernier coup.

Boum ! Hannibal titube. Elle lui a tiré dans le torse, avec ce qui pourrait être une balle d'argent. Suffira-t-elle à l'arrêter ?

J'accélère dans leur direction. Le monde ralentit, devient flou. Julia lève le fusil et vise la tête d'Hannibal. Le coup fait reculer l'arme à feu, mais la balle passe en sifflant au-dessus des cornes d'Hannibal. Manqué.

Il rugit et se rue sur Julia comme un taureau enragé. Elle tire encore une fois. La tête d'Hannibal tressaille, comme s'il avait été piqué par un insecte, mais la balle n'a fait que l'effleurer. Il avance toujours.

Et Julia n'a plus de balles. Pétrifiée, elle tient le fusil comme un bâton.

Tut-tut ! Le SUV débarque de je ne sais où et percute Hannibal. L'avant du véhicule s'enfonce, mais Hannibal tombe. Il reste à terre assez longtemps pour que le SUV passe la marche arrière et ouvre la portière pour laisser monter Julia. Elle saute sur le siège passager.

Je savais que les leçons de conduite que j'ai données à Geo dans le plus grand secret se révèleraient utiles. Je demanderai pardon à Julia plus tard.

237

Si je survis à ce combat.

Hannibal se relève vivement et poursuit le SUV en boitant.

Alors que je suis sur le point de le pourchasser pour tenter de l'arrêter, la porte du coffre du SUV s'ouvre. Sous sa forme de putois, Buddy sort le derrière du véhicule et lève la queue.

Mon loup roule et enfonce sa truffe dans la terre juste à temps. La puanteur se répand sur la pelouse.

Hannibal s'effondre en hurlant. Ses cornes creusent des sillons dans le sol tandis qu'il y enfouit sa tête pour échapper à l'odeur.

Le SUV roule vers la forêt. Buddy leur a permis de gagner du temps, mais Hannibal n'est pas encore anéanti. Dès qu'il le pourra, il les prendra en chasse.

C'est à moi de l'arrêter.

Je me remets sur pied et avance vers lui en éternuant, pris de haut-le-cœur à cause de l'odeur nauséabonde. Quand le vent se lève, j'oriente ma truffe vers la brise. Je me précipite vers Hannibal et le renverse à terre, puis je pivote et effectue un nouveau passage pour lui mordre le bras. Je le fatigue. Il est bien plus gros que moi, mais je suis un loup. Et il s'agit de ma famille. Personne ne reste en vie après avoir essayé de s'en prendre à ma famille.

J'enchaîne les attaques, le harcelant encore et encore. Ses poings trouvent mon dos, qui n'est pas encore remis, mais je m'écarte en une roulade pour échapper à la pleine force du coup. Je me retourne de nouveau. Il baisse la tête pour m'encorner. Je recule d'un pas dansant, mais j'ai les flancs entaillés.

Lorsque Hannibal se relève, je vois une occasion d'agir. Les balles d'argent ont causé des dégâts. De la pourriture noire s'étend sur son torse, partant des impacts de balle.

Avec un peu de chance, la peau détruite me permettra d'y enfoncer mes crocs.

C'est le moment ou jamais. Je cours vers lui et bondis à la dernière seconde. Mes canines trouvent la chair en lambeaux, et je ferme les mâchoires. L'argent me brûle les gencives et la langue, mais je ne lâche pas, enfonçant plus profondément mes crocs.

Hannibal fait pleuvoir des coups de poing sur mon dos. Leur force me brise la colonne vertébrale. Une puissante douleur m'envahit.

Mais je tiens bon.

Il m'écrase les épaules et me tire en arrière. J'essaie de résister, mais mes pattes arrière ne fonctionnent plus. Je serre les mâchoires plus fort. De la chair se détache du torse d'Hannibal. Je recule la tête pour cracher avant de le mordre de nouveau.

Je dois protéger ma famille.

Hannibal se dégage, et je m'effondre, épuisé. Mais ma morsure a fait son œuvre. Ses entrailles se déversent, et il se plie en deux pour les contenir. Avec un dernier rugissement, il prend la fuite.

J'essaie de lever la tête, mais elle remue à peine. Tout mon corps est une masse de feu. Du sang inonde le sol autour de moi.

« Channing. » Une odeur de lilas et de lavande m'entoure. Suis-je en plein rêve ?

Non. Julia est là. Elle s'agenouille auprès de moi. « Ah, *Dios.* »

Les ténèbres m'engloutissent peu à peu. Mais je tourne la tête, pour qu'elle soit la dernière chose que je voie.

Chapitre treize

Julia

Je m'agenouille dans l'herbe à côté de Channing, sans oser toucher sa fourrure tachée de sang. Je ne sais pas où le toucher. Hannibal lui a blessé les flancs. Et lui a brisé autant d'os que possible avant de s'enfuir.

Sous mes genoux, le sol est mouillé et noir.

« Tu ne peux pas mourir, dis-je rageusement en retenant un sanglot. Tu viens de revenir.

— Maman ! » crie Geo. Il tente de manœuvrer le SUV embouti vers nous, mais il est trop tard. Les portes de la villa s'ouvrent en claquant, et une file de gardes de sécurité en sort. Je ne peux rien faire pendant qu'ils encerclent le véhicule et se précipitent vers nous, des armes à la main.

Un vent brutal se lève. Un hélicoptère descend au-dessus de nos têtes. Ses pales claquent assez fort pour nous assourdir. S'il s'agit de celui de M. van den Berg, c'est la fin.

Je me penche sur le corps de Channing. « Je t'aime », dis-je en souffle par-dessus les rafales.

Des coups de mitraillette retentissent au-dessus de

nous. Une silhouette vêtue d'un treillis militaire tire depuis le bord de l'hélicoptère.

La rafale de balles atteint les forces en approche, les décime. L'homme tire encore quatre volées de balles en décrivant des allers-retours.

Une fois que l'hélicoptère est suffisamment descendu, deux silhouettes sautent du côté de l'appareil et s'approchent de nous en courant. Armés de mitraillettes, ils traversent le terrain pour nous rejoindre et nous couvrir.

« La voie est libre ! » aboie l'un d'eux.

L'hélicoptère se pose non loin, et les rafales cessent.

Le soldat le plus proche me tend la main. « Madame Sanchez ? Je suis Rafe Lightfoot. » Je reconnais son nom. Il s'agit de l'alpha de Channing.

« Enchantée. » Je ne lui prends pas la main. Je n'ose pas bouger, au cas où Channing serait en train de mourir. Sa poitrine velue se soulève et retombe.

Un homme blond m'adresse un clin d'œil. « Je m'appelle Lance Lightfoot. Et lui, c'est Deke. » De la tête, il désigne le troisième membre de la meute, un grand type entièrement vêtu de noir qui tient toujours son arme en joue. « Et Teddy a piloté l'hélicoptère. Channing, beau travail ! »

— Il est blessé, dis-je d'une voix étranglée.

— Couvre-nous », ordonne Rafe à son frère, qui reprend immédiatement une posture sérieuse pour se tenir prêt à tirer. Rafe se penche, étudiant Channing un moment.

« Pas de balles d'argent. Pas de crâne brisé. Il va bien. Il sera bientôt sur pied, annonce-t-il en secouant la tête. Channing, arrête de faire peur à ta demoiselle. »

Je me tourne et me retrouve nez à nez avec une grosse langue de loup. Channing me lèche le visage. « Ah ! »

Je ris tandis qu'il reprend forme humaine. Il se tient le bras gauche un peu bizarrement, mais il m'attire contre lui de son bras valide jusqu'à ce que je me retrouve sur ses genoux.

« Tu es blessé, dis-je en me tortillant pour éviter de peser sur lui.

— Je vais bien. » Il penche la tête sur le côté et me penche vers lui pour m'embrasser avec fougue. Sous mes fesses, son sexe se dresse. Il vient de se faire rouer de coups, pourtant il est toujours prêt à baiser.

Incroyable.

« Ouais, c'est ça qu'on veut ! s'exclame joyeusement Lance. Ouais, mon gars ! »

Channing détache ses lèvres des miennes. Je me serre contre lui, trop lessivée pour me soucier d'avoir un public.

« Hannibal. Je l'ai eu ? demande Channing en tournant lentement la tête, comme si elle était raide.

— Il s'est enfui », dis-je.

Channing grommelle un juron. Je pose la main sur sa joue.

« Ce n'est pas grave. Tu l'as battu.

— Il n'est pas mort. Cet enfoiré est dur à tuer.

— Tout le monde est mortel. Le tout, c'est de trouver son point faible. » À l'entendre, on dirait que Rafe compte personnellement découvrir le talon d'Achille d'Hannibal et le traquer. « On s'en occupera un autre jour.

— Tu veux que je m'assure que la villa est vide ? demande Lance. On peut s'en occuper avec Deke.

— Euuh...

— Merde, grommelle Deke en nous rejoignant. C'est quoi, cette odeur ?

— C'est Buddy. » Channing doit se sentir mieux, parce qu'il n'a aucun mal à montrer Geo et le SUV du menton. « Il était là en renfort.

243

— Buddy ? Celui qui fait de la surveillance ? Celui qui n'aime pas se battre, Buddy le pacifiste ? demande Lance.

— Celui qui boit et qui pue, répond Channing avec un haussement d'épaules. C'est bien lui.

— C'est comme si la villa était déjà vide, dit Rafe. J'ai passé un coup de fil pour organiser une frappe aérienne. Je pense qu'un incendie domestique a dégénéré et détruit la propriété. Une ligne de gaz a sauté, et le feu était tellement brûlant qu'aucun corps n'a été retrouvé.

— Tragique. » Channing sourit, ce qui fait apparaître les fossettes que j'aime tant.

« Attendez, dis-je. Monsieur van den Berg a parlé d'une commande. Il n'était pas seul. Ils se surnomment les Venatores.

— Les Venatores ? répète Rafe en se frottant le menton.

— On a besoin de preuves. Il y a peut-être des informations dans les ordinateurs, ou en bas, dans le cachot.

— Le cachot ? répète Lance.

— Plus tard. Je veux ramener ma famille en sécurité à la maison, dit Channing en me lançant un regard brûlant.

— Vas-y, lui répond Rafe. On fera un débrief plus tard. » Channing se lève, puis il m'aide à faire de même.

« Attention ! » Je m'inquiète de le voir faire des efforts, mais il se penche, me soulève et me jette sur son épaule.

Je frappe ses fesses musclées en criant jusqu'à ce qu'il me pose. Geo se jette dans les bras de son oncle, et Channing nous étreint tous deux en un câlin de groupe.

Depuis la banquette arrière du SUV, Buddy nous salue.

« C'était incroyable ! s'écrie Geo. Tu étais, genre, *grrr* ! Et lui, il rugissait ! Et ensuite, je l'ai percuté...

— Bon travail, petit, le félicite Channing en lui tapant dans le dos. Tu t'es bien débrouillé. Allons te trouver une tenue de rechange.

— Hé, maman, je peux conduire pour nous ramener à la maison ?

— Non ! » Je regarde Channing en secouant la tête.

Ses fossettes réapparaissent. « J'ai une idée. Vous êtes déjà montés dans un hélicoptère ?

— S'il te plaît, on ne peut pas prendre un Uber, tout simplement ? » J'éclate de rire.

* * *

C *hanning*

F inalement, j'emprunte un SUV blindé pour ramener Julia et Geo à la maison. Avant notre départ, Teddy a sorti un sac de l'hélicoptère et m'a donné des vêtements, ainsi qu'à Geo. Buddy n'a pas voulu que je le ramène ; il m'a assuré qu'il souhaitait participer à la mise à sac de la villa.

Pendant le trajet jusqu'à la maison, Rafe m'appelle sur le téléphone prépayé qu'il m'a donné. Kylie s'est déjà mise à l'œuvre pour accéder aux données sur les ordinateurs de van der Beurk. Les preuves trouvées chez lui confirmeraient l'existence d'un vaste réseau de Venatores, mais nous avons besoin d'en savoir plus.

« C'est un combat pour un autre jour, déclare Rafe. Bien joué, soldat. Rentre à la maison et reste avec ta famille. C'est un ordre.

— Oui, chef. »

Je vois Geo écouter avec attention et se redresser légèrement lorsque je l'appelle chef. Je m'aperçois que j'ai peut-être un rôle à jouer pour lui servir d'exemple. C'est ce que Geoffrey aurait fait pour lui.

« Si je me suis engagé dans l'armée, c'est par rapport à ton père, dis-je en lui jetant un coup d'œil dans le rétroviseur. Parce que je voulais être le même genre de personne qu'il était. Quelqu'un d'honorable et de courageux.

— Tu es cette personne », dit Julia. Elle tend le bras et me serre la main. Je lève ses doigts jusqu'à mes lèvres pour les embrasser. Apparemment sans se soucier que Geo l'entende, elle poursuit : « Je suis désolée de t'avoir demandé de partir. Je suis toujours terrifiée pour ta sécurité et celle de Geo, mais ce n'était pas une solution que tu t'en ailles. J'essayais de protéger mon cœur, mais ce n'était pas moins douloureux que s'il t'était arrivé quelque chose. »

Je m'arrête devant chez elle. Geo sort du véhicule et se précipite vers la porte, sans doute pour nous accorder de l'intimité.

J'éteins le moteur et me tourne dans mon siège pour la regarder. « Julia. Je sais que je ne peux pas prendre la place de Geoffrey.

— Je ne veux pas de Geoffrey », laisse-t-elle échapper. Je hausse les sourcils. « Je veux dire, Geoffrey est mort. C'est toi que je veux, Channing. Imprudent, adorable. Toi. Je n'ai pas besoin que tu sois comme Geoffrey ou n'importe qui d'autre. »

J'essaie de déglutir, mais ma gorge est trop nouée. D'une voix rauque, je demande : « C'est vrai ?

— Oh, oui. C'est toi que je veux. » Elle soutient mon regard. Je sens une douce chaleur se diffuser dans mon ventre et tout le haut de mon corps.

Je ne sais pas pourquoi je n'arrive toujours pas à y croire. En montrant mon torse, je demande : « Tu veux de moi ?

— Tu veux bien rester, Channing ? S'il te plaît ? » demande-t-elle en clignant des yeux, qui s'emplissent de larmes.

Je sors du SUV et en fais le tour en vitesse sans même prendre la peine de fermer ma portière. Dans ma hâte d'ouvrir celle du côté passager, je l'arrache presque de ses gonds.

« Viens ici. » Je soulève Julia du siège du SUV. Elle serre ma taille entre ses jambes et dépose des baisers sur mon front pendant que je la porte à l'intérieur.

J'entends Geo à l'étage, sous la douche. Je porte Julia dans la salle de bains au rez-de-chaussée et la pose seulement le temps de la déshabiller.

« Tu ne m'as pas encore répondu », dit-elle pendant que j'enlève mon boxer de métamorphe et fais couler l'eau de la douche.

J'éclate de rire. « Vraiment, tu n'es pas sûre ? Tu crois qu'il y a quoi que ce soit au monde que je ne ferais pas pour toi ? »

Elle ne me rend pas mon sourire. Son regard glisse sur mes blessures qui cicatrisent encore. Sur le sang séché qui tache ma peau. Ses yeux bruns s'emplissent de chaleur.

J'ouvre la porte de la douche et penche la tête vers l'eau, mais elle ne bouge pas.

« Marque-moi. »

Je me fige, mon sexe dressé comme un bâton. Pendant un instant, je suis incapable de parler. Voilà deux mots que je ne pensais jamais entendre un jour. Que je ne m'étais même jamais autorisé à espérer entendre. Dont je n'aurais jamais pensé être digne.

« Tu es sûre ? » Je parviens à peine à articuler les mots. Ma voix est prise de trémolos ridicules.

« Oui, j'en suis sûre. Je veux être à toi, Channing. Que tu me revendiques. Que tu me marques. Que tu m'épouses.

Je veux que tu restes. Ou... étant donné que je n'ai plus d'emploi, on pourrait aller ailleurs. Peut-être à Taos ? Pour que Geo fasse partie d'une communauté de métamorphes ? »

Que le ciel me vienne en aide. J'ai envie de tomber à genoux et de pleurer comme un bébé. Mais je m'approche de ma femelle et la soulève pour la porter dans la douche, où je la plaque contre le mur et lui donne un baiser brûlant.

« Je te veux, Channing, murmure-t-elle quand je m'écarte.

— Merde. » Ce n'est pas mon moment le plus éloquent, mais je suis au-delà des mots. Je n'ose y croire. Je lui embrasse le cou, passe la langue sur ses seins. Je me penche pour lui soulever un genou et la goûter.

En maintenant son bassin contre les carreaux, je l'assaille de ma langue sans relâche, la stimule, la lèche et la pénètre.

Elle me saisit la tête en gémissant. Pousse un cri. Rapproche ma bouche. Je lui lèche le clitoris de la pointe de la langue, puis réussis à le prendre entre mes lèvres pour le sucer. Julia se cambre brusquement. Je la pénètre de deux doigts et lui caresse l'intérieur du sexe en continuant mes attentions de ma bouche. Lorsqu'elle jouit, son désir se répand sur ma langue.

« Marque-moi. »

Merde.

Je me redresse et me tourne pour me mouiller rapidement sous le jet d'eau. Je souhaite être propre pour elle. Digne de ma belle compagne.

J'ai de grands projets, comme éteindre l'eau et la porter sur le lit, mais dès qu'elle me touche le sexe, j'oublie mon prénom.

Je me colle contre elle, lui fais lever un genou au niveau

de ma taille et avance le bassin. Je suis instantanément perdu.

Instantanément trouvé.

Instantanément à elle.

Ma vie entière se déroule et s'écroule pour se résumer à ce seul instant. Cet apogée. Ce commencement extasié.

Je ne sais pas vraiment ce qui se passe ensuite. Je la possède vigoureusement, nos corps remuant ensemble. Nous crions à l'unisson. Elle parle, mais je ne comprends pas les mots. Elle scande quelque chose.

Oh. Oh, par le ciel.

« J'ai besoin de toi, j'ai besoin de toi, j'ai besoin de toi. »

Mes mots préférés.

« Je suis à toi », dis-je d'une voix rauque.

Puis tout se produit à la fois. Mon orgasme. Le sien. Je baisse la tête et enfonce les dents là où son épaule rencontre son cou. Elle hurle. Nous continuons nos mouvements. Continuons de danser. Je lui donne des coups de reins jusqu'au bout, jusqu'à la fin de nos orgasmes. Jusqu'à ce que j'aie refermé ses plaies en les léchant et en lui embrassant la peau tout autour de ma morsure.

« Je suis désolé, dis-je tout bas. Je suis vraiment désolé. Je sais que ça fait mal.

— Ce n'est pas grave, murmure-t-elle. Je vais bien. » Elle hoche la faiblement la tête. « J'ai l'impression... que c'est exactement ce qu'on devait faire. »

J*ulia*

Channing fait griller des steaks sur la terrasse couverte pour préparer des hamburgers. Torse nu, comme d'habitude. Nous avons invité les membres de sa meute. Buddy, Rafe, Lance, Deke et Teddy sont également rassemblés à l'extérieur. Ils discutent fort sur un ton amical. Se lancent des vannes. Rient.

Geo entre dans la cuisine pendant que je prépare une salade. « Tu as besoin d'aide, maman ? »

J'ai entendu Channing lui dire de venir me poser la question, mais je suis néanmoins émue. Geo a tellement changé. Le collégien mal à l'aise et sur la défensive a disparu.

Il a l'air bien dans sa peau.

Ou plutôt, bien dans sa fourrure, peut-être.

Je soupçonne fortement que cette transformation a eu lieu parce que Geo a trouvé son loup et sent qu'il fait partie d'une meute. En dépit de la terreur que j'ai éprouvée hier soir, je n'ai jamais vu mon fils si joyeux. Il a adoré se retrouver au cœur de l'action. Il en est ressorti grandi, en vérité.

« Tu peux apporter des serviettes et des assiettes en carton dehors ? Et, attends, je voulais te parler une minute, dis-je en le regardant par-dessus mon épaule. Channing et moi…

— Je sais, m'interrompt-il. Il t'a revendiquée. »

Je hoche la tête. « Tu sens la différence ?

— Ouais. Maman, ça ne me dérange pas.

— Quoi donc ?

— Oncle Channing et toi. Je pense que c'est bien. Il est super. »

Mon soulagement est tel que j'en ai les jambes coupées. « Mon chéri, personne ne remplacera ton père, mais...

— Ça va. J'aime savoir que vous êtes ensemble.

— Merci, *mijo.* » Je pose un oignon rouge sur la planche à découper et commence à le couper en tranches pour les hamburgers. « Donc, ça m'amène au sujet suivant.

— Quoi, maman ? » Geo s'approche et s'appuie contre le comptoir.

« On n'est pas obligés de décider tout de suite, mais j'aimerais que tu réfléchisses à quelque chose. Tu préférerais rester ici, à Flagstaff, ou déménager à Taos pour vivre près de la meute de Channing ? »

Je m'attendais à ce qu'il rechigne à l'idée de quitter ses amis. Le persuader d'accepter de changer d'école a été un effort de longue haleine. Mais il semble déjà avoir pris sa décision. « Taos, c'est sûr ! »

Je prends une inspiration, surprise. Je sens la même allégresse que Geo m'envahir.

« Ah oui ? » Je pose mon couteau pour le serrer dans mes bras.

Au lieu de me repousser, comme il en a coutume depuis un an ou deux, il rit à voix basse et me tapote le dos, un peu gêné. « Et toi, c'est ce que tu veux aussi ?

— Eh bien, je pense qu'un changement nous ferait du bien. Un nouveau départ, après tout ce qu'on a enduré. » Je ne parle pas seulement de ce qui s'est passé avec M. van den Berg. Je parle d'avoir perdu Geoffrey. De la solitude et l'isolation que j'ai connues, en plus de l'amour.

Je m'écarte de Geo au moment où Channing entre avec un plateau sur lequel sont empilés des steaks hachés. Les cinq hommes le suivent, et ma maison paraît soudain minuscule.

Je leur indique les assiettes, les pains et les condiments sur l'îlot central de la cuisine. « J'ai discuté avec Geo, et on aimerait déménager à Taos avec toi, dis-je sans préambule.

— Ah oui ? » Channing sourit jusqu'aux oreilles.

« C'est super, déclare Rafe. On espérait t'entendre dire ça. Enfin, je n'avais pas prévu de perdre Channing dans l'équipe. Mais mer… mince, ça nous manque de l'avoir sur la base. » Rafe rattrape son juron à la dernière seconde. Il jette un coup d'œil à Geo. « Et ce sera aussi agréable d'avoir du sang frais.

— Certainement pas, dis-je tout de suite. Enfin, rien de dangereux. Pas mon fils. » Je pose la salade au milieu de l'îlot avec le reste des condiments.

Rafe prépare trois hamburgers. « Bien sûr que non. Je le surveille. La meute le protégera. On vous protégera de nos vies. »

J'inspire doucement. Je déteste toujours savoir qu'ils sont entourés de danger. Je n'arrive pas à imaginer perdre Channing comme j'ai perdu Geoffrey. Mais après l'avoir vu si gravement blessé, puis la vitesse à laquelle il s'est remis sur pied, je me sens rassurée.

Et je ne peux lui refuser ce qu'il est : un guerrier assoiffé de risque, ce qui me rendra sans doute toujours nerveuse. Mais je peux vivre avec cette anxiété. Elle est bien mieux que l'alternative. Je ne souhaite plus jamais revivre ces terribles heures, après avoir demandé à Channing de s'en aller. Quand j'ai commis la pire erreur de ma vie.

Comme s'il devinait mes pensées, il passe un bras autour de ma taille et me presse contre ses abdos durs comme l'acier. « Geo est bien plus en sécurité dans une meute », murmure-t-il. Je hoche la tête.

Mon intuition me l'a déjà affirmé.

« Si vous décidez de garder cette maison, je la surveillerai pour vous, propose Buddy.

— On la garde », déclare Channing d'un ton ferme. Puis il me regarde, les sourcils haussés. « Enfin, je pense qu'on devrait la garder. Il y a un bel espace pour courir. Et la maison me rappelle Geoffrey. »

Mes yeux s'emplissent de larmes. « Est-ce qu'on aura besoin de l'argent pour acheter une maison à…

— J'ai plein d'argent, me répond-il en secouant la tête.

— D'accord. Super. » Ça rend le besoin de trouver un nouvel emploi un peu moins urgent. Je pourrai peut-être réintégrer le secteur associatif, désormais. Je me tourne vers Buddy. « Tu accepterais d'habiter ici ? J'aimerais que quelqu'un vive dans la maison.

— Oh, merde, volontiers ! s'exclame Buddy, ravi. Euh… mince, je veux dire. Je resterai volontiers ici.

— C'est mieux que dormir dans ton terrier, non ? » lui demande Channing en souriant.

Je plisse le nez en fronçant les sourcils, sans savoir s'il s'agit d'une façon de parler ou d'une remarque littérale. « Attends… Tu as dormi sur ma propriété sous ta, euh… ta forme animale ?

— Seulement parce que Channing me payait pour garder un œil sur vous, répond-il en haussant les épaules. Et c'est moins cher qu'être proprio. » Il penche la tête sur le côté. « J'habite dans ma voiture. »

J'ai une foule de questions. Où et comment se douche-t-il, par exemple ? Mais je les réserve pour une autre fois.

« Bienvenue dans la meute, me dit Lance juste avant de prendre une énorme bouchée de hamburger. À vous deux. »

Deke fait écho à son sentiment d'un grognement.

Geo leur sourit. Je ne l'ai jamais vu aussi à l'aise dans une pièce remplie d'adultes.

« Merci. Merci d'être venus sauver mon fils », dis-je, soudain au bord des larmes.

Channing me serre contre son flanc et m'embrasse le crâne.

« Toujours », répond Rafe. Le reste du groupe murmure son assentiment entre deux bouchées.

Même si je ne suis pas métamorphe, je me sens moi aussi à l'aise parmi ce groupe, même s'ils sont presque des inconnus. Je suis certaine que même sans me connaître, sans rien savoir de moi, sinon que je suis la compagne de Channing, ils sont prêts à m'accueillir parmi eux, à tout partager avec moi. À risquer leurs vies pour moi.

C'est ça, avoir une famille. Ce qui me manquait si cruellement. La raison pour laquelle j'en voulais à Channing d'être absent.

À présent, j'ai tout ce dont je pourrais rêver : Channing. Mon fils qui s'épanouit. Une nouvelle famille. Avec un peu de chance, de nouveau un travail que j'adore dans le secteur associatif. Un nouveau départ.

Channing me donne une assiette qu'il a remplie pour moi. Comme toujours, il est attentionné. Il prend soin de moi. Cet homme sublime, sauvage et un peu excentrique m'a choisie pour compagne.

Je ne me suis jamais sentie si aimée.

Si chanceuse.

Épilogue

Julia

Le vent fait bruisser ma jupe pendant que j'avance sur le chemin de randonnée. Déjà essoufflée, je ne regrette pas d'avoir mis des chaussures de marche.

« Tu n'étais pas obligée de porter une robe, me dit Channing en me tenant le bras pour m'aider à garder l'équilibre.

— J'en avais envie. » Le tissu blanc fluide est parfait pour la journée chaude. Je me sens jolie dans cette robe décorée de fleurs brodées à la main et dont la coupe dénude une de mes épaules. « On n'était pas non plus obligés d'organiser la cérémonie au sommet d'une montagne.

— Ce n'est qu'une grosse colline. Tu veux que je te porte ?

— Je te l'interdis », dis-je d'un ton sévère. Mais je ris, ce qu'il prend comme un encouragement.

Il me soulève, moi, ma robe fluide, mes chaussures de marche et ma coiffe à fleurs, et gravit la montée en me portant. J'arrive à mon propre mariage dans les bras du marié.

Tous les membres de la meute de Channing sont là avec leurs compagnes. Lance porte sa petite fille. Sadie est appuyée contre son compagnon imposant, Deke, qui a passé ses longs bras autour d'elle pour poser les mains sur son ventre. Je parie qu'au même moment l'année prochaine, d'autres bébés feront partie de la meute.

Geo vient nous saluer. Il est magnifique dans son smoking.

« Joli costume de pingouin, le taquine Channing en lui tapant dans le dos.

— Arrête, dis-je. *Mijo,* tu as l'air d'un homme.

— Tu as les alliances ? »

Geo hoche la tête avec sérieux pour répondre à la question de Channing. On dirait vraiment un adulte.

Des larmes me brûlent les yeux. « Je ne pleurerai pas », dis-je à Adèle, qui rit à voix basse. Elle tient mon bouquet. Ces derniers mois, nous sommes devenues très proches. C'est elle qui m'a aidée à obtenir une place de juriste à la mairie de Taos. Je me demande comment elle a réussi à arriver ici avec ses superbes bottes à talons hauts.

« Vous êtes prêts à commencer ? » demande Rafe, prenant les commandes. Il adresse un signe de tête à Buddy, qui a obtenu le certificat nécessaire pour tenir le rôle de l'officiant. Il est très élégant, aujourd'hui. Le smoking met en valeur sa chevelure noire et blanche.

Même si tous les métamorphes peuvent m'entendre, je murmure à Channing : « Attends. Je veux les voir. »

Il m'entraîne jusqu'à un sapin solitaire au milieu des rochers. « Ici. » Il s'accroupit et me montre de vieilles griffures sur l'écorce nue. Des griffures plus récentes se trouvent à côté d'elles. « Geo les a faites ce matin, me dit Channing. Mais les anciennes sont celles de Geoffrey. »

Je me penche et place les mains sur les marques, les

anciennes et les nouvelles, le temps d'une prière de remerciements. *Geoffrey, merci pour ton amour. Nous continuons sur la base que tu nous as donnée, une famille dont tu serais fier.*

Le vent se lève et soulève mes cheveux. Emplie d'un sentiment de paix, je me redresse et prends la main de Channing.

« C'est pour ça que tu voulais qu'on se marie ici ?

— Je les ai trouvées ce matin, me répond-il en haussant les épaules. J'ai choisi cet endroit pour la vue. »

Ce n'est qu'une fois que nous nous tenons devant Buddy, face à nos amis et notre famille, que je découvre la vue dont Channing parlait. Nous avons pris assez de hauteur pour voir les montagnes au loin, mais ce n'est pas ce qui attire le regard. Au pied de la colline, ma maison est nichée dans les sapins. La maison que Geoffrey a achetée. Celle dans laquelle nous sommes devenus une famille — Geoffrey, Geo, Channing et moi. Là où j'ai vécu avec mon compagnon, et là où je l'ai perdu, puis en ai trouvé un autre. Là où j'ai élevé mon fils. Il s'agit d'un lieu empreint d'amour et de rires, de paix et de satisfaction.

Nous avons gardé la maison parce qu'il s'agit d'un lien avec Geoffrey. Avec le passé. Mais nous avons tourné la page.

Channing est mon avenir.

Mon nouveau chez-moi.

Ma famille.

Fin

Renee Rose & Lee Savino

Merci d'avoir lu *L'Ordre de l'Alpha* ! Si vous avez aimé ce livre, nous vous serions reconnaissantes de laisser une évaluation ou un commentaire ; ils sont très importants pour les auteurs indépendants. Vous en voulez encore ? Découvrez la série des *Loups-garous de Wall Street* !

Les Loups-Garous de Wall Street

Grand Méchant Patron

Minuit
de Renee Rose et Lee Savino

B ienvenue à Wall Street, où les loups-garous vous dévoreront toute crue.

C hapitre Un

Madi

Harvard me court après. Yale m'a acceptée. Même ma fac d'origine, Princeton, dit qu'elle est prête à m'accueillir pour un Master. Mais poursuivre mes études supérieures alors que mon frère envisage d'abandonner les siennes serait déraisonnable, surtout quand les relations que je me suis faites à Princeton me permettent de trouver un boulot avec un salaire à six chiffres à Wall Street et de financer les études de mon frère.

La salle d'attente du bâtiment des ressources humaines

de MoonCo est pleine à craquer de jeunes professionnels à l'air compétent qui semblent prêts à me poignarder.

J'ai déjà passé une batterie de tests à l'écrit, y compris les mots croisés du *New York Times* d'aujourd'hui, que j'ai mis moins d'une minute à terminer, vu que je les avais déjà résolus dans le métro qui m'a conduite à Manhattan.

Je porte la tenue idéale pour le poste. J'ai sorti ma robe bleue préférée du fond de mon placard, et je l'ai rendue encore plus chic en l'associant à un blazer, choisi quand j'ai reçu cette proposition d'entretien douze heures après la lettre refusant une bourse d'études à mon frère.

Lorsque mon nom est appelé, je lisse ma veste et me tiens bien droite, prête à assurer. Les escarpins que je porte me font un mal de chien, même si aux yeux des autres prétendants au poste, je suis aussi à l'aise que sur un podium. Une assistante, sans doute éduquée à Harvard, me guide jusqu'à la salle d'entretien de MoonCo.

— Madison Evans, c'est ça ? Je suis Geneviève Small, vice-présidente des ressources humaines.

— Enchantée de vous rencontrer, Mme Small, dis-je en pénétrant dans la salle de réunion.

Je lui donne une poignée de main ni trop ferme, ni trop molle, et je m'assois. Bosser à Wall Street n'a jamais été mon rêve. Plutôt un anti-rêve. Alors je parviens à traverser la pièce avec assurance et professionnalisme, et sans une once du trac que les autres candidats tentent de dissimuler.

— Vous venez d'obtenir un diplôme à Princeton avec les honneurs, dit Geneviève en consultant le dossier que lui a donné son assistante.

— Oui.

Je n'en dis pas plus. Ça fait partie de mon jeu de pouvoir. Je répondrai aux questions, mais je ne chercherai pas à me vendre à tout prix.

— Vous avez fréquenté Landhower.

Elle fait référence à mon lycée privé pour gosses de riches. Celui que j'ai seulement pu me permettre grâce à un *donateur anonyme* - sans doute mon père anonyme.

— Moi aussi, je suis passée par ce lycée.

Je le savais déjà, car j'ai bien fait mes devoirs, mais cela m'aidera sûrement à décrocher le poste. C'est comme ça que les riches fonctionnent. Elle me prend pour l'une des leurs : la fine fleur de Manhattan. Elle ne sait pas que tous les gamins et presque tous les professeurs de Landhower me snobaient parce qu'ils savaient que je n'y étais pas à ma place. J'ai beau avoir l'intelligence qu'il faut, je n'ai jamais eu le bon pedigree. Ou en tout cas, pas un pedigree officiel, grâce à mon bon à rien de père.

Peu importe.

— Allez les Requins ! dis-je, scandant la devise de notre école avec un demi-sourire pour masquer mon ton ironique.

Elle n'est pas stupide. Elle plisse légèrement les yeux en me dévisageant, comme si elle tentait de déterminer si je me foutais d'elle. Je prends une expression un peu plus aimable.

J'ai réellement besoin de ce boulot.

Je suis sûre que cette femme est comme les snobinardes coincées de ma classe, au lycée. Celles qui sortaient avec les joueurs de crosse et qui conduisaient des voitures décapotables rouges offertes par leurs parents. Celles qui après un regard sur mon sac à dos élimé et mes Converses, me faisaient comprendre qu'elles savaient bien que la seule raison de ma présence parmi elles, c'était le job de ma mère dans l'établissement.

— Vous postulez à une place d'assistante pour un membre de la direction. Ce travail est intense et requiert de se forger une cuirasse, d'être vif d'esprit et méticuleux.

Chaque instruction ne vous sera donnée qu'une fois ; pour le reste, vous devrez prendre des initiatives.

— D'accord, dis-je d'un air faussement nonchalant.

— Il y aura peut-être des heures supplémentaires et des déplacements à prévoir. En gros, vous devrez être sur le qui-vive en permanence. Ce n'est pas un poste compatible avec des obligations familiales ou une vie sociale très riche. Vous n'aurez pas beaucoup de temps libre.

— Ce n'est pas un problème.

— Dites-moi ce que vous avez fait pour préparer cet entretien.

Je la regarde droit dans les yeux.

— J'ai fait des recherches sur chaque membre de l'équipe de direction, à commencer par le PDG, Brick Blackthroat, et en finissant par vous. J'ai cherché tout ce qui pouvait me renseigner sur l'environnement professionnel auquel je pouvais m'attendre, ainsi que nos points communs éventuels, comme notre ancien lycée.

Elle plisse de nouveau les yeux, comme si elle doutait soudain que je sois passée par Landhower.

— Qui était votre professeur préféré, à Landhower ?

— Le Dr Anderson, le prof d'anglais et de débats, réponds-je sans hésitation. Il m'a appris à réfléchir par moi-même et à défendre mes idées, même lorsque personne ne les partage.

— Et à Princeton ?

— Le Dr Brown, sociologie. Elle m'a appris à aborder un problème sous tous ses angles.

— Ah, oui. J'ai reçu un message vocal du Dr Brown, qui vous recommandait pour ce poste.

Je lui ai demandé de me rendre ce service hier soir. Juste après avoir promis à ma mère de trouver un moyen pour payer les études de Brayden.

Geneviève Small jette un regard à son dossier.

— Votre CV mentionne que vous avez été acceptée par Harvard et Yale pour continuer vos études, mais que vous avez décidé de ne pas donner suite. Pourquoi cela ?

— Honnêtement ? Mon petit frère n'a pas obtenu la bourse d'études que nous espérions, et il faut que je l'aide. En plus, les salles de classe m'ennuyaient. Je suis prête pour quelque chose de plus palpitant et exigeant, comme Wall Street.

Elle hausse un sourcil et me jette un regard scrutateur, comme si elle cherchait à déterminer si je disais la vérité.

La première partie est vraie. La deuxième, seulement ce que j'espère qu'elle veut entendre.

— Comment gérez-vous les personnalités tyranniques, au travail ?

— Je pose des limites claires, et je ne me fâche jamais. Je ne crois pas qu'il faille répliquer, je préfère esquiver, réponds-je avec un sourire mutin.

Elle ne laisse rien transparaître.

— Quel est le résultat de 3 puissance 12 ?

Je fais un rapide calcul de tête.

— Bon, 3 puissance 12 pourrait être réduit à 3 puissance 4 puissance 3. 3 puissance 4 nous donne 81. 81 au carré fait, euh... 80 au carré plus 80, plus 80 plus 1, égalent... 6561. Et ensuite, il faudrait que je multiplie ce nombre par 81. Argh. Vous voulez un nombre exact, ou une estimation ?

— Poursuivez.

— Très bien... Je le découperais en 6560 plus 1 fois 80 plus 1, ce qui donnerait 6560 fois 80 plus 6560 plus 80 plus 1. Donc, 656 fois 8 égal, euh... 5248. On ajoute deux zéros, plus 6560, plus 80, plus 1. Ça fait, euh, 531 441.

Je souffle.

— Mais en temps normal, je me servirais sans doute d'une calculatrice, ajouté-je.

Je serre les genoux, prête à ce qu'elle me demande de compter le nombre de fenêtres de New York ou un autre problème insensé, mais elle semble satisfaite.

— Si vous décrochez ce poste, vous réalisez que vous devrez commencer dès demain matin, n'est-ce pas ?

Je hoche la tête.

— Oui. On me l'a dit lorsqu'on m'a rappelée pour l'entretien. Commencer demain n'est pas un problème.

— Bien.

Elle se lève, marquant la fin de l'entrevue.

— Quand aurai-je la réponse ?

Elle jette un coup d'œil à son téléphone.

— Avant minuit.

— Minuit. D'accord. Disponibilité permanente. Je vois.

— Je vais être honnête avec vous, la description de poste a beau sembler en dessous de vos compétences, c'est la fonction que j'ai le plus de mal à pourvoir de façon durable.

— Le patron est exigeant ? demandé-je calmement.

— Très.

Je vois une lueur d'humanité en elle, comme si nous forgions déjà des liens à cause de son connard de chef. Je me demande s'il s'agit du beau, mais notoirement cruel Brick Blackthroat, le PDG.

Eh bien, j'ai connu un paquet de connards. Pour Brayden, je suis prête à tout subir. Il mérite d'avoir accès à la meilleure des éducations, comme moi.

— Aucun assistant n'a encore tenu plus de trois mois, me confie Geneviève Small.

— Je suis prête à relever le défi, affirmé-je.

Elle se lève et me serre froidement la main.

— Croyez-moi, vous n'êtes pas prête du tout.

Chapitre Deux

Brick
La vue depuis le bureau directorial chez MoonCo donnerait le tournis à un homme moins aguerri, à un humain. Le gratte-ciel est tellement haut qu'il se balance avec le vent. Mais c'est le prix à payer, quand on veut se retrouver au-dessus de tout et avoir Manhattan à ses pieds.

Là-haut, il est aisé d'oublier que l'on est mortel. Il est facile de se prendre pour un dieu.

Une ombre apparaît sur la vitre lorsque Billy, mon bras droit, se place à mes côtés.

— On y est presque, me dit-il à voix basse.

Je sais qu'il fait référence au serment que nous nous sommes fait il y a des années, dans notre dortoir à la fac, le pire jour de ma vie. Le jour où mon père a été assassiné et où nos ennemis ont détruit tout ce qu'il avait construit.

— Presque, grondé-je.

Nous fixons tous les deux du regard l'immeuble en face de nous. L'immeuble que nos ennemis ont bâti pour nous narguer.

— On touche au but, insiste-t-il en me donnant une tape sur l'épaule. Les Aduwulf ne vont rien voir venir.

Je pivote et prends place en tête de table. Billy va ouvrir la porte pour annoncer le début de la réunion. Les autres membres de l'équipe de direction commencent à entrer.

C'est là que je la remarque. Une douce odeur, fraîche et citronnée, mais aussi complexe que la noix de muscade. À s'en lécher les babines.

J'ai bien envie d'exploser. Le parfum et l'eau de Cologne sont interdits sur notre lieu de travail. C'est stipulé noir sur blanc sur le manuel de bienvenue, pratiquement dès la première page. Billy prend un malin plaisir à renvoyer les nouveaux venus qui l'oublient.

Mais il ne s'agit pas de parfum. C'est l'odeur naturelle de quelqu'un. Mais qui ?

Là, près de l'ascenseur.

La Nouvelle.

J'ai renvoyé ma secrétaire vendredi, ce qui signifie que son assistante, Indira, a grimpé un échelon, et qu'une jeune diplômée avec des étoiles plein les yeux vient de remplacer cette dernière.

Une jeune femme observe froidement la pièce. Elle ressemble à n'importe quelle assistante. Jeune, profession-nelle. Elle a un carré court et brun ainsi que des lèvres rouge vif.

Mais son odeur... je la hume et savoure ses notes olfactives.

Noix de muscade et agrumes. Une pointe de quelque chose d'exotique, peut-être, comme de l'encens.

— Qui c'est ? demande Billy.

Il se laisse tomber dans sa chaise et se penche en arrière pour la faire tenir en équilibre sur deux pieds, un exploit dont aucun humain ne serait capable. Face à mon regard meurtrier, il laisse retomber sa chaise dans un bruit sourd.

— La nouvelle secrétaire de ta secrétaire ?

Il était là quand j'ai viré l'ancienne. J'enchaîne les assistantes comme Billy enchaîne les plans cul.

— Sans doute, réponds-je.

— Tu veux que je la fasse venir ? me demande-t-il.

— Oui.

En temps normal, je dirais non. En temps normal, je ne lui adresserais pas la parole avant d'avoir besoin de quelque chose. Mais je veux étudier cette odeur de plus près.

Billy jette un regard à Indira et montre La Nouvelle du doigt. Il agite l'index, comme s'il était agacé qu'Indira ne soit pas déjà venue la présenter. Il est presque aussi doué que moi pour faire trembler les employés.

La Nouvelle ne semble pas effrayée, cependant. Je la regarde suivre Indira à travers la pièce. Dès que son odeur me frappe de plein fouet, j'ai envie de la lécher de la tête au clitoris.

Drôle de réaction, face à une humaine.

Elle n'est même pas agréable à regarder. Enfin, elle est jolie, mais elle n'a aucune douceur ou souplesse. Quelque chose dans son port de tête, dans son menton haut, dans son assurance quand je lui jette un retard noir, me donne l'impression qu'elle en veut au monde entier. Dans dix ans, elle ressemblera à l'une de ces femmes d'affaires implacables. Un bourreau de travail capable de régner sur n'importe quel bureau. J'emploie plusieurs femmes comme elle. Il faut être forte, pour réussir dans ce milieu.

Elle me dévisage en retour, tout en parvenant à sembler respectueuse et attentive, mais dénuée de peur, bien qu'il s'agisse de son premier jour.

267

Une part de moi a envie de lui passer un savon immédiatement. Surtout que je l'ai entendue murmurer à Indira « Alors c'est lui le Grand Méchant Patron ? » avant d'entrer. Bien sûr, elle ne pouvait pas deviner qu'aucune conversation tenue à cet étage n'échappe à mon ouïe.

Plus elle approche, plus son odeur m'enivre. Elle est trop agréable pour que j'aie envie d'attaquer. Par le Destin, pourquoi est-ce que j'ai une érection ?

Je me lève.

— Vous êtes ?

— M. Blackthroat, je vous présente... commence Indira.

— Madison Evans, complète La Nouvelle.

Elle me tend la main et affronte mon regard sans broncher. Je n'y lis pas de lueur de défi, seulement de l'attention. Elle me décrypte. J'aimerais avoir quelque chose à critiquer, mais je ne trouve rien. La Nouvelle est un parfait mélange d'assurance et d'humilité. Ni effrontée, ni intimidée. C'est agaçant, mais son attitude a quelque chose de terriblement séduisant.

Je la déteste déjà. J'accepte sa poignée de main. Elle a la peau douce. Sans savoir pourquoi, je me mets à penser que désormais, j'aurai son odeur sur ma paume. Non que je compte la renifler plus tard.

— Les gens m'appellent Madi, ajoute-t-elle.

— Je vous appellerai Madison, *si* je me souviens de votre nom. Je m'attends à ce que vous répondiez à Assistante, Secrétaire, La Nouvelle ou n'importe quelle épithète qui me viendra sur le moment.

Je lui lâche la main. Loin d'être choquée, je vois une note d'amusement dans son expression.

— Je répondrai à tous ces noms, m'assure-t-elle en inclinant la tête.

— Bien. Maintenant, prenez nos commandes de café.

Je hausse un sourcil, comme si je lui reprochais de ne pas avoir anticipé ma demande, bien qu'il s'agisse de son premier jour. Je me tourne vers Indira et demande :

— Où sont les rapports financiers ?

***

Je hais mon patron.

Le magnat de Wall Street est un con. Un véritable alpha-bruti.

Beau à se damner, mais bourré de défauts.

Le genre d'homme jamais content, aimable comme une porte de prison et riche comme Crésus.

J'en ai connu, des brutes dans son genre, à la fac, alors il ne me fait pas peur.

Ce qui m'inquiète, c'est mon attirance pour lui. Le fait que j'aime argumenter avec lui.

Nos luttes verbales. Son expression insondable ensuite.

Cet homme est le danger incarné, sous une grosse dose de pouvoir,

et j'ai de plus en plus de mal à lui résister.

Je hais ma nouvelle assistante.

Je les déteste toujours, mais avec elle, ma haine est différente. Tortueuse.

Elle est brillante, ultra-compétente et insolente.

Et cette petite humaine a l'odeur de la tentation. La pire qui soit.

Elle a un style redoutable, et je risque d'être sa première victime.

Un de ces jours, elle me poussera à bout.

Et elle ne réalise pas ce qui arrive

quand on jette un loup alpha sur sa proie.

Renee Rose & Lee Savino

Minuit est le premier tome de la trilogie *Grand Méchant Patron*. Ce roman met en vedette un loup-garou milliardaire et hargneux et son assistante incroyablement intelligente.

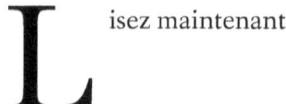isez maintenant!

Livre gratuit - La Vierge et le Vampire

Abonnez-vous à la newsletter de Renee e Lee

Abonnez-vous à la newsletter de Midnight Romance pour recevoir livre gratuit, des scènes bonus gratuites et pour être avertie de ses nouvelles parutions ! https://dl.book funnel.com/5p8orhhczq

Livre gratuit de Renee Rose

Abonnez-vous à la newsletter de Renee

Abonnez-vous à la newsletter de Renee pour recevoir
livre gratuit, des scènes bonus gratuites et pour être avertie
de ses nouvelles parutions !

Livre gratuit de Renee Rose

https://BookHip.com/QQAPBW

Ouvrages de Renee Rose parus en français

www.reneeroseromance.com/francaise/

Alpha Bad Boys
La Tentation de l'Alpha
Le Danger de l'Alpha
Le Trophée de l'Alpha
Le Défi de l'Alpha
L'Obsession de l'Alpha
L'Amour dans l'ascenseur (Histoire bonus de La Tentation de l'Alpha)
Le Désir de l'Alpha
La Guerre de l'Alpha
La Mission de l'Alpha
Le Fleau de l'Alpha
Le Secret de l'Alpha
La Proie de l'Alpha
Le Sang de l'Alpha
Le Soleil de l'Alpha
La Lune de l'Alpha
La Serment de l'Alpha

Ouvrages de Renee Rose parus en français

La Vengeance de l'Alpha
Le Feu de l'Alpha
Le Secours de l'Alpha
L'Ordre de l'Alpha

Les Loups-Garous de Wall Street
Grand Méchant Patron: Minuit
Grand Méchant Patron: Folie Lunaire
Grand Méchant Patron: Marquée
Grand Méchant Patron : Accouplés

Dompte-Moi
Son Maître Royal
Oui, Docteur
Son Maître Russe
Son Maître Marine
Soumise à leur Punition
Son Maître Pompier
Son Maître Cuistot

La Bratva de Chicago
Prélude
Le Directeur
Le Stratège
Possédée
L'Homme de Main
Le Soldat
Le Hacker
Le Bookmaker
Le Nettoyeur
Le Coureur
Le Gardien

Les Nuits de Vegas
Roi de carreau
Atout cœur
Valet de pique
As de cœur
Joker Mortel
Dame de trèfle
Cartes sur Table
Bonne pioche

Alpha des montagnes
Le héros
Rebel
Le guerrier

Série Chicago Sin
Nid de Péché
Ancré dans le Péché

Lycée Wolf Ridge
Brute Alpha
Chevalier Alpha
Alpha par Alliance
Le Roi Alpha
L'Alpha interdit

Le Ranch des Loups
Brut
Fauve
Féral
Sauvage
Féroce
Impitoyable

Ouvrages de Renee Rose parus en français

Deux Marques
Indomptée (libre)
Tentée
Désirée
Séduite

Maîtres Zandiens
Son Esclave Humaine
Sa Prisonnière Humaine
Le Dressage de Son Humaine
Sa Rebelle Humaine
Sa Vassale Humaine
Son Compagnon et Maître
Animal de Compagnie Zandien
Sa Possession Humaine

Les Épouses Zandiennes
La Nuit des Zandiens
Achetée par les Zandiens
Dominée par les Zandiens
Les Lumières de Zandia
Détenue par le Zandian
Revendiquée par le Zandian
Enlevée par le Zandian
Sauvée par le Zandian

Toujours par Lee Savino

Romance paranormale

La Saga des Berserkers

Vendue aux Berserkers

Rien ne pourra empêcher ces féroces guerriers de revendiquer leur compagne.

Alpha Bad Boys

Le Tentation de l'Alpha avec Renee Rose

Mon loup veut la marquer et en faire sa compagne, mais elle est humaine et délicate : elle ne survivrait pas à une morsure de métamorphe.

* * *

Romance et science-fiction

Exilés sur la Planète-Prison

La Compagne des Draekons avec Lili Zander

Une romance extrarrestre à trois

Un vaisseau spatial écrasé. Une planète-prison. Deux imposants extraterrestres bronzés qui se transforment en dragons. Le mieux dans tout ça ? Les dragons prétendent que je suis leur compagne.

* * *

Romance contemporaine

Bad Boy Royal

Je ne suis pas du tout en train de tomber amoureuse de mon arrogant et agaçant dieu du sexe de patron. Non. Absolument pas.

Royally Fake Fiancé

Le duc de Nouvelle-Arcadie a un problème d'image que seule une fiancée peut régler. Et je suis la petite veinarde qu'il a choisie pour jouer les Cendrillons.

La belle & les bûcherons

Après cette saison au camp des bûcherons, j'arrête complètement de baiser. Parce que : j'ai mes raisons.

Papa à moi

Mon héros marin sexy veut que je l'appelle « papa »...

L'innocence brisée

Innocence avec Stasia Black

Une romance sombre de mafia

Je suis le roi des bas-fonds du crime.
Elle est à moi, et je ne la laisserai jamais partir.

Captive du milliardaire

La Belle et sa Bête avec Stasia Black

Une romance interdite

Elle expiera les péchés de sa famille... pour toujours.
Elle est la Belle, et je suis la Bête.

À propos de Renee Rose

RENEE ROSE, AUTEURE DE BEST-SELLERS D'APRÈS USA TODAY, adore les héros alpha dominants qui ne mâchent pas leurs mots ! Elle a vendu plus d'un million d'exemplaires de romans d'amour torrides, plus ou moins coquins (surtout plus). Ses livres ont figuré dans les catégories « Happily Ever After » et « Popsugar » de USA Today. Nommée *Meilleur nouvel auteur érotique* par Eroticon USA en 2013, elle a aussi remporté le prix d'*Auteur favori de science-fiction et d'anthologie* de Spunky and Sassy, e celui de *Meilleur roman historique* de The Romance Reviews. Elle a fait partie de la liste des meilleures ventes de USA Today sept fois avec ses livres Wolf Ranch et plusieurs anthologies.

Abonnez-vous à la newsletter de Renee pour recevoir des scènes bonus gratuites et pour être avertie de ses nouvelles parutions!
https://www.subscribepage.com/reneerosefr

À propos de Lee Savino

Lee Savino a l'intention de conquérir le monde, mais la plupart du temps, elle n'arrive même pas à trouver ses clés ou son téléphone, alors elle préfère encore rester chez elle et écrire des romances smexy (smart + sexy). Elle adore le chocolat, passe sa vie en pantalon de yoga et porte les chapeaux comme personne.

Pour de bonnes tranches de rigolade, rejoignez son groupe sur Facebook en anglais, Goddess Group, ou rendez-vous sur **https://geni.us/BredBerserkerFR** pour vous inscrire à sa news-letter et recevoir un livre gratuit.

Site web : www.leesavino.com
Facebook Goddess Group :
https://www.facebook.com/groups/LeeSavino/